Peter Lovesey schrieb 1970 den Kriminalroman »Der Tod hat lange Beine«, der auf Anhieb einen Wettbewerb als bestes Erstlingswerk dieses Genres gewann. Einige Zeit später gab er seine Tätigkeit als Lehrer auf und widmete sich ganz der Schriftstellerei. Er veröffentlichte weitere erfolgreiche Kriminalromane, die im viktorianischen Milieu angesiedelt sind und nach denen zwei beliebte englische Fernsehserien gedreht wurden. Sein Buch »Abschied auf englisch«, dessen turbulente Handlung in den zwanziger Jahren spielt, erhielt den Gold Dagger Award als bester englischer Kriminalroman des Jahres 1982.

Außerdem sind im Knaur-Programm von Peter Lovesey erhältlich:

»Abschied auf englisch« (Band 1316)
»Sein letzter Slapstick« (Band 1453)
»Der Tod hat lange Beine« (Band 1469)
»Flußpartie zum Galgen« (Band 1503)
»Tod eines Mediums« (Band 1504)

Deutsche Erstausgabe 1989

Titel der Originalausgabe »Abracadaver«

Umschlaggestaltung Manfred Waller
Umschlagfoto Photodesign Mall
Satz MPM, Wasserburg
Druck und Bindung Ebner Ulm
Printed in Germany 5 4 3 2 1
ISBN 3-426-01659-1

Peter Lovesey:
Abrakadaver

Aus dem Englischen von Klaus Berr

Knaur

1

Sie kam in die Garderobe Nummer 4 des Middlesex gestürzt und riß sich ihr Flittertrikot bis zur Hüfte herunter. »Ham Se gesehn?« fragte sie, für den Fall, daß der Anblick allein noch nicht genügte. »Ein blauer Fleck wie 'ne ganze Batterie Krimorden! Diese Schlampe. Dieser blöde Tolpatsch!«
Jason Buckmaster, Rhetoriker und königlicher Sprechlehrer, der im Augenblick das Privileg hatte, in der Damengarderobe zu weilen, hob würdevoll eine Augenbraue. »Eine Abschürfung, Miss Lola? Wie äußerst unangenehm. Muß man annehmen, daß die schwesterliche Harmonie heute abend auf dem Trapez zu wünschen übrig ließ?«
»Umgebracht hätt sie mich fast!« erwiderte Lola, vor Entrüstung zitternd. »Und das auch noch bei meinem Todessprung! Sie kennen doch das Ende von der Nummer, wenn sie Schwung holt, während ich im Sprung nach ihren Knöcheln greife. Na, die dumme Pute war zu früh dran und hat mich mit ihren großen Füßen voll an der Brust erwischt. Und ich häng dann in Todesangst über dem verdammten Publikum, mit meinen Armen um ihren — wenn Sie mir den Ausdruck verzeihen — Schenkeln —, ich klammere mich fest und hätt ihr dabei fast noch das Trikot ausgezogen. Ich hatte richtig Tränen in den Augen vor Schmerz, und wahrscheinlich war ich auch noch puterrot im Gesicht

vor Scham. Zwei volle Minuten sind wir da oben gebaumelt, bevor Mr. Winter uns mit 'ner Stange da runterfischte. Wie zwei zappelnde Forellen an der Rute. Nicht sehr würdevoll für 'ne ernsthafte Artistin.« Sie betrachtete den erdbeerroten Fleck auf ihrer Brust. »Und für die Zukunftsaussichten eines jungen Mädchens ist das da ja auch nicht gerade hilfreich.«
Tief aus Buckmasters Vokalorganen kam das charakteristisch sonore Schnurren. »Zukunftsaussichten?« Er lächelte. »Wohin ich mein verzücktes Aug' gewendet, werd ich von güldnem Glanze und froher Aussicht nur geblendet.«
»Was?«
»Nichts, meine Liebe. Eine Zeile aus einem Gedicht und aus einem ganz anderen Zusammenhang. Verzeihen Sie mir. Ich bedaure Ihr Mißgeschick zutiefst. Wenn es Ihnen ein Trost ist, so möchte ich bemerken, daß Ihre — äh — Zukunftsaussichten in keinster Weise beeinträchtigt sind. Ich werde Sie nun verlassen, bevor Miss Bella erscheint. Zeuge weiterer Verletzungen sein zu müssen, würde mein Inneres doch zu sehr aufrütteln.«
Trotz seiner Körperfülle schlüpfte er mit der unaufdringlichen Behendigkeit des erfahrenen Garderobenjägers aus dem Zimmer.
»Spinner«, entschied Lola.
Die einzigen anderen Anwesenden, eine Mutter mit ihrer Tochter aus Marseille, die kein Englisch sprachen und vor jeder Aufführung bis zu einer Stunde mit Puder und Rouge beschäftigt waren, damit sie auf der Bühne »Allez!« rufen und den rechten Arm heben konnten, während Papa auf

dem Hochseil Kunststücke vollführte, ignorierten Lola. So stellte sie sich vor den Spiegel und schnalzte entrüstet mit der Zunge, während sie ihr Schandmal von allen Seiten betrachtete. Dann ließ sie Wasser in das Becken laufen und wusch sich das Magnesia von den Händen.

Die Tür ging auf. Lolas Doppelgängerin schlich blond, glitzernd und hübsch wie ein Schwarm Schmetterlinge auf Zehenspitzen herein und sah über die Schulter ihrer Schwester in den Spiegel.

»Mal was anderes, 'nen *Fuß*abdruck auf der Brust zu haben, was, Darling? Wirklich originell. Wenn das im Leicester Square bekannt wird —«

Bella duckte sich, und der nasse Schwamm flog über ihren Kopf hinweg, aber der Hagel anderer Gegenstände — Nagelfeilen, Seifen, Cremedosen und Puderdöschen — verfehlte die Wirkung auf ihren gebeugten Rücken nicht.

»Dumme Gans!« schrie Lola. »Du Trampel!« Sie hatte eine gewichtige Perlmuttkleiderbürste in der Hand und wollte sie eben dem Rest hinterherschicken, als ein lautes »Non!« vom anderen Ende des Zimmers sie unterbrach. Heldenmütig um ihr Eigentum kämpfend, stürzte die Tochter des Seilartisten herbei, um sich ihre Bürste wiederzuholen, und Bella nutzte die Ablenkung, um sich hinter dem Paravent zu verstecken.

»Jetzt hör mir zu, Lo«, flehte sie aus ihrem einstweiligen Versteck heraus. »Ich bin diejenige, die Grund zum Jammern hat. Du bist selber schuld, wenn du dich verletzt hast —«

»Selber schuld!« kreischte ihre Schwester. »Was meinst du damit, du stinkender Mehlsack? Dein

Schwung war verkehrt. Bist viel zu früh los. Hättst mir ja fast den Kopf abgerissen. Hab ja noch Glück gehabt, daß ich mit 'nem blauen Fleck so groß wie 'ne Landkarte von Rußland davongekommen bin. Tot könnt ich sein!«
Es war nur schade, daß Bella hinter dem Paravent stand, denn so sah sie nicht, wie nachdrücklich das wippende Rußland Lolas Beleidigungen Nachdruck verlieh. »Ich war genau richtig«, beharrte sie. »Gib's doch zu, Lola, du bist zu weit geschwungen. Das ist die Wahrheit, und daran werden deine Beschimpfungen auch nichts ändern, du blöde Gans.«
Lola stieß den Paravent beiseite. »Zu weit geschwungen? Wann bin ich je zu weit geschwungen? Möchte nicht wissen, was du gestern nacht wieder getrieben hast.«
Das war zuviel für Bella. Sie richtete sich auf und sah ihrer Gegnerin furchtlos ins Gesicht. »Du weißt sehr gut, daß ich seit sieben Monaten das blaue Band trage, Lo, und ich hab noch keinen einzigen Fehltritt begangen. Bevor du anderen die Schuld gibst, *Darling*, kümmere dich doch erst einmal um deine eigenen kleinen Schwächen. Als *du* gestern abend von dem Spaziergang mit deinem hübschen Soldatenjungen heimgekommen bist, da hab ich genau gemerkt, daß du alles andere als 'nen Spaziergang gemacht hast. Bei dem Leben, das du führst, ist's ein Wunder, daß du die Nummer nicht schon früher vermasselt hast!«
Lola explodierte. »Du unflätige Schlampe. Das laß ich mir von niemandem gefallen!«
Sie packte ihre Schwester bei den Haaren, drückte

sie gegen die Wand und hatte schon die Hand an ihrem Kostüm, um sich zu rächen, als von der Tür ein Zwischenruf kam.
»Aber, meine Damen! Meine Damen!« flötete Buckmaster. »Laßt ab, in Gottes Namen! Sie wissen ja gar nicht, wie es mich aufwühlt, so viel Talent in Gefahr zu sehen. Ich habe Neuigkeiten für Sie. Sehen Sie her!«
Er zeigte ihnen zwei Seilstücke, beide etwa einen knappen halben Meter lang. Die Schwestern waren so verblüfft, daß sie voneinander abließen.
»Was, zum Teufel, ist denn das?« wollte Lola wissen.
»Dies, meine Liebe, sind Seilstücke, die aus dem Trapez Ihrer Schwester herausgeschnitten wurden. Ich fand sie unter anderen Requisiten hinter der Bühne. Jemand hat Ihnen Ihr Trapez gekürzt, Miss Lola. Ihr Unfall war kaltblütig geplant. Sie haben Glück, daß Sie noch am Leben sind.«

Ein Hinterzimmer des Polizeireviers in der Paradise Street in Rotherhithe war der Schauplatz eines zweimal wöchentlich stattfindenden Martyriums. An diesem Tag fuhr sich Edward Thackeray, einer der erfahrensten Constables, die es in der M-Division gab, nervös mit dem stumpfen Ende eines Bleistifts durch den Bart. Acht Leidensgenossen sahen zu, wie der Constable sich konzentrierte. Ein Scharren großer Stiefel war zu hören, die mächtigen Schultern hoben sich. Ein Räuspern, ein Vorwärtsbeugen, und er erhob sich unwiderruflich von seinem Stuhl, wobei der lächerliche Tisch vor ihm sich knarzend nach vorne neigte, während er die Knie streckte.

»Nun, Constable?«
Ein tiefer Atemzug. »Ein Adjektiv, Sir.« Mit dem Brustton der Überzeugung.
Der für die Ausbildung zuständige Inspektor zuckte zusammen. »Was haben Sie gesagt?«
»Adverb. Das heißt ... adverbiales Pronomen, Sir.«
Der Inspektor zog geräuschvoll die Luft ein. »Vielleicht sollten Sie statt dessen versuchen, das Wort zu schreiben.«
Thackeray dachte darüber nach und kam zu dem Entschluß, es unter den gegebenen Umständen lieber nicht zu versuchen. Er setzte seine wissendste Miene auf und lächelte.
Doch das Lächeln wurde nicht erwidert. »Ich hätte es natürlich wissen sollen, Constable. Sie pflegen ja eine Niederschrift von Worten mit mehr als zwei Silben tunlichst zu vermeiden. Und deshalb haben Sie in der Übung, zu der ich in Kürze zurückkehren werde, die gefährlichen Klippen des Wortes ›Ungebührlichkeit‹ umschifft und statt dessen ›kleines Delikt‹ geschrieben. Ein sehr originelles Vorgehen, das werden Sie zugestehen müssen, Gentlemen. Aber leider kann Constable Thackerays Rechtschreibung mit seinem Einfallsreichtum nicht Schritt halten. Sein ›klein‹ erinnert eher an Abels Bruder und sein ›Delikt‹ an die dritte Person Singular Präsens von ›liegen‹.« Der Inspektor warf sich in die Pose eines Mannes, dessen Leidensfähigkeit erschöpft ist, er senkte den Kopf und fuhr sich mit kreidefleckigen Fingern durch die Haare. Dann richtete er sich wieder auf, stellte sich vor Thackeray und schüttelte den Kopf. »Constable,

ich zweifle nicht daran, daß Sie auf Ihre Art das treueste und gewissenhafteste Mitglied unserer Polizei sind. Würden Belobigungszeugnisse ausschließlich für diese Eigenschaften verliehen, hätten sich unsere Wege wahrscheinlich nie gekreuzt. Aber leider verlangt die Aufsichtsbehörde auch den Nachweis anderer Fertigkeiten. Und deshalb befinden wir uns, zu unserem beiderseitigen Mißvergnügen, seit nunmehr vier Jahren und in den verschiedensten Revieren zweimal wöchentlich in immer der gleichen Situation.«

Thackeray nickte düster. Daran mußte man ihn nicht erinnern. Jeden Monat wurden zwei Pence seines Gehalts als Entgelt für diesen Bildungsinspektor einbehalten. Zwei Pence jeden Monat! Ein Dutzend Gläser Kop's Ale jedes Jahr!

»Aber was mich am tiefsten betrübt«, fuhr der Inspektor nun fort und hob die Augen zur Decke, als würde er sich an die Höhere Macht wenden, »ist die Tatsache, daß ich, gleichgültig wohin meine Aufgaben mich führen — und in vier Jahren erteilte ich Unterricht in vier weit auseinanderliegenden Divisionen —, unweigerlich schon nach wenigen Wochen auf Constable Thackeray stoße, der vor mir in der ersten Bank sitzt wie eine durchaus körperliche Manifestation von Banquos Geist. Er verfolgt mich, Gentlemen, und seine Rechtschreibung ist mir eine beständige Qual. Er begleitete mich von Whitechapel nach Islington und Hampstead und nun nach Rotherhithe.« Er holte ein Taschentuch hervor und wischte sich die Stirn. »Aber ich werde die Hoffnung nicht sinken lassen und will versuchen, wenn die Vorsehung mir die Zeit gewährt —«

Klopfen, Erscheinen und Gruß des diensthabenden Constables waren eine willkommene Unterbrechung. »Tschuldigung, Sir. Da kommt grade 'ne Nachricht rein.«
»›Kam‹, Constable.« Der Inspektor las die Nachricht. »Erstaunlich. Constable Thackeray, es sieht aus, als *bitte* man mich, Sie aus meinem Unterricht zu entlassen. Ich werde dem nichts entgegensetzen. Da sich die Feinheiten der Orthographie nun schon so lange Ihrem Verständnis entziehen, werden sie mit Sicherheit noch eine Woche länger warten können. Sie sollen sich so schnell wie möglich im Scotland Yard bei Sergeant Cribb melden — wer immer das auch sein mag.«
Zum erstenmal in seiner Karriere war Thackeray Sergeant Cribb von Herzen dankbar.
Eine Kutschfahrt und dreißig Minuten später saß er in einem Vorzimmer in Scotland Yard. In der Mitte des Zimmers standen auf einem fadenscheinigen Teppich zwei Stühle, ein Tisch, ein Hutständer und ein Abfallkorb. Vor dieser Insel gingen Bürodiener mit hohen Kragen zwischen den Türen zu beiden Seiten des Zimmers hin und her, ohne je einen Fuß auf den Teppich zu setzen oder auf die Männer in den Stühlen zu achten. Sergeant Cribb wies mit dem Daumen auf die Tür hinter sich.
»Abteilung Statistik. Jedes Formular, das Sie je ausgefüllt haben, geht da durch. Tagesberichte, Revierkalender, Kriminalberichte. Hält eine ganze Armee von Bürohengsten davon ab, auf dumme Gedanken zu kommen, man sollte sie deshalb nicht unterschätzen. Und ab und zu kommt sogar was Interessantes dabei raus.«

Thackeray gab sich interessiert. Cribb, das wußte er, verlangte uneingeschränkte Aufmerksamkeit. Ein Bildungsinspektor mochte Füßescharren und Bartkratzen vielleicht durchgehen lassen, aber Sergeant Cribb nicht.
»Gehen Sie eigentlich oft ins Varieté?« fragte nun unerwartet der Sergeant. Es hätte der Beginn einer höflichen Unterhaltung sein können, aber Cribb war selten höflich und kein Unterhalter.
»Für gewöhnlich nicht«, gab Thackeray zu. »Ich halte es mehr mit den Melodramen. Irving im Lyceum oder Wilson Barret im Princess'«, fügte er dann gutunterrichtet dazu.
»Schade. Aber ich hoffe doch, Sie waren wenigstens einmal in einem Varietétheater?«
»Aber natürlich, Sarge. Damals beim Streifendienst in der E-Division sogar ziemlich häufig. Es ist nur so, daß das Varieté nicht gerade mein —«
»Von jetzt ab schon«, warf Cribb dazwischen. »Sehen Sie sich die da mal an.« Er gab dem Constable ein Bündel Papiere, stemmte dann die Knie gegen den Tisch und wippte ungeduldig auf den Hinterbeinen des Stuhls, bis Thackeray zu Ende gelesen hatte.
Nach wenigen Minuten wagte Thackeray eine Vermutung. »Unfallberichte. Aus verschiedenen Divisions.«
Vorwurfsvolles Schweigen war die Antwort. Er kehrte wieder zu seiner Lektüre zurück.
Cribb stand auf und betrachtete durchs Fenster die zweirädrige Kutsche, die eben im Hof vorgefahren war. Er war ein großer, hagerer Mann mit entschiedenen Bewegungen, der an Untätigkeit nicht ge-

wohnt war, aber im Augenblick war es für seine Zwecke unumgänglich, daß Thackeray die Berichte sorgfältig las. Er wartete wie ein jagdbereiter Falke.

»Ich verstehe, was Sie meinen, Sarge!« verkündete Thackeray nach wenigen Minuten.

»Großartig!« Cribb hechtete beinahe wieder auf seinen Stuhl. »Und welche Schlüsse ziehen Sie?«

»Nun, Sarge, einzeln betrachtet sieht jeder Fall aus wie ein Unfall, aber bei sechs in vier Wochen scheint das ziemlich unglaubwürdig. Die kann man nicht alle dem Zufall zuschreiben.«

Cribb nickte. »Vielleicht waren es sogar noch mehr. Diese wurden alle von sehr scharfsinnigen Constables aufgenommen. Andere waren bei ähnlichen Vorfällen vielleicht gerade eingenickt oder fanden es nicht der Mühe wert, sie zu melden. In einem Revier fällt ein einzelner Unfall vielleicht gar nicht auf. Aber wenn man sie in der Abteilung Statistik zusammenstellt, ergeben sie ein Muster, und zwar kein schönes.«

»Sie meinen also, hinter allen steckt eine einzige Person?«

»Möglich. Durchaus möglich. Gehen Sie sie mal der Reihe nach durch.«

Thackeray ordnete die Berichte chronologisch.

»Offensichtlich fing es am 15. September mit den Pinkus-Schwestern im Middlesex an.«

»Ach, die alte Mo.«

»Was, Sarge?«

»Das Middlesex«, keifte Cribb. »Die alte Mo. Wachen Sie auf, Mann. Es wurde über die alte Mogul Tavern in der Drury Lane gebaut.«

Thackeray lächelte betreten. »Aber natürlich, ich hätte es wissen müssen, Sarge. Also dort haben die Pinkus-Mädchen Sergeant Woodwright gemeldet, daß an ihrem Trapez herumgepfuscht wurde. Ich glaube, das hätte ziemlich übel ausgehen können. Aber die jungen Damen hatten offensichtlich Glück. Der Sergeant erwähnte nur, Miss Lola Pinkus habe ihm einen ins Auge stechenden blauen Fleck gezeigt — ›etwas unterhalb der linken Schulter‹, wie es hier heißt, aber weiter schien es mit den Verletzungen nicht her zu sein.«
»Hm. Weit genug für Woodwright und Konsorten. Bei Verletzungen von jungen Damen verläßt man sich lieber auf deren Wort. Ich kenne mehr als einen verstauchten Knöchel, der einen guten Sergeanten seine Streifen gekostet hat. Was ist mit dem zweiten Bericht?«
Thackeray überflog das Blatt. »Bellotti der Faßtänzer, Sarge, am 17. September im Metropolitan in der Egdware Road. Er beendet seine Nummer mit 'ner Art Matrosenpolka auf drei Fässern. Gleich bei seinem ersten Sprung auf das mittlere Faß fiel er auf die Nase, brach sich den Arm und entzündete sich die Haare an den Rampenlichtern. Kein Wunder bei der Menge Haaröl, die diese Ausländer benutzen. Soll brennbar sein. Na, die Überraschung kam dann, als man auf dem Boden des einen Fasses Schmieröl entdeckte. Bellottis Sturz war unausweichlich, sobald er den Fuß darauf setzte.«
»Gemeine Sache«, bemerkte Cribb naserümpfend. »Dann gab es diesen Kampf im Oxford. War das nicht am Abend darauf?«

»Ja, am 18. Ein Komödiant namens Sam Fagan brach einem Bühnenarbeiter die Hand, nachdem seine Vorstellung vorzeitig abgebrochen wurde. Der diensthabende Constable Barton nahm ihn natürlich sofort wegen Körperverletzung fest, aber der Magistrat in der Bow Street hob die Anklage tags darauf wieder auf. Hier heißt es: ›Fagan handelte überstürzt, aber aufgrund einer außergewöhnlich starken Prov... äh... Prov...‹«

»Provokation. Der Teil interessiert uns. Lesen Sie Bartons Bericht von den Vorgängen auf der Bühne vor.«

»Jawohl, Sarge. Hier steht: ›war nichts Unziemliches zu bemerken bis zu Sam Fagans drittem und letztem Lied *Glaub mir, sie mag es*, bei dem er das Publikum zum Mitsingen auffordert. Der Einfachheit halber hat er den Text des Lieds auf einer großen Papierrolle aufgeschrieben. An diesem Abend entrollte er wie üblich den Text und forderte das Publikum zum Mitsingen auf. Die erste Zeile war die korrekte, *Ach, könnt ich dir sagen, was ich sah,* aber der Rest des Textes war von einem Unbekannten auf schamlose Weise geändert worden und enthielt nun gewisse Andeutungen bezüglich einer Person höchsten Standes, die ich als treuer Untergebener der Krone in einem öffentlichen Bericht unmöglich wiedergeben kann. Ich vertraute sie meinem Notizbuch an, welches Inspektor Fredericks in einem versiegelten Umschlag im Safe des Reviers verschloß. Aber leider hatten die achtzehnhundert Theaterbesucher bereits zwei Drittel des Textes gesungen, bevor sie die abscheuliche Bedeutung der Zeilen bemerkten. Fagan wurde daraufhin mit Obst beworfen und mit Buhrufen von der Bühne vertrieben. Und erst nun fand der Angriff auf den Bühnenarbeiter statt.‹ Was glauben Sie, Sarge, wie der Text wohl ging?«

»Denken Sie lieber nicht drüber nach, Constable«, warnte Cribb, »aber wenn er so ist, wie ich es mir vorstelle, dann können Sie mir glauben, daß er *ihr* bestimmt nicht gefallen würde.«

Thackeray hielt es nun für angebracht, zum nächsten Bericht überzugehen.

»Nun zum Montag darauf, Sarge, dem 20. September. Der Schwertschlucker, wenn Sie sich daran erinnern. Ich muß sagen, das war richtig gemein. Sich für seinen Lebensunterhalt ein Schwert in den Rachen zu stecken, ist bestimmt schon schmerzhaft genug, ohne daß einem jemand Senf auf die Klinge schmiert. Der arme Kerl muß einen entsetzlichen Hustenanfall bekommen haben.«

Cribbs griff sich mitfühlend an die Kehle. »Schlimm genug, wenn man eine Gräte in den falschen Hals bekommt«, sagte er. »Wo ist das passiert? Im Tivoli Garden, nicht? Auf jeden Fall nahe genug am Charing Cross Hospital. Was haben wir sonst noch?«

»Die beiden anderen Vorfälle passierten zwei Wochen später, Anfang Oktober, Sergeant. Zum einen dieses — äh — Unglück, das Miss Penelope Tring, der Stimme auf der Schaukel, passierte. Was für ein entsetzliches Mißgeschick! Der diensthabende Constabler muß ja einen hervorragenden Platz gehabt haben, um alles so genau berichten zu können.«

»Verdammt, Thackeray, schaun Sie nicht so neidisch drein. Sie waren an diesem Abend nicht im Royal, und wir können nicht nur Ihretwegen die ganze Sache noch einmal auf die Bühne bringen.«

»Glauben Sie, daß das vielleicht nur ein gewöhnlicher Unfall war, ohne Verbindung zu den anderen Vorfällen?« Er sah sofort, daß Cribb es nicht glaubte.

»Ich sehe schon, daß Sie über den Bericht über Miss Trings Mißgeschick nicht hinausgekommen sind«, tadelte ihn Cribb. »Wenn Sie weiterlesen, werden Sie feststellen, daß man sich an Miss Trings Trikot an drei Stellen zu schaffen gemacht hatte. Sobald das nun einer gewissen Belastung ausgesetzt war —«

»Unbeschreiblich!« murmelte Thackeray.

»Ganz recht. Es war also gar nicht überraschend, daß sie es vorzog, von ihrer Schaukel herunterzuspringen. Sie landete im Publikum, zog sich einen doppelten Armbruch zu und schlug einen Besucher k.o. Aber ich glaube nicht, daß sie den Schmerz spürte.«

Es entstand eine kurze Pause, in der beide Polizisten Miss Trings Unglück bedauerten. Cribb schnalzte mit der Zunge, und Thackeray machte sich nachdenklich an seinen Manschetten zu schaffen. Dann räusperte er sich. »Und zum Schluß noch der Unfall im Canterbury am 9. Oktober. Wenn auch hier eine Absicht dahintersteckt, dann haben wir es meiner Ansicht nach mit einem Wahnsinnigen zu tun. Das Mädchen in der Kiste hätte sterben können. Glauben Sie wirklich, daß auch der mit den anderen Vorfällen in Zusammenhang steht?«

Cribb hob die Schultern. »Ich weiß nicht. Aber wenn es so ist, dann sitzt der falsche Mann in Newgate.« Die Antwort kam etwas zu beiläufig. Thackeray hatte ein gutes Ohr für Täuschungsmanöver.
»Da steckt doch noch etwas anderes dahinter, oder, Sarge? Mit Schmierenkomödianten, die sich ab und zu einen blauen Fleck oder einen gebrochenen Arm holen, geben Sie sich doch nur ab, wenn an der Sache noch was anderes dran ist.«
Cribb antwortete mit einem bösen Blick und brachte dann ein zusammengefaltetes Stück Papier zum Vorschein. »Das wurde heute morgen im Polizeirevier Stones End abgegeben.«
Thackeray faltete das Papier auf, es war ein zerrissenes Varietéplakat für das Grampian in der Blackfriars Road. Mehr als zwanzig verschiedene Nummern wurden angepriesen, aber keine von besonderer Bedeutung, soweit er das beurteilen konnte.
»Haben Sie die Kreise bemerkt?« fragte Cribb.
Er sah sich das Blatt genauer an. An zweiter Stelle stand »Funkelnde Klingen — Sensationell: Rothaut wirft mit Kriegsbeil.« »Sensationell« war mit schwarzer Tinte umkreist. Weiter unter hob eine ähnliche Markierung das Wort »Tragödie« in der Zeile »Jason Buckmaster, Tragödienschauspieler und Rhetoriker« heraus. Ein dritter Kreis markierte »Heute abend«, das in schmuckvollen Lettern am Ende des Blattes stand.
Thackeray las die markierten Stellen laut vor. »Klingt wie eine leere Drohung, Sarge. Das ist bestimmt nur ein Verrückter. Was werden wir tun?«
»Vielleicht ist es wirklich ein Spinner«, sagte

Cribb. »Aber ich kann das Risiko nicht eingehen. Ich lasse das ganze Theater überprüfen, und Sie und ich und vier Zivilbeamte werde heute abend jede Bewegung auf der Bühne beobachten, angefangen von dem japanischen Schlangenmenschen bis zum Verwandlungskünstler. Aber zuerst wollen wir diesen Mann in Newgate besuchen — natürlich nur, wenn Sie glauben, daß ich einen Fall habe.«

Thackeray blätterte noch einmal die Berichte durch und versuchte, eine Verbindung zwischen den einzelnen Vorfällen zu entdecken. Eigenartige Dinge passierten im Theater, komische Zufälle. Er kratzte sich den Bart.

»Sie werden von allen Aufgaben in der Paradise Street freigestellt«, versprach Cribb.

»Auch vom Unterricht, Sarge?«

Cribb zwinkerte ihm zu, und wenige Minuten später verließen sie gemeinsam Scotland Yard.

2

Warm verpackt in Ulster-Mänteln und Melonen sahen die beiden Polizisten zu, wie der Doppeldeckerbus in Richtung Cheapside verschwand. Dann überquerten sie die Newgate Street auf das Old Bailey zu, wobei sie viel zu sehr damit beschäftigt waren, sich einen Weg durch die zahlreichen Pferdeäpfel zu bahnen, um das düstere Äußere des Gefängnisses zu beachten.

»Waren Sie schon mal drin, Constable?«

»Nein, Sarge.«

»Sie werden sehen, diese Wände sind wie Hutschachteln — alles nur Aufmachung. Drinnen sieht es aus wie in einem Londoner Krankenhaus. Aber wissen Sie, es sind nicht die Insassen, die man damit beeindrucken will. Es sind Leute wie dieser Anwaltsgehilfe dort drüben, die schon bei dem Namen Newgate das Zittern kriegen. Der sieht nichts anderes als eine Burg mit riesigen Mauern. Das ist die beste Art, um den Mann auf dem rechten Weg zu halten.«

Thackeray betrachtete die düstere Fassade mit ihren groben Vorsprüngen und Nischen und dachte an einen trüben Montag vor fünfzehn Jahren, als ihn die Pflicht in ebendiese Straße geführt hatte. Damals drängten sich zwanzigtausend Menschen auf der Straße, und er stand vom ersten Morgengrauen bis zum Acht-Uhr-Läuten von St. Sepulchre's mitten unter ihnen. »Hüte runter« hieß es

und »Macht euch klein da vorne«, als der Verurteilte von einer Tür in der Gefängnismauer zum Schafott geführt wurde. Die Zeiten hatten sich geändert; seit zwölf Jahren gab es nun schon keine öffentlichen Hinrichtungen mehr, und für Sergeant Cribb war Newgate nur noch eine Hutschachtel. Aber die Tür in der Mauer gab es immer noch.
»Es wird aussehen wie ein Routinebesuch«, erläuterte Cribb, während sie sich dem Haus des Gefängnisdirektors näherten. »Ich habe uns beide zum Identifikationsdienst angemeldet. Die einzigen Gefangenen in Newgate sind Untersuchungshäftlinge oder Männer, die auf ihren Prozeß warten. Wir müssen sie uns ansehen, ob sie uns von früheren Verurteilungen her bekannt vorkommen. Eigentlich ist das eine Aufgabe für einen Sergeanten, aber es gibt nicht viele Sergeanten mit Ihrem Blick für Knastbrüder.«
Thackeray fühlte sich geschmeichelt. Sergeanten beklagten sich oft über die Last der Identifikationsparaden in Newgate und Clerkenwell. Aber wenn sie dann wirklich einen alten Kunden entdeckt hatten, hallten ihre Prahlereien durch die Gänge der Reviere. Niedere Dienstgrade ließ man gern in dem Glauben, nur Sergeanten seien zu solchen Großtaten des Wiedererkennens fähig.
»Aber jetzt brauchen Sie erst Ihre eigenen Identifikationspapiere«, erinnerte ihn Cribb, während er an der Tür zum Büro des Direktors klopfte. Ein uniformierter Gefängnisbeamter öffnete, warf einen flüchtigen Blick auf die Papiere und ließ sie ein. Dort warteten sie in Gesellschaft eines Bürodieners, der sie einmal gründlich musterte und

dann weiter Umschläge zuklebte. Über seinem Kopf tickte eine Uhr der Art, wie sie vor einem Jahrzehnt vom Innenministerium ausgegeben worden war.
Nach wenigen Minuten kehrte der Beamte mit zwei Männern in schwarzer Uniform zurück. »Die Wärter Rose und Whittle werden Sie begleiten, Gentlemen. Wenn Sie sich bitte erst ins Buch eintragen wollen.«
Sie wurden durchs Pförtnerhaus geführt, das als makabres Museum diente, mit Totenmasken von Newgates berühmt-berüchtigten Insassen und Eisenfesseln an den Wänden. Ein Schließer öffnete ihnen eine eisenverstärkte Eichentür, und sie gelangten über einige Stufen in einen langen Gang, der nach Thackerays Schätzung parallel zum Old Bailey verlaufen mußte. Der Klang ihrer Schritte brach sich an den Wänden.
Die Wärter, die dieses Ritual kannten, da es mit verschiedenen Polizei- und Gefängnisbeamten dreimal pro Woche stattfand, hatten wenig Lust auf eine Unterhaltung. Sie gingen einige Schritte vor den beiden Beamten, schlossen die verschiedenen Tore auf und verschlossen sie wieder, nachdem die Gruppe sie passiert hatte. Ein- oder zweimal entdeckte Thackeray vergitterte Fenster in der linken Wand, durch die man den gepflasterten Hof und die grauen Mauern des Gefängnisblocks sehen konnte.
»Vor zehn Jahren hieß es schon, daß man diese Übung abschaffen wolle«, bemerkte Cribb nachdenklich. »*Prevention of Crime Act, 1871.* Photographie, hieß es damals! Das sei die richtige Art, um ei-

nen Gauner zu entdecken. Steck jeden verdammten Kriminellen in ein Studio wie einen Maharadscha, und mach ihn im Halbprofil unsterblich. Ein Hoch auf die Wissenschaft. Und was ist geschehen?«

»Es ist zu teuer«, erwiderte Thackeray.

»Aber natürlich, ja. Vor lauter Begeisterung hatte der Innenminister seine Rechenaufgaben nicht gemacht. Da wurde dann die ganze Photographierererei auf Verurteilte und Gewohnheitsverbrecher eingeschränkt, und jetzt braucht man schon eine Sondergenehmigung vom Direktor, wenn man mit der Kamera überhaupt nur in die Nähe von so 'nem alten Knastbruder will. Das ist der Fortschritt, Thackeray! Noch immer präsentieren die Gentlemen von Clerkenwell und Newgate ihre wertvollen Visagen dreimal die Woche den Vertretern des Gesetzes, und die kratzen sich die Köpfe, blättern in ihrer Sammlung von Augen, Mündern und Nasen und versuchen, alte Bekannte herauszufischen. Klingt wie ein Gesellschaftsspiel und ist ja auch gar nicht so weit davon entfernt.«

Die letzte Tür wurde ihnen wieder von einem gelangweilten Schließer geöffnet, sie traten blinzelnd ins Tageslicht und überquerten den verlassenen Hof, auf dem Generationen scharrender Stiefel einen blankgescheuerten Rundweg hinterlassen hatten. Die Mauern, die den Hof begrenzten, wirkten massiv und unüberwindlich, und als zusätzliche Vorsichtsmaßnahme waren in den Mauerrand nach innen ragende Eisenspitzen eingelassen.

Die Wärter gingen auf das Gebäude am anderen

Ende des Hofs zu, stiegen die Steintreppe hinauf und klopften ans Tor. Bevor sie ihnen folgten, zeigte Cribb Thackeray eine riesige, trommelähnliche Vorrichtung auf dem Dach des Blocks. »Drehventilator«, erklärte er. »Wurde von Mr. Howard, dem Reformer, errichtet. Lüftet das gesamte Gefängnis.« Sein Blick wanderte langsam an der Mauer hoch. »Fenster gibt es kaum, wie Sie sehen.«
Nachdem sämtliche Schlösser geöffnet und alle Riegel weggeschoben waren, stiegen sie eine schmale Steintreppe hoch und wurden auf eine sehr unerwartete Weise empfangen: »Teufel noch mal, das ist ja Sergeant Cribb!« rief ein uniformierter Wärter, dessen Stil und Auftreten eigentlich nach den Orden und den Goldtressen des Türstehers vom Café Royal verlangt hätten.
»Cyril Blade!« erwiderte Cribb. »Wo haben wir uns das letztemal gesehen? Sagen Sie nichts!« Er schnippte mit den Fingern. »Ich hab's. Halloway, im vorletzten Jahr.« Er wandte sich an Thackeray. »Wenn Sie glauben, daß Irving eine Stimme hat, dann hören Sie jetzt zu. Welche Inschrift steht auf dem Grundstein von Halloway, Cyril?«
Mr. Blade holte tief Atem. »Möge Gott die Stadt London erhalten und diesen Ort zum Schrecken aller Übeltäter machen.«
»Klingt überzeugend, hm?« fragte Cribb, der die ganze Vorstellung sehr genoß. »Aber hier gibt es keine Tretmühle, Cyril. Kein Ort für Ihre stimmlichen Fähigkeiten.«
Mr. Blade war da anderer Meinung. »Der Lärm dieses verdammten Knochenschinders klingt mir bis heute im Kopf, Sergeant. Ist schon ungewöhnlich

grausam, die Ohren eines Mannes zwölf Stunden lang diesem Radau auszusetzen. Ich hab dann um Versetzung zum Wergzupfen gebeten, wurde aber hierhergeschickt. Das war ein Schock, Sergeant!«

»Nicht so streng wie in Halloway?« wollte Cribb wissen.

Mr. Blade ballte beredt die Faust. »Die haben hier ein besseres Zuhause als ich bei meiner Mutter, Sergeant. Die leben hier wie Gott in Frankreich, das kann ich Ihnen sagen. Wie Gott in Frankreich.«

»Das ist auch recht so, Cyril. Sie sind ja noch nicht verurteilt. Sind sie schon aufgestellt?«

»Wie die Ehrengarde!«

»Gut. Dann wollen wir mal sehen, wen Sie hier haben.«

Mr. Blade führte sie durch eine offene Tür in einen weißgetünchten Raum von der Größe und der Form eines Krankensaals. Den Unterschied erkannte man nur an der Anordnung der Betten: In Fünferreihen waren Stockbetten jeweils Kopfende an Fußende an der einen Wand aufgereiht. Sauber geschrubbte Tische und Bänke waren an die gegenüberliegende Wand geschoben, um Platz für die Inspektion zu machen.

Thackeray mußte zu seinem Mißvergnügen feststellen, daß die hundertundzwanzig Gefangenen, die in drei bewegungslosen Reihen vor ihnen standen, wahrscheinlich alles verstanden, was sie sprachen. Die Aufstellung war militärisch präzise, aber die Kleidung zerstörte die Wirkung: Jeder trug die Kleider, in denen er nach Newgate gebracht worden war; so stand ein Jagdmantel zwischen einem

speckigen Spencer und einer Flanelljacke, das elegante Schuhwerk eines Hochstaplers neben Holzpantoffeln und nackten Füßen. Und doch gab es eine gewisse Uniformität in den Augen der Gefangenen, eine glasige Gleichgültigkeit, eine Apathie, die nur wenige nicht erfaßt hatte.
»Zu Ihrer Verfügung«, sagte Cyril mit weit ausholender Bewegung. »Die feinste Parade in London nach der des Lord Mayors. Einbrecher, Betrüger, Pflastermaler, Raufbolde, Mörder und einige zweifelhafte Gestalten, die vielleicht ehrbare Gentlemen sind oder doch krumm wie alte Nägel. Sehen Sie sie sich gut an, und wenn Sie zwei oder drei finden, die Sie kennen, dann haben Sie Gottes Segen.« Während Cribb nun die Reihe entlangging, meinte Mr. Blade vertraulich zu Thackeray: »Der hat's faustdick hintern Ohren, der Sergeant Cribb.«
Thackeray folgte Cribb in einigem Abstand und war sich dabei wohl bewußt, daß die Inspektion nicht der eigentliche Grund ihres Besuchs war. Dreimal blieb der Sergeant kurz stehen und befragte Männer, die er mit Namen kannte. Als er dann die Formalität zu seiner Zufriedenheit abgeschlossen hatte, dankte er Mr. Blade und fügte leise hinzu: »Auf den Rothaarigen in der letzten Reihe müssen Sie aufpassen. Wie nennt er sich?«
»Der Große? Das ist Percy Crichton-Jones. Kam heute morgen.«
»Wirklich. Ich wette eine Guinee gegen einen Shilling, daß das Albert Figg ist, und der wird hier seine Kartentricks vorführen, bevor heute abend das Licht ausgeht. In ganz London gibt es keinen geris-

seneren Betrüger. Sonst noch Neuzugänge diese Woche?«
Mr. Blade präsentierte mit Exerzierplatzstimme seine Einheit: »Die beiden in der ersten Reihe kamen gemeinsam: Taschendieb und sein Partner. Der Vierte in der zweiten Reihe ist der Mörder von Bethnal Green. Der da hinten, der grade den Kopf bewegt — Stillgestanden, Mann! — schimpft sich Zauberer. Beim Hofgang müssen wir höllisch auf den aufpassen, damit er uns nicht über die Mauer davonfliegt.«
»Zauberer? Wie heißt er — Woolston?«
»Ich glaube schon, Sergeant, aber wie er sich auf der Bühne nennt —«
»Ich will mit ihm sprechen.«
»Wirklich?« Mr. Blade hob die Stimme, was eigentlich ziemlich überflüssig war. »Woolston, zwei Schritte vorwärts marsch!«
»Alleine«, sagte Cribb.
»Sie bekommen eine Zelle ganz zur Ihrer Verfügung, Sergeant. Woolston. Vortreten und folgen. Und die anderen stillgestanden —«
Cribb ging hinter Woolston her und Thackeray hinter Cribb, während die Wärter Rose und Whittle die Gefangenenreihen bewachten. Das Quartett marschierte den Saal entlang und betrat dann einen schmalen Gang, von dem offene Türen in etwa ein Dutzend Zellen führten.
»Diese da.« Mr. Blade wies auf eine Zelle. »Setzen Sie sich, Sergeant. Ich werde noch einen Stuhl für Ihren Begleiter bringen.« Als dann auch Thackeray saß, warf der Wärter dem Gefangenen einen drohenden Blick zu und ergänzte: »Ich lasse Sie

jetzt mit ihm allein, Gentlemen. Wenn er Schwierigkeiten macht, ich bin in Rufweite.«
Der potentielle Unruhestifter stand vor ihnen mit einer ehemals weißen Krawatte, einem staubigen Frack und einem verwirrten Gesichtsausdruck. Bei seinem in jeder Hinsicht unbedeutenden Aussehen konnte man sich auch trotz seines Zaubererkostüms kaum vorstellen, daß er im Royal Wunder wirkte. Vielleicht verwandelte ihn die Zauberkraft des Rampenlichts, aber in der grellen Beleuchtung der weißgetünchten Zelle sah er einfach nur bleich und eingefallen aus und so geheimnisvoll wie der Asphaltboden.
»Stehen Sie auf, Thackeray«, befahl Cribb. »Mr. Woolston hat den Stuhl nötiger als Sie.«
Der Gefangene dankte Thackeray mit dünner Stimme und setzte sich Cribb gegenüber an den kleinen Tisch, der mit Scharnieren an der Wand befestigt war und wie eine Zugbrücke von zwei in die Mauer eingelassenen Ketten gehalten wurde. Die Grundausstattung des Gefängnislebens — Bibel, Gebetbuch und Gesangbuch, Gasleitung, Becken und Becher, Blechteller und Holzlöffel — stand auf Regalen an der Wand. Unter einigen Schwierigkeiten fand Thackeray einen bequemen Stehplatz in einem Winkel der Zelle.
»Achten Sie auf Ihren Ellbogen!« ermahnte ihn Cribb. »Wenn Sie das Bettzeug durcheinanderbringen, muß Mr. Woolston es wieder ordnen.«
Thackeray nahm den Arm von dem Stapel, der aus einer Matte, Decken und einer Matratze bestand. Die Zellenbetten in Newgate waren Hängematten, die an zwei in den Wänden eingelassenen Ringen

befestigt waren. Die Wärter achteten peinlich genau darauf, daß die Betten jeden Morgen ausgehängt und auf die einzig akzeptable Art, nämlich quadratisch wie Briefmarken, zusammengelegt und die Haltebänder und Haken im »Newgate-Stil« geordnet wurden. Diese Übung und andere praktische Hinweise für das Gefängnisleben wurden in der Hausordnung erklärt, die an der Tür hing.

»Schlafen Sie hier?« fragte Cribb ohne großes Interesse. Eine Unterhaltung mit einem Gefangenen konnte man schließlich kaum mit Bemerkungen über das Wetter eröffnen.

»Nein. Im Saal. Die erste Nacht habe ich hier verbracht, aber da wurde es mir zu kalt. Drinnen bei den anderen ist es wärmer.«

»Aber in der Hausordnung hier heißt es, daß man die Temperatur in der Zelle einstellen kann.«

»Ja«, erwiderte Woolston. »Das ist der Regler zu Ihrer Linken. Es gibt drei Möglichkeiten — kalt, sehr kalt und wer hat Lust zum Eislaufen?« Das Varietégeplapper, ausdruckslos und nicht sonderlich lustig vorgebracht, entlockte Cribb ein höfliches Lächeln. Einen Augenblick lang funkelte Befriedigung in Woolstons Augen.

»Jetzt hören Sie mir zu«, sagte Cribb, nachdem die Eröffnungsformalitäten beendet waren. »Ich bin Polizist. Das muß aber für Sie nicht unbedingt Probleme bedeuten.«

Woolston schüttelte den Kopf. »Das hat keinen Zweck. Ich hab mein ganzes Geld schon den Wärtern gegeben.«

»Verdammt noch mal, Mann, ich rede doch nicht von Bestechung«, platzte Cribb heraus. »Ich will

nur, daß Sie mir sagen, was Sie ins Gefängnis gebracht hat.«
»Ein Polizeiauto.« Wie aufs Stichwort. Die Unterhaltung wurde allmählich zur Farce.
»Also gut«, sagte Cribb. »Fangen wir noch einmal von vorne an. Ich halte Sie nicht für einen Knastbruder.«
Woolston drehte die Augen zur Wand wie eine Kuh, die sich nicht für ihren Melker interessiert.
»Legen Sie die Hände auf den Tisch!« befahl Cribb. Der Gefangene gehorchte, diesen Ton verstand er. Thackeray sah verblüfft zu. »Hübsche Finger«, fuhr Cribb fort, sein Temperament zügelnd. »Ich würde sagen, mit denen können Sie schon ein paar Wunder wirken, wenn Sie sie geschickt einsetzen. Wie nennt man das — Taschenspielerei, nicht? Ich frage mich nur, welche Art von Taschenspielerei Sie in Wandsworth vorführen, wenn man Sie verurteilt. Möchte ja gern sehen, was Sie mit einem Pumpengriff anstellen. Die meisten Männer schaffen ungefähr fünftausend Umdrehungen pro Tag — bevor die Blasen sie langsamer machen. Zur Abwechslung dürfen sie dann ein bißchen Werg zupfen. Das ist doch eine schöne Beschäftigung für einen Mann mit geschickten Fingern! Die Blasen, die Sie sich im Pumpenhaus holen, verheilen wieder. Aber die Nägel und die Fingerkuppen müssen beim Wergzupfen dran glauben. Ich erinnere mich da an einen Geiger. Wunderbarer Musiker. Fingerspitzengefühl wie Paganini —«
»Also, um Himmels willen, was wollen Sie wissen?«

Cribb änderte sofort die Richtung. »Was ist bei Ihrer Nummer im Royal schiefgegangen?«
»Ganz einfach mechanisches Versagen«, gab Woolston zu. »Haben Sie den Trick schon einmal gesehen? Es ist ganz einfach.« Als hätte man einen Funken in ihm entzündet, wurde Woolston immer lebhafter, während er erzählte. Seine Gesichtszüge erhellten sich, seine Stimme wurde ernsthaft und ausdrucksstark. »Die Frau in der Kiste, Sie wissen schon. Man zeigt dem Publikum eine große, leere, aufrecht stehende Kiste. Dann lädt man seine gutgebaute Assistentin ein, sich hineinzustellen. An den beiden Enden sind Öffnungen für die Füße und den Kopf, damit das Publikum ihre Reaktionen beobachten kann. Man verschließt die Kiste und zeigt den Leuten ein paar scharfe Schwerter, Waffen, die ihnen schon beim Anblick einen Schauer übers Rückgrat jagen. Dann stößt man die Schwerter mit aller Kraft in kleine, vorbereitete Löcher im Deckel der Kiste. Es erscheint unmöglich, daß man die Assistentin dabei nicht verletzt hat. Ein Schwert scheint durch ihre Brust, ein anderes durch den Bauch und wieder ein anderes durch die Beine gedrungen zu sein. Aber sie zeigt nicht das geringste Anzeichen von Schmerz. Also zieht man die Schwerter wieder heraus, öffnet die Kiste, und sie verläßt sie so makellos wie zuvor.« Er hätte sich in der Zelle nun beinahe verbeugt.
»Ich glaube, ich habe den Trick schon gesehen, Sarge«, bemerkte Thackeray.
»Das ist ziemlich wahrscheinlich, mein Lieber«, erwiderte Woolston, der vor Redseligkeit nun beinahe übersprudelte. »Der ist nicht mehr einzigar-

tig. Ich habe ihn schon bei dem berühmten Dr. Lynn und bei John Nevil Maskelyne gesehen, aber die verwenden nicht meine Methode. Und natürlich gibt es eine ganze Menge Provinzzauberer, die Gummischwerter und Schlangenmenschen verwenden.«

»Wirklich?« fragte Cribb. »Wie sieht denn Ihre Methode aus? Sie müssen Sie vor Gericht erklären, also können Sie es uns ebensogut gleich erzählen.«

Woolston zögerte. Ein Illusionist behält seine Illusionen gern für sich, aber Cribbs Logik war nichts entgegenzusetzen. Und der Verlockung, sich über das eigene Genie auszulassen, ebensowenig. »Nun gut, Gentlemen. Mein Trick funktioniert folgendermaßen. Sie werden verstehen, daß das Publikum das Gesicht und die Füße meiner Assistentin sieht und daher annimmt, daß ihr Körper die ganze Länge der Kiste ausfüllt und so den Schwertern ausgesetzt ist, die ich durch die Löcher stoße.«

»Das sollte man annehmen.«

Der Zauberer beugte sich nun vertraulich vor. »Aber angenommen, Sergeant, daß das, was unten aus der Kiste heraussteht und Sie für die Füße meiner Assistentin halten, in Wirklichkeit nur ihre leeren Stiefel sind. Sie hat die Füße aus den Stiefeln gezogen — die extra deswegen um einige Nummern zu groß sind — und kann nun ihren Körper in der Kiste frei bewegen. Es ist ganz einfach, sich nach links zu drehen, ohne den Kopf zu bewegen, so daß der Körper im Profil ist, während der Kopf weiterhin nach vorne sieht.«

»Raffiniert!« bemerkte Cribb.

Woolston strahlte. »Aber das ist noch nicht der

ganze Trick. Wenn Sie bitte die Ellbogen vom Tisch nehmen wollen...« Cribb gehorchte, nicht ohne an Mr. Blades Hilfeversprechen für den Fall, daß es Probleme gäbe, zu denken. »Nun, meine Herren, werde ich es Ihnen demonstrieren. Sie sehen, daß dieser Tisch nur ein Brett ist, das mit Scharnieren an der Wand befestigt ist. Wenn es heruntergelassen ist, bildet es eine Art Vorsprung, der von den beiden Ketten gehalten wird. Aber wenn ich ihn hochklappe... so... liegt er flach an der Mauer an. Und dieser einfache Mechanismus ist in meine Kiste eingebaut. Sobald meine Assistentin die Stiefel ausgezogen hat, klappt sie ein verborgenes Brett zu ihrer Rechten herunter. Nun dreht sie den Körper — aber nicht den Kopf — und setzt sich auf den so entstandenen Vorsprung. Das ist zwar nicht eben bequem, müssen Sie wissen, aber es ermöglicht ihr eine Position, in der die Schwerter sie nicht treffen. Wenn am Ende der Vorführung die Schwerter herausgezogen werden, muß sie nur das Brett wieder hochklappen und in ihre Stiefel schlüpfen. Dann öffne ich die Kiste und präsentiere das unverletzte Mädchen.« Er rückte seine Fliege gerade.
»Wunderbar«, sagte Thackeray.
»Und was ging im Royal schief?« fragte Cribb.
Woolston schüttelte den Kopf. »Das Brett brach ab, sobald Lettice sich draufsetzte. Sie hatte Glück, daß das erste Schwert sie verfehlte, aber das zweite drang ihr durch den oberen Teil des Beines, wenn Sie wissen, was ich meine.«
»Hat sie Sie darauf aufmerksam gemacht?«
»Sie hat es vielleicht versucht, Sergeant, aber es

gehört zu der Vorführung, daß sie ein erschrecktes Gesicht macht, während ich die Schwerter in die Kiste stecke. Auch wenn sie geschrien hätte, hätte ich sie wegen des Trommelwirbels, der den Höhepunkt der Vorführung begleitet, nicht hören können. Natürlich merkte ich sofort, was geschehen war, als ich mit dem zweiten Schwert auf einen Widerstand traf.«

»Das kann ich mir vorstellen. Was ist dann passiert?«

»Verwirrung, Sergeant. Bedauernswerte Verwirrung. Der Vorhang fiel und wurde sofort wieder hochgezogen. Ein Polizist kletterte auf die Bühne, und wie aus dem Nichts war plötzlich ein Arzt anwesend. Vor Angst, Lettices Verwundung noch zu verschlimmern, wagte niemand, die Kiste zu öffnen. In meiner Bestürzung merkte ich gar nicht, daß es für alle anderen so aussah, als wäre ihr das Schwert durch den Bauch gedrungen. Wir brachten die Kiste in eine horizontale Lage, und sie können sich das Geschrei nicht vorstellen, das aus dem Publikum drang, als einer der Stiefel sich löste und auf die Bühne fiel. Ich weiß nicht, wie die Leute auf die Idee kamen, ich hätte ihr ein Bein abgeschnitten. Zum Glück hatte jemand soviel Verstand, den Vorhang zu schließen und einen Komödianten vorzuschicken, der das Publikum bald so weit hatte, daß es patriotische Lieder sang, während hinter der Bühne ein Tischler die Kiste aufsägte. Nun sah man, daß Lettices Bein durchstoßen war, der Arzt zog das Schwert heraus und brachte sie in einem Wagen ins Charing Cross Hospital.«

»Und dann wurden Sie verhaftet?«

»Ja!« sagte Woolston mit Bestürzung in der Stimme. »In ihrem Schmerz wurde das arme Mädchen richtig böse auf mich und beschuldigte mich mehrmals, sie absichtlich verletzt zu haben. Es war einfach zu absurd. Ich dachte, daß kein Mensch so etwas glauben würde! Sie war einfach nicht mehr bei klarem Verstand.«

»Kannten Sie sie schon lange?«

»Achtzehn Monate — was im Theater eine lange Zeit ist, Sergeant.«

»Hatten Sie in letzter Zeit Streit mit ihr?«

»Streit? Nein, Streit hatten wir kaum. An diesem Abend hatten wir kurz vor der Vorstellung eine kleine Unstimmigkeit, wenn Sie so wollen.«

»Weswegen?«

»Wegen ihrer Figur, Sergeant. Ich sagte ihr, daß sie zu dick werde, und das stimmt auch, verdammt noch mal. Schokolade und Kekse, wissen Sie. Als Übergewichtige hat man es ziemlich schwer, wenn man in der Kiste sitzt und versucht, sich nicht von den Schwertern treffen zu lassen.«

»Hatte sie Einwände gegen Ihre Kritik an ihrer Figur?«

»Ohne in Einzelheiten zu gehen, ja. Aber ich hatte doch recht, oder? Offensichtlich war sie zu schwer für dieses verborgene Brett. Obwohl ich eigentlich davon ausging, daß es noch mehr Gewicht aushalten könnte. Ich kontrolliere regelmäßig die Scharniere und Stützstreben.«

»Hatten Sie sie an diesem Abend kontrolliert?«

»Nun, an diesem Abend nicht, Sergeant.«

»Ich verstehe. Wie viele Leute kennen das Geheimnis Ihres Tricks?«

»Sehr wenige«, antwortete Woolston. »Der Schreiner, der die Kiste baute. Ein paar Bühnenarbeiter. Und Lettice.«
»Und das Mädchen vor Lettice?«
»Ach ja, Hetty. Und Patty vor ihr, jetzt, da Sie es erwähnen.«
Cribb seufzte. »Haben Sie die Vorrichtung nach dem Unfall untersucht?«
»In der Verwirrung, nein.«
»Schade.«
»Sie werden die Kiste nun nicht mehr finden, Sergeant. Kein Theaterdirektor läßt nutzloses Holz hinter der Bühne liegen. Der ganze Trick ist vermutlich inzwischen Feuerholz.«
»Beweismittel werden für gewöhnlich nicht vernichtet«, bemerkte Cribb. »Man hat sie wahrscheinlich aufbewahrt. Was wirft man Ihnen vor?«
»Körperverletzung. Wußten Sie das nicht? Aber man sagte mir, daß andere Anklagepunkte vorgezogen würden. Das verdammte Mädchen ist doch nicht mehr in Gefahr, oder?« fügte er spontan hinzu.
»Ich glaube nicht«, erwiderte Cribb. Er betrachtete Woolstons Gesicht. »Sie wollten sie doch nicht absichtlich verletzen, oder?«
Der Zauberer dachte darüber nach. »Nicht in diesem Augenblick und nicht unter diesen Umständen.«
Cribb hob die Augenbrauen. »Unter anderen Umständen vielleicht?«
Woolston zögerte, er witterte eine Falle. »Jetzt hören Sie mal zu, Sergeant. Ich bin ein professionel-

ler Illusionist, bekannt in allen Londoner Varietés, und dieses Mädchen war eine erstklassige Assistentin — hervorragende Figur, ein herrlich leidender Ausdruck und Beine, die sie auch gern herzeigte. Aber man muß so ein Mädchen trainieren, und dieses Training ist, wie jede Ausbildung, eine Frage der Disziplin. Ohne mich wäre sie noch immer ein kleines Chormädchen im Alhambra für zehn Shilling pro Woche und würde sich zwischen den Vorstellungen von Soldaten freihalten lassen.«

»Dann war sie also im Ballett?«

»Bis ich sie rettete. Sie muß mir dankbar sein. Ich habe viele Stunden damit zugebracht, ihr beizubringen, wie man sich in dieser Kiste bewegt. Viele Stunden, meine Herren.« Er suchte nach etwas Mitleid in den Augen seiner Zuhörer. Cribbs Gesicht war ausdruckslos, und für Thackeray war es offensichtlich kein großes Problem, junge Damen in Kisten zu verpacken. »Und am Ende«, fuhr Woolston unerschrocken fort, »konnte sie diese Bewegungen besser als jeden Tanzschritt, den sie je gezeigt hatte.«

»Um so schlimmer, daß sie zugenommen hat«, bemerkte Cribb und brachte damit das Gespräch in die Richtung, die er wollte.

»Ein schwaches Weib! Ja.«

»Für einen Mann wie Sie wäre es dann doch durchaus angebracht, ihr eine gehörige Lektion zu erteilen.«

»Bei Gott, ja«, rief Woolston begeistert. »Schimpfen alleine genügt nicht.« Doch dann faßte er sich wieder. »Aber ich würde es nie auf der Bühne tun.

Oder glauben Sie vielleicht, ich würde mir nur wegen einer dummen Gans, die die Finger nicht von der Keksdose lassen kann, meine Nummer kaputtmachen?«

»Was ich glaube, ist ohne Bedeutung«, entgegnete Cribb, der nun alles gehört hatte, was er wollte, »aber ich danke Ihnen für Ihre Offenheit.« Er stand auf. »Kommen Sie, Thackeray, wir wollen Mr. Woolston nicht länger aufhalten. Ich bin zwar selbst kein Zauberer, aber wenn ich meiner Nase glauben darf, dann brodelt hier irgendwo in der Nähe ein Topf mit Newgate-Stew, und ich hatte nicht die Absicht, zum Essen zu bleiben.«

3

Sergeant Cribb, mit steifem Hut und Inverness-Cape, pfiff ein Varietéliedchen zum Rhythmus der über die Southwark Street klappernden Droschkenpferde, während neben ihm Constable Thackeray, in ähnlich stattlichem Putz, sich mit untergeordneteren Gedanken abmühte. Der Zuschuß für Zivilkleidung betrug für Constables einen Shilling pro Tag: insgesamt sehr großzügig, auch wenn man die langen Intervalle des Dienstes in Uniform abrechnen mußte. In diesem Jahr war der Gesamtbetrag seiner Zuschüsse von Cribbs Zehn-Pfund-Pauschale wahrscheinlich gar nicht mehr weit entfernt. Aber dennoch, Zivilkleidung war für Thackeray Zivilkleidung. Und wenn ein Mann einen ganzen Wochenlohn für einen Schwalbenschwanz ausgab, um damit gelegentlich ein Melodram im Lyceum zu besuchen, dann erwartete er nicht, daß man ihm befahl, den Frack auch in einem gewöhnlichen Varieté zu tragen. Man mochte Scotland Yard ja mit Leib und Seele gehören, aber es war eine verdammte Unverschämtheit, wenn der Yard annahm, daß ihm auch noch der beste Anzug gehörte.

Er war nicht eben erbaut von dem Spektakel der Menschenmenge auf dem Weg zum Grampian. Jeden Samstag versammelte sich hier die ungewaschene Meute aus Südlondon und wartete auf die Galeriekarten für drei Pence. An einem feuchten

Abend wie diesem, wenn sie alle unter den Gaslampen zusammenstanden, konnte man förmlich giftige, gelbe Dämpfe aus ihren Kleidern aufsteigen sehen. Daß Cribb versprochen hatte, eine Loge zu buchen, war ja schön und gut. Aber was war dieses Versprechen wert gegen den Dreck von den Kordhosen eines Kohleträgers, der einen auf dem Weg durch das Theaterfoyer anrempelte. Für Thackeray in seinem maßgeschneiderten Frack war das im Augenblick beinahe ein Kündigungsgrund.

Am Eingang, einem enormen Korinthischen Portal, das neben der übrigen Architektur der Blackfriars Road fast unverschämt wirkte, mußte man erst eine Phalanx von Verkäufern überwinden, bevor man sich überhaupt in die Schlange vor dem Kartenschalter stellen konnte. Der Kutscher hatte kaum angehalten, als schon ein barfüßiger Junge herbeisprang, die Tür öffnete und ein Trinkgeld verlangte. Hinter ihm drängten sich Zündholzmädchen und Nußverkäufer, Bettler und eine Truppe junger Frauen, die Thackeray genug Grund gaben, sie auf der Stelle zu verhaften. Doch statt dessen bemühte er sich um einstudierte Gleichgültigkeit und strich sich nonchalant über den Bart, während Cribb das Fahrgeld bezahlte.

Thackeray mochte gar nicht daran denken, zu welchem Schaden für seinen Anzug er sich nun, die Hand zur Sicherheit an der Hutkrempe, hinter Cribb her auf den Kartenschalter für die Logen zuschob. Der Gestank der Menge trieb ihm das Wasser in die Augen; und er war bereit, den Sergeant auf der Stelle zu verlassen, falls es ihnen nicht ge-

lingen sollte, eine der Logen zu bekommen, in denen die Dämpfe von der Rampenbeleuchtung für gewöhnlich alle anderen Ausdünstungen überdeckten. Nach einer Weile kamen sie zu einem Loch in der Wand, und Cribb zog einen Florin aus der Tasche. Ein sehr ungewöhnlich beleuchtetes Gesicht im Inneren des Lochs verzog sich zu einer Grimasse. Ob es den Herren wohl genehm sei, wenn die Direktion gegen ein kleines Entgelt für reizende Begleitung sorgte? Cribb drehte sich um und hob verschmitzt die Augenbrauen. Thackeray schüttelte so nachdrücklich den Kopf, daß der Hut ins Rutschen kam. Er hoffte inständig, Cribb habe es nur im Spaß gemeint.
Ihre Logenschließerin, ein altes Weib, nahm ihnen die numerierte Blechscheibe ab, die als Eintrittskarte diente, und führte sie über einen dunklen Gang, der, von den jungen Damen ohne Begleitung an den Wänden abgesehen, große Ähnlichkeit mit den Korridoren von Newgate hatte. Die Polizisten gingen entschlossen an den Damen vorbei, und ihre Schritte knirschten auf einem Teppich aus Walnuß- und Haselnußschalen. Sie stiegen ein paar Stufen hinauf, gaben der Alten, was ihr zustand, und betraten die Loge.
»Na, ist das eine Aussicht«, rief Cribb mit unverhülltem Vergnügen. Die Lage ihrer Loge, gute drei Meter über der Bühne und praktisch direkt über dem Proszenium, ermöglichte ihnen den Ausblick auf den gesamten Zuschauerraum, der von sechs riesigen Gasbrennern erleuchtet wurde. Neun Tischreihen erstreckten sich vom Orchestergraben aus über die ganze Länge des Sandbodens bis in die

Dunkelheit und den Rauch am Rand des Kreises. Dort saßen Hunderte von Verkäufern und Angestellten in schneeweißen Hemden und Abendanzügen mit gewagt ausgeschnittenen Westen und hervorstehenden blutroten Taschentüchern — an diesem Abend für zwei Shilling und den Preis der Nelke im Knopfloch die Könige von Southwark. Ginselige gute Laune lärmte an den Tischen, ab und zu noch verstärkt von lautem Rufen und Klatschen, wenn sich jemand auf einen Chapeau claque setzte oder eine Flasche entkorkte. Frauen mit Zigaretten und geschminkten Augen saßen neben respektablen Ehegattinnen und Kindern mit tellergroßen Augen. Ab und zu erklang zum Rhythmus stampfender Füße der Refrain eines Varietésongs und erstarb dann wieder. An den Wänden hinter den Geländern und Promenaden befanden sich die Bars, funkelnd vor Messing und Zinn, polierten Zapfhähnen und vergoldeten Spiegeln, wo überarbeitete Kellner die Barmädchen drängten, sich mit den Bestellungen zu beeilen. Mit ihren vollen Tabletts mußten sie sich mühselig einen Weg durch die Flaneure zu den Tischen bahnen.
Korinthische Säulen dienten in Abständen als Stützen für die Sechs-Penny-Galerien, auf deren Verkleidung eine Gips- und Goldstaubarmee von Putten zwischen den Gaslüstern dralle Nymphchen jagte. Dahinter saßen, weniger luxuriös, die mit Melonen behüteten Besucher auf Bänken ohne Kissen. In der billigsten Galerie darüber, wo sich die untersten Schichten zu Hunderten drängten, gab es keine Sitzgelegenheiten mehr — nur Absperrungen, um eine Katastrophe zu vermeiden.

»Von diesem Blickwinkel aus betrachtet«, bemerkte Thackeray, »bin ich außergewöhnlich dankbar, daß ich keine Vorstellung geben muß.«
»Bei einer Gage von zehn Pfund und mehr würde ich schon ein paar Liedchen singen«, entgegnete Cribb. »Das ist mehr, als selbst der Chief Superintendent nach Hause bringt. Angeblich bekommt der ›Lebensfunken‹ — Miss Jenny Hill — mehr als fünfzig pro Woche.«
»Aber ich glaube, die haben auch jeden Penny davon verdient, Sarge, wenn sie jeden Abend durch ganz London hetzen müssen, um in drei oder vier Theatern aufzutreten.«
Cribb rümpfte die Nase. »Ich nehme an, Sie finden es besser, sich für fünfunddreißig pro Woche jeden Abend die Hacken in Bermondsey abzulaufen, und das nach dreißig Dienstjahren.«
Das Öffnen der Tür hinter ihnen übertönte Thackerays Antwort.
»Na, meine Hübschen, wolln Se ma nich was vonner Nierchenpastete abkaufen? Sinn heiß un frisch, steh ich ein dafür. Nich? Könnt Ihnen auch n' Tellerchen mit Austern raufholn, wenn Se wolln? Könnse mit Ihrm Schampus runterspülen.«
Cribb warf Thackeray, der eine Schwäche für Austern hatte, einen Blick zu.
»Nicht um viel in der Welt«, sagte der Constable lächelnd.
Im Saal wurde der Eintritt des Orchesters mit Schreien und Johlen begrüßt. Die Saallüster wurden gedämpft, die Rampenlichter flackerten in hohen, gelblichen Flammen auf. Der Dirigent nahm seinen Platz vor den Instrumentalisten ein und

wurde mit einer gutmütigen Schimpfkanonade begrüßt, die er im Gegenzug mit der Ouvertüre zu *Carmen* zum Schweigen brachte.
Ein Kellner erschien in der Loge und wurde um zwei Pints Bass East India geschickt. »Aber vergessen Sie keinen Augenblick, daß Sie im Dienst sind«, warnte Cribb Thackeray schreiend, um das Orchester zu übertönen. »Bei dem ersten Anzeichen eines Vorfalls sind wir auf dieser Bühne.«
Der Constable nickte und spähte über die Brüstung auf die Bühne hinunter. Er war kein Feigling, hatte aber die komische Vorstellung, daß neunzig Kilo nach einem Sturz von über drei Metern der Verletztenliste nur einen weiteren Namen hinzufügen würden. Aber glücklicherweise deutete eine Ausbuchtung an der Außenseite der Loge einen sicheren Weg nach unten an. Wenn er sich am Hintern des Gipscupidos festhielt, konnte er den Vorhang der Loge unter der ihren erreichen. Von dort würde er, sofern nichts nachgab, sicher bis auf die Bühne gleiten können.
»Manchmal lassen sie eine Szene aussehen wie einen Unfall, damit es für das Publikum spannender wird, Sarge. Wie zum Beispiel der Trapezartist, der von seiner Schaukel fällt und dann von seinem Partner aufgefangen wird. Ich möchte nicht gerne —«
»Was meinen Sie?« brüllte Cribb.
»Nichts von Bedeutung«, erwiderte Thackeray philosophisch.
Mit einem Beckenschlag endete die Ouvertüre, und ein Scheinwerfer beleuchtete einen kleinen Tisch im vorderen Teil des Saales. Der Conféren-

cier, ein Riese von unglaublichem Bauchumfang, lüftete den Hut.
»Aufstehen!« verlangte das Publikum.
Er schüttelte den Kopf. Seine diversen Kinne schwabbelten wie frischgekochter Pudding.
»Auf! Auf! Auf!«
Er zündete sich seelenruhig eine Zigarre an, und das Gejohle wurde zur Raserei.
Er legte die Hände auf die Tischkante, beugte sich vor, stemmte und spannte die Muskeln an und ließ sich dann wieder sinken.
»Mein Gott, Billy«, rief jemand. »Du schaffst es ja gar nicht mehr!« Das halbe Publikum bog sich vor Lachen.
Drei Schläge von Billys Hammer auf den Tisch stellten die Ruhe wieder her. »Klappe halten!« befahl er mit einer Stimme, die keinen Widerspruch duldete. »Und seht her.«
Er gab Hammer und Zigarre einem der Gäste an seinem Tisch, während ein anderer die Bierhumpen abräumte. In tiefer Konzentration legte Bill die Händflächen wie ein Medium flach auf den Tisch, holte tief Atem und begann, langsam von der Rückenlehne seines Stuhls nach vorne zu schaukeln. Mit einem entschiedenen Grunzen warf er sich plötzlich ganz nach vorne und hob den Hintern vom Stuhl. Eine quälende Sekunde lang war unsicher, ob seine Arme die Belastung aushalten würden, doch dann streckten sich seine Beine, er stand aufrecht und funkelte das Publikum aus seinen kleinen Augen verächtlich an. Donnernder Applaus war die Antwort. Und wieder ließ er den Hammer auf den Tisch niedersausen.

»Also, ihr gnadenloser Haufen, da ich jetzt schon mal auf den Beinen bin, werd ich euch sagen, was ihr heut abend zu sehen bekommt. Ein richtiges Freudenfest wird's werden — ein Programm, das euch das Herz und das Gemüt anregt.« (Übertriebenes Ächzen von den Stammgästen und empörtes Lachen aus dem Parterre) »Und kein Wort, das unsere zartbesaiteten Damen beleidigen könnte.« (»Schande!«) »Denken Sie so darüber, Madam? Na, ich auch. Kommen Sie nach der Vorstellung zu mir, und ich werde diesen Mangel beheben.« (»Hört! Hört!« von der Galerie) »Aber jetzt ohne Umschweife zur ersten Sensation des Abends. Frisch von ihren Erfolgen im London Pavillon« (erstaunte »Ohs«), »dem Metropolitan« (mehr »Ohs«) »und dem Tivoli Garden« (ein langes, vielsagendes »Ah«) »ist sie heute hier bei uns, um euch mit ihren Liedchen zu erfreuen« (»Reizend!«): »Miss Ellen Blake!«

Huschende Geigenbogen, die ersten Töne von *Frisch wie neugemähtes Heu*, das unwiderstehliche Klappern der Vorhangringe, und da stand Miss Blake in einem langen Satinkleid mit breiten weißen und lilafarbenen Streifen, die Arme ausgestreckt und den Kopf zurückgeworfen, damit die Rampenlichter ihr Kehle und Kinn beleuchteten. Strähnen blonden Haares wehten im warmen Aufwind gegen ihre Häubchen. Thackeray überlegte sich, ob er ihr im Fall der Fälle nicht doch mit einem waghalsigen Sprung zu Hilfe eilen sollte.

»Sie ist phantastisch, nicht, Sarge?«

»Beherrschen Sie sich, Mann. Sie haben ja Schaum vor dem Mund.«

»Der ist vom Ale, Sarge«, protestierte Thackeray und wischte sich mit einem großen, karierten Taschentuch den Bart.
Miss Blakes *Neugemähtes Heu* fehlte etwas der Schwung, aber der schnelle Übergang zum *Spaziergang im Mondlicht* zeugte von hohem Können. Es war eine etwas lebhaftere Melodie, und die dazu gehörigen Tanzschritte lenkten die Aufmerksamkeit, sehr zur Freude des Publikums, von ihrer Stimme auf ihre Figur. Aber dennoch mußte sie gegen vereinzelte Gespräche von den Galerien und offensichtliches Desinteresse an einigen der Tische ankämpfen. Bei den ersten Akkorden eines dritten Lieds war schließlich lautes Stöhnen zu hören.
»Jetzt nehmen Sie sich doch zusammen, Thackeray«, sagte Cribb. »Sie sehen so feierlich aus wie ein Grabstein. Sie kommt doch gut an. Es ist noch gar nicht lange her, da wurde über den Orchestergraben ein Netz gespannt, um die Musiker vor verfaultem Obst zu schützen.«
Der spärliche Applaus am Ende klang eher nach Erleichterung denn nach Begeisterung, aber Miss Blake schien zufrieden, verbeugte sich, warf jemandem, der noch genug Enthusiasmus für ein Pfeifen aufbrachte, eine Kußhand zu und verließ die Bühne.
»Und jetzt etwas, bei dem euch das Blut in den Adern zu Eis erstarrt«, verkündete der Theaterdirektor aus sitzender Position, »ein Besucher aus der Wildnis Nordamerikas. Ihr kennt doch Hiawatha? Ja, meine Freunde, eine echte Rothaut. Und was glaubt ihr, wie er sich nennt? Nicht Laufendes Wasser — das interessiert doch bei uns keinen.

Nicht Blutender Wolf — von denen gibt's schon genug. Nein, meine Damen, es ist Ihr Schwarm, der Mann mit den Tomahawks — Funkelnde Klingen!«
Becken klirrten, der Vorhang hob sich, und die Lichtfilter, verschiebbare farbige Glasscheiben, tauchten die Bühne in ein satanisches Blutrot. Ein Indianer mit einem Tomahawk in jeder Hand hüpfte johlend und tanzend über die Bühne. Im Hintergrund der Bühne stand ein Brett etwa von der Größe einer Tür, auf dem ein geschnitzter, totemähnlicher Holzkopf prangte. Die Rothaut unterbrach für einen Augenblick den Kriegstanz und warf einen Tomahawk in diese Richtung. Mit einem furchterregenden Krachen grub er sich tief in das Holz. Dem Publikum blieb der Schrei im Hals stecken, als der zweite knapp neben dem ersten in das Brett sauste. Mit einem Schrei riß der Indianer beide Waffen heraus und drehte sich zum Publikum. Thackeray spannte die Muskeln. Cribb legte ihm zügelnd die Hand auf den Arm.
Ein Trommelwirbel versprach neue Schrecken.
»Mein Gott, Sarge! Sehen Sie, dort drüben!«
Außer Sicht des Publikums wartete auf der entgegengesetzten Seite der Bühne eine junge Frau in fleischfarbener Strumpfhose, einem winzigen Trikot und einem Lendenschurz. Eine einzelne Feder steckte in ihren Haaren. Der Tomahawkwerfer lief zu ihr, packte sie beim Handgelenk und zerrte sie, offensichtlich gegen ihren Willen, zum Brett. Aus dem Publikum drangen vereinzelte Schreie.
»Halten Sie sich bereit«, sagte Cribb. »Aber warten Sie auf mein Kommando!«

Thackeray beugte sich vor, bereit zu einer plötzlichen Reaktion, wie ein Mitspieler bei der Reise nach Jerusalem. Unten auf der Bühne wurde das Mädchen mit einem Seil an das Totem gefesselt. Der Indianer sagte etwas zu ihr und trat dann etwa vier Meter zurück. Während sie hilflos und mit gespreizten Armen und Beinen abwartete, setzte der Trommelwirbel wieder ein.
»Noch nicht«, murmelte Cribb.
Zu Füßen des Indianers lagen sechs Tomahawks, die im Licht furchterregend funkelten. Er hob die ersten beiden auf. Der Trommelwirbel schwoll an. Er holte weit aus und schleuderte mit einem markerschütternden Schrei die erste Waffe. Nur etwa zehn Zentimeter links von der Hüfte des Mädchens blieb der Tomahawk zitternd im Holz stecken.
»Eins!« riefen die Zuschauer, die ihre Sprache noch nicht verloren hatten.
Der zweite Tomahawk schlug rechts neben dem ersten ein.
»Zwei!«
Er hob die nächsten zwei auf. Der erste kam dem Knie des Mädchens gefährlich nahe.
»Drei!«
»Vier!«
Die letzten beiden. Sie sollten den Kopf des Mädchens einrahmen. Der Indianer zielte und hob die Waffe furchterregend langsam über den Kopf. Ein Schrei!
»Fünf!« Wenige Zentimeter neben ihrem Ohr.
Ein letzter Trommelwirbel.
Die Klinge funkelte im Flug.

»Sechs!« Es war ein Schrei der Erleichterung, begeistertes Klatschen und Stampfen folgte.
»Manchmal versuchen sie es anschließend mit verbundenen Augen«, sagte Cribb zu Thackeray, der noch blasser war als das Indianermädchen.
Doch dann ging zu ihrer Überraschung das Saallicht wieder an, und die beiden nun unübersehbar europäischen Artisten nahmen ihren Kopfschmuck ab und verbeugten sich vor dem begeisterten Publikum.
»Großartige Nummer!« sagte Cribb und applaudierte stürmisch.
»Und ich fühle mich wie abgestandenes Bier.«
Auf der Anzeigentafel zu ihrer Rechten erschien nun die Nummer drei. Da niemand ein Programm zu haben schien, konnte nur der Conférencier mit dieser Information etwas anfangen. »Wenn die letzte Nummer die Damen zu sehr aufgeregt hat, dann hab ich jetzt was für eure Nerven, Mädchen. Wir haben heut abend zwei hervorragende Hüter des Gesetzes bei uns. Ja, die Jungs in Blau sind heute abend bei uns ...«
»Verdammt, Sarge. Man hat uns entdeckt.«
»Immer mit der Ruhe, Constable.«
»... Unsere beiden Lieblinge des Gesetzes, die Police Constables Salt und Battree!«
Der Vorhang war schon während der Ankündigung aufgegangen, und nun marschierten zwei als Polizeibeamte verkleidete Schauspieler auf die Bühne, wobei der eine dem anderen knapp auf den Fersen folgte. Natürlich gab es einen, vom Klirren der Becken untermalten, Zusammenstoß, als sie in der Mitte der Bühne stehenblieben.

»Der Himmel steh uns bei!« sagte Cribb. »Nicht eine von diesen Trottelnummern!«
»Nehmt euch in acht« rief einer der Darsteller. »Ich halt hier Wacht.«
»Die Polizei durch den Dreck ziehen ist die Lieblingsbeschäftigung unserer angeblich so fairen britischen Nation«, brummte Cribb. »Seit Grimaldi gibt es kein Varieté mehr ohne einen vertrottelten, plattfüßigen Constable. Und in den Theatern gibt's mehr Blauröcke als bei der Polizei in der Stadt: Vance, Stead, Arthur Lloyd, Edward Marshall — sogar Gilbert und Sullivan haben es inzwischen ins Programm genommen. Ein verdammter Skandal ist das. Eigentlich sollte sich der Innenminister einmal darum kümmern.«

Ich bin der, der bringt in Knast,
den, der fremdes Gut anfaßt.
Bin die Leuchte vom Revier,
mit der Nummer neun und vier,

sang P. C. Salt.
Die beiden Künstler brachten nun echte Polizeihandschellen zum Vorschein, die sie zum Vergnügen des Publikums aufschnappen ließen.
»Wir könnten sie wegen Zweckentfremdung von Polizeieigentum festnehmen«, schlug Thackeray vor.
»Das ist nicht der passende Abend dafür«, knurrte Cribb, der die Arme aufgestützt und die Hände vors Gesicht geschlagen hatte und die Vorstellung durch die Finger beobachtete.
Nun erklang ein neues Lied:

Gut ausstaffiert in Helm und Mantel,
mit einer Binde für die Ärmel.
Und einen schicken Umhang im
offiziellen Blau.
Doch jetzt ha'm wir genug geklappert, jetzt
wolln wir wieder heim. — Alle miteinander —
Doch jetzt ha'm wir genug geklappert, jetzt
wolln wir wieder heim.

»So eine Schande!« sagte Cribb.
»Nehmt euch in acht!« rief P. C. Battree. »Ich halt hier Wacht!«
»Diese Hanswurste verdienen mit fünf Minuten von diesem Blödsinn mehr als wir beide in einer ganzen Woche Revierdienst«, fuhr der Sergeant fort. »Und jetzt beschützen wir die auch noch. Wenn den beiden was passieren sollte, nehmen wir den langen Weg zur Bühne, Thackeray.«
Pfiffe aus dem Publikum begrüßten eine junge Frau, die sich nun zu den Beamten auf der Bühne gesellt hatte. Ihr Kleid hatte eine gewisse theatralische Note, aber eigentlich war es ihr Gang — charakterisiert durch eine einzigartige Beweglichkeit in der Hüftregion — der keinen Zweifel daran ließ, welche Art von Person sie darstellen sollte. Nachdem sie sich einige Male übertrieben nach ihr umgedreht hatten, stimmten die Constables Salt und Battree ihren Schlußgesang an.

Unsre armen, alten Beine schmerzen,
doch uns liegt das Recht am Herzen
bei unserm täglich Streifengang.
Doch zwinkert man uns neckisch an

oder bietet gar einen Drink uns an,
dann sind die Blasen schnell vergessen —
und jetzt noch einmal —
dann sind die Blasen schnell vergessen!

Dann trotteten die beiden, mit Mimik und Gesten, die keine Zweifel über ihre Absichten ließen, hinter ihrer Assistentin her von der Bühne und kehrten gleich darauf mit ihr wieder zurück, um sich zu verbeugen.
»Wenigsten haben wir ihnen nicht zu Hilfe eilen müssen«, sagte Thackeray, der die Wut in Cribbs Schweigen spürte.
»Die werden Hilfe brauchen, falls ich je dienstlich mit ihnen zu tun bekommen sollte.«
Der Vorhang fiel, und der Scheinwerfer kehrte zum Tisch des Conférenciers zurück. »Jetzt, meine Freunde, nach dieser köstlichen Unterhaltung und weil ich kein Enthaltsamkeitsapostel bin, werde ich mir ein Gläschen Schampus genehmigen, das mir vom Tisch zu meiner Rechten so freundlich spendiert wurde. Das Programm fährt fort mit einer eindrucksvollen Demonstration männlicher Kraft vom König aller starken Männer, dem Herkules von Rotherhithe, dem großen Albert.«
Alberts Requisiten waren die bislang interessantesten. Wie ein exzentrischer Straßenhändler stand er hinter einem mächtigen Podest auf Rädern, auf dem ordentlich nebeneinander die verschiedensten Gegenstände lagen: Bücher, zusammengelegte Kleidungsstücke, der Sockel einer Statue, ein Zylinder, Fahnen, ein Picknickkorb und drei Hanteln. Mit einem Kopfnicken in Richtung des Dirigenten

stieg Albert auf sein Podest, stellte sich breitbeinig und mit herausgereckter Brust seitlich zum Publikum und spannte mit ineinandergelegten Händen die Arme, so daß seine Bizepse hervorsprangen wie Frettchen in einem Sack. Er trug ein einteiliges Kostüm der Art, wie es Leotard, der originale »Waghalsige junge Mann auf dem fliegenden Trapez« eingeführt hatte. Ein großzügiger Applaus war der Dank für die Demonstration seiner Muskelkraft, und nun stieg Albert auf den Sockel, beugte sich leicht vorwärts, brachte die Beine in Stellung und nahm die klassische Haltung eines Diskuswerfers ein.

»*Pose Plastique*«, erläuterte Cribb mit Kennerblick. »Der Mann hat einen guten Körper. Nur schade wegen dem Schnurrbart. Der sieht nicht sehr griechisch aus.«

Albert stieg wieder herunter und präsentierte nun einige Hantelübungen, die von Akkorden der Blechbläser untermalt und von Anfeuerungsrufen von den Galerien begleitet wurden. Als dann das Interesse allmählich abzuflauen drohte, erschien eine neue Sensation in Gestalt einer außergewöhnlich kräftigen, rotgesichtigen Frau in einem langen, weißen Kleid und einem Hut mit roten, weißen und blauen Straußenfedern.

»Himmel«, rief jemand von der Galerie. »Bleib bloß von Albert weg, Mädchen. Du machst ihn ja kaputt.«

Aber der Beitrag der Dame zu der Vorstellung wurde schnell deutlich. Während Albert hinter seinem Podest verschwand, um sich umzuziehen, verbeugte sie sich und verkündete: »Und nun, Ladies und Gentlemen, wird mein Sohn Albert, in Hochachtung vor dem berühmtesten Sproß unserer Na-

tion, Ihnen sein Porträt unseres Barden Shakespeare präsentieren.«
Und da stand Albert, an den Säulensockel gelehnt, in der Pose des Denkmals in der Westminster Abbey, mit überkreuzten Beinen, den einen Arm auf einem Stapel Bücher, in der anderen Hand eine aufgeschlagene Schriftrolle. Er trug Kniehosen, Wams und Umhang und einen falschen Bart. Sobald die Pose im Publikum seine Wirkung getan hatte, legte er beide Hände auf den Sockel und hob sich anmutig in den Handstand, wobei der Umhang in eleganten Falten über den Sockel fiel. Zu Trommelwirbel und einer weitausholenden Geste seiner Mutter nahm Albert eine Hand vom Sockel und stand nun einhändig darauf. Das Publikum jubelte. Theater wie Drury Lane oder das Lyceum mochten ihren eigenen Shakespeare haben, doch nur das Grampian hatte ihn im einhändigen Handstand!
»Ich habe mir einen Augenblick lang Sorgen gemacht«, gab Cribb nun zu. »Hier hätte es leicht zu einem häßlichen Unfall kommen können. Aber was machen sie jetzt?«
Albert war für den nächsten Kostümwechsel wieder hinter dem Podest verschwunden, während seine Mutter mit einem Union Jack in der Hand in der Mitte der Bühne stand. Zur Melodie eines patriotischen Lieds sang sie mit ihrer kräftigen Altstimme:

In aller Welt von britisch' Söhnen aufgestellt
wurd sie, die Rot-Weiß-Blaue!
Doch sie in den Dreck zu ziehn, scheint das einzige Bemühn
des Gladstone und sein' Haufe.

Unbeirrt von der gemischten Aufnahme, die ihr Lied erfuhr, sang sie weiter:

Ach England, wer soll dich vor Schande bewahren?
Und deine Söhn' und Töchter retten?
Wir tragen im Herzen den unsterblichen Namen —
Lord Beaconsfield, nun tot in Grabes Ketten.

»Ladies und Gentlemen, mein Sohn Albert wird nun die Größe Britanniens und des Empire darstellen!«
Vom gefährlichen Gefilde politischer Meinungen kehrte das Rampenlicht rechtzeitig wieder zurück zu Albert auf dem Podest, der inzwischen, bis auf eine riesige Hantel und den Picknickkorb, leergeräumt war. Albert war sehr überzeugend als John Bull verkleidet. Ein gewaltiger Wirbel aus dem Orchestergraben kündigte etwas noch Spektakuläreres als Shakespeare im Handstand an.
John Bull spuckte in die Hände und bückte sich nach der Hantel in den Farben des Union Jack, während der Trommelwirbel langsam immer lauter wurde. Er umklammerte den Griff, spannte die Muskeln und begann zu heben, wobei ihm die Anstrengung die Adern aus der Stirn trieb. Die Hantelstange bog sich unter dem Gewicht der massiven Eisenkugeln. Er hob die Hantel auf Kniehöhe. Dann bis zur Hüfte. Der Union Jack ruhte auf seiner Brust. Am Kinn. Auf der Höhe seines Zylinders. Schließlich war der Stoß vollendet, er hielt die Arme gestreckt über dem Kopf, und seine Beine zitterten unter der Belastung.
Nun kam der Picknickkorb an die Reihe. Während

Albert tapfer seine Stellung hielt, löste seine Mutter die Riemen vom Deckel.
»Daß die den überhaupt zumachen, Sarge«, murmelte Thackeray. »Der arme Kerl muß sich die ganze Zeit das Gewicht über dem Kopf halten, während sie — O Gott!«
Von einer Sekunde zur anderen verwandelte sich die Szene. Aus dem Korb sprang eine große weiße Bulldogge mit dem Union Jack um den Bauch. Sie knurrte böse und grub die Zähne in Alberts zitternde Wade. Sein Schmerzensschrei hallte durch das Theater, während die Hantel krachend durch das Podest schlug. Mann und Hund verschwanden, noch immer ineinander verkeilt, in einem Haufen zersplitterten Holzes.
»Das ist es, Thackeray!« rief Cribb. »Schnappen Sie sich den Hund!«
Später sollte sich Thackeray nicht mehr daran erinnern, ob er nun wirklich den Weg genommen hatte, den er geplant hatte; sein Abstieg war ein viersekündiges, verwirrtes Grapschen und Tasten an Gipsbusen und Gipshintern und zerrissenen Vorhängen entlang. Aber sein Bühnendebut war makellos. Der große Irving hätte sich nicht behender auf den Trümmerhaufen in der Bühnenmitte stürzen, den Unrat beiseite zerren und nicht entschlossener den Hund beim Genick packen können. Das Vieh war so überrascht, daß es Albert freigab und sich ohne zu knurren an Hals und Stummelschwanz hochheben und in den Korb sperren ließ.

4

Der Sergeant auf Agentenjagd
späht zur Kellertür herein,
wo die Köchin grade backt
Fleischpastetchen fein,

trällerten die beiden singenden Polizisten, Salt und Battree, bei einem Spezialauftrag. In bester Theatertradition hatten sie angeboten, auf dem Proszenium das Publikum zu unterhalten, bis hinter der Bühne die Ordnung wieder hergestellt sei. So marschierten sie nun vor dem hastig gezogenen Szenenvorhang mit einer Gebirgsansicht auf und ab, schwangen ihre Knüppel und sangen fröhlich vom Leben bei der Truppe.

Auf der anderen Seite des Vorhangs lag der große Albert in den Ruinen seines Podestes und stöhnte herzzerreißend. Um ihn herum stand eine Gruppe Schaulustiger, die zuverlässig bei jedem Unglück, vom verlorenen Kind bis zum zusammengebrochenen Kutschergaul, zu finden war.

»Tiere auf der Bühne führen immer zu einer Katastrophe«, erzählte ein kleiner Zigarrenraucher im Abendanzug eben der Gruppe. Er war offensichtlich der Bühnendirektor »Ich hatte schon alles hier — Hunde, Affen, Esel und Elefantenbabys. Außerhalb der Bühne sind sie vollkommen zahm. Aber sobald man sie vor ein Publikum bringt, machen sie nichts als Schwierigkeiten. Wenn sie nicht beißen, dann machen sie die Dekoration kaputt, und wenn sie auch das nicht tun, dann finden sie Mittel und Wege, die Aufmerksamkeit auf sich zu ziehen, von denen ich lieber gar nicht reden will. Sie können sich nicht vorstellen, welche Arbeiten ich meinen Bühnenhelfern schon befehlen mußte.«

»Im Augenblick können Sie ihnen befehlen, den armen Kerl aus den Trümmern zu befreien«, bellte Sergeant Cribb. »Wo ist der Verbandskasten? Er muß versorgt werden.«

»Bitte nicht so laut, Sir«, flehte der Manager. »Kein Grund zur Aufregung. Wir sind alle Profis.«

»Der Verbandskasten«, zischte Cribb.

»Ja. Ähm, ich bin mir nicht ganz sicher, wo ... Kein Problem. Ihr da drüben. Räumt diese Trümmer weg. Ihr braucht wahrscheinlich Werkzeug aus der Schreinerwerkstatt. Und du in der lila Weste, hol schnell Salz von der nächsten Bar. Wir werden sein Bein in Salzwasser baden, sobald die Bühne abgeräumt ist. Bist du in Ordnung, Albert?«

Ein tiefes Stöhnen aus dem Trümmerhaufen löste bei der umstehenden Hilfsmannschaft nur pessimistisches Kopfschütteln aus. Aus dem Hintergrund drang besorgtes Gemurmel, denn fast alle aus der Truppe hatten bei Alberts erstem Schmerzensschrei ihre Garderoben verlassen und standen nun in dem, was sie zum Zeitpunkt des Unfalls getragen (oder nicht getragen) hatten, am Bühnenrand herum. Constable Thackeray saß, nachdem er ihn mit äußerster Sorgfalt verschlossen hatte, auf dem Korb mit dem Hund. Er merkte zwar, daß sich vor ihm eine kleine Gruppe angesammelt hatte, jedoch nicht, daß es sich dabei um Ballettmädchen handelte. Als er nun den Kopf hob, war sein Gesicht kaum einen Meter von einem Körperteil entfernt, der für gewöhnlich von einem Tutu verhüllt wurde. So eine Schamlosigkeit! Er senkte den Kopf sofort wieder wie ein Kahnführer, der sich einer niederen Brücke nähert. Doch weil die Pflicht es verlangte, nahm er sich zusammen und hob behutsam die Augen.

Jemand erschien mit einem Stemmeisen. Doch eine plötzliche Unruhe und der Schrei einer jungen Damen in Lila: »Wag es ja nicht, Albert mit diesem Ding zu nahe zu kommen!«, verschreckten den Mann so, daß er das Werkzeug mit lautem Gepolter fallen ließ. Der Hund in seinem Korb bellte wütend, und das Publikum vor dem Vorhang explodierte vor Lachen. »Nehmt euch in acht!« rief der erfinderische P. C. Battree. »Ich halt hier Wacht!«

Alberts Beschützerin war Miss Ellen Blake, die erste Künstlerin des Abends. Nun kauerte sie sich auf eine unwiderstehlich rührende Weise neben den Trümmerhaufen und streckte die Hand tröstend durch ein Loch an der Seite. Doch sie zog sie augenblicklich mit einem Schrei des Entsetzens wieder zurück. »Sein Arm. Er ist kalt wie der Tod.«

»Wenn Sie aufstehen und hier durchsehen, Miss«, schlug Cribb vor, »werden Sie sehen, daß sich sein Kopf auf der anderen Seite befindet. Sie haben eben nur die Stange von Alberts Hantel berührt. Wenn Sie nun bitte zurücktreten und ihn herauslassen wollen.«

Zwei Bretter wurden losgestemmt. Cribb lieh sich eine Lampe und spähte mit dem Ausdruck eines Ägyptologen, der seine erste Mumie entdeckt, hinein. »Es geht ihm nicht schlecht. Noch zwei Bretter, und wir können ihn auf dieser Seite herausziehen.«

Nun trat Miss Blake wieder vor, und zur allgemeinen Erleichterung kam eine Hand aus dem Inneren des Haufens und ergriff die ihre.

»Jetzt geht es ihm wieder gut!« verkündete der Direktor und klatschte in die Hände. »Alles wieder zurück in die Garderoben bis auf die von der nächsten Nummer. Die Vorstellung geht weiter wie geplant.« Er überlegte kurz und fügte dann hinzu: »Wir sollten uns lieber beeilen. Der Vorrat an Polizistenliedern ist sicher bald erschöpft.«

Cribb betrachtete die riesigen, tanzenden Schatten von Salt und Battree auf dem Vorhang. »Würde nicht schaden, wenn die beiden mal richtig ausgepfiffen würden. Verdammt schwache Imitation der Polizei, die die da abgeben.«

Der Direktor schnippte mit den Fingern. »Ja, sind Sie vielleicht...? Ich dachte mir gleich, daß Sie eine gewisse Autorität ausstrahlen. Aber wie kommt es, daß Sie zufällig —«

»Das tut nichts zur Sache«, erwiderte Cribb. »Wohin können wir Albert bringen?«

»Der Requisitenraum ist am nächsten.«

»Sehr gut.«

Albert wurde nun, ohne die Hand der neben ihm gehenden Miss Blake loszulassen, von der Bühne getragen und im Requisitenraum auf ein staubiges Sofa gelegt. Thackeray folgte mit dem Korb und dessen knurrendem Inhalt im Schlepptau.

»Muß der Hund hier sein?« waren Alberts erste verständliche Worte.

»Der Hund ist das Beweisstück. Und ein guter Detektiv läßt seine Beweise nicht aus den Augen. Man kann doch keinem Menschen trauen«, verkündete eine neue Stimme von der Tür her. Sie gehörte dem Bühnenarbeiter mit der lilafarbenen Weste, den man um Salz geschickt hatte: ein kleiner, dünner Mann mit weicher, knabenhafter Haut, die aber von feurigen blauen Augen unter einem struppigen grauen Haarschopf mehr als wettgemacht wurde. »Heute abend war die Nachfrage nach Pastetchen und gebackenen Kartoffeln ungewöhnlich groß, und das Salz ist so rar wie anständige Frauen. Hab mir deshalb das da vom Photographen nebenan ausgeborgt.« Er hob eine große, braune Flasche hoch. »Jod — das beste Heilmittel gegen Hundebisse. Es desinfiziert hervorragend, und wenn man es großzügig auf die Wunde gibt, wirkt es wahre Wunder der Wiederbelebung.«
Der Manager strahlte bewundernd. »Mein Gott, Major Chick, Sie sind der richtige Mann für einen Notfall. Gestatten Sie mir, Ihnen diesen Herrn vorzustellen. Er ist Polizist.«
»Wirklich? Hätte ich mir gar nicht gedacht — er sieht ja richtig intelligent aus.«
»Sergeant Cribb, Sir.« Sie gaben sich die Hand. »Und dort auf dem Hundekorb sitzt Constable Thackeray. Wie war gleich wieder Ihr Name, Sir?«
»Chick. Percival Chick. Major im Ruhestand. Seinerzeit Adjutant beim Achten Husarenregiment. Ich bin, wie Sie sehen, kein gewöhnlicher Kulissenschieber. Das ist nur Tarnung. Ich bin ebenfalls Detektiv, wie Sie, Sir. Aber meine Ermittlungen erstrecken sich nur auf den privaten Bereich.«

Ein Privatdetektiv. Cribb knurrte innerlich nicht weniger wütend als der Hund kurz vor dem Biß in Alberts Wade. Was für ein Abend! Zuerst diese Varietépolizisten und nun ein Privatdetektiv. Es war sein erstes Zusammentreffen mit einem Vertreter dieser Spezies, aber er hatte schon oft genug ihre Zeitungsanzeigen und die Messingschilder an ihren Türen gesehen. Jeder, der nur den richtigen Akzent sprach und genug Geld für eine Wohnung in den nobleren Vierteln Londons hatte, konnte ein Detektivbüro eröffnen und ein ganz ordentliches Einkommen damit erzielen. Man brauchte sich nur die Zimmer mit Wagenladungen alter Bücher zu dekorieren und irgendwo eine altmodische chemische Apparatur aufzustellen, und schon riß der Strom wohlhabender Klienten mit ihren Phantasiegeschichten von Erpressungen, Entführungen und Familienskandalen nicht mehr ab. Also schürte man ihre Ängste mit ein paar gefälschten Entdeckungen, hängte einem armseligen Bediensteten ein Verbrechen an und strich mit ein paar ausgesuchten Bemerkungen über die Unfähigkeit von Scotland Yard das Honorar ein. »Interessant, Ihre Bekanntschaft zu machen, Sir. Darf ich fragen, was Sie hier tun?«
Major Chick sah sich vorsichtig um. Neben Albert waren nur noch der Manager, Miss Blake und die Polizisten anwesend. »Ich glaube, das sollte Ihnen wohl besser mein Klient, Mr. Goodly, erklären.«
»Aber natürlich«, sagte der Direktor. »Eine Reihe von bedauerlichen Unfällen in den Londoner Varietés brachte mich zu dem Entschluß, einen Detektiv zu engagieren. Wissen Sie, ich hatte meine

Zweifel, ob es wirklich nur Unfälle waren. Fast jedes einigermaßen angesehene Theater wurde in den letzten ein oder zwei Monaten davon betroffen — bis auf das Grampian. Es schien unausweichlich, daß es uns über kurz oder lang ebenfalls treffen würde. Und seit einer Woche wartete Major Chick, als Bühnenarbeiter verkleidet, nun darauf, in einem Fall wie diesem die Ermittlungen aufnehmen zu können — obwohl es doch sehr unwahrscheinlich ist, daß das heutige kleine Mißgeschick absichtlich provoziert wurde. Die Launen einer Bulldogge kann man kaum einem Anarchisten in die Schuhe schieben, oder? Aber Ihr schnelles Erscheinen am Schauplatz scheint mir darauf hinzudeuten, daß Sie ebenfalls Probleme erwarteten.«

»Das tut nichts zur Sache«, erwiderte Cribb. »Wir wollen uns doch um Albert kümmern. Geben Sie mir das Jod, Major.« Seine Stimme klang mindestens so befehlsgewohnt wie die eines Colonels, und der Major hätte beinahe die Hacken zusammengeschlagen, als er das Gewünschte brachte. Von diesem Augenblick an gab es keinen Zweifel mehr, wer die Ermittlungen leitete. »Ihr Taschentuch bitte, Thackeray.«

Unter den diversen Kleinigkeiten des Requisitenraums befand sich auch ein Kartentisch, auf dem Cribb seine Jacke ablegte, bevor er sich die Ärmel hochkrempelte wie ein Zauberer. »Wenn Sie das Bein stützen würden, Major, und Sie, Miss Blake, versuchen bitte, Albert ruhigzuhalten. Ich werde jetzt den zerrissenen Strumpf entfernen und die Wunde bloßlegen ... Ausgezeichnet. Ein übler Biß. Nicht viel Blut, aber die Zähne steckten ziemlich

tief drin, hm, Albert? Ich werde jetzt die Oberfläche säubern, so. Nun falte ich das Taschentuch zusammen, tränke es mit Jod und drücke es fest —«
Albert zog Luft durch die zusammengebissenen Zähne ein und machte dabei ein Geräusch wie eine startende Feuerwerksrakete. Jeder packte ein Körperteil und drückte es aufs Sofa, da er die Muskeln anspannte. Er kniff die Augen zusammen und riß sie dann weit auf. Tränen liefen ihm über die Wangen. Miss Blakes Hand drückte er so fest, daß sie vor Schmerz aufschrie.
»Ausgezeichnete Arbeit«, sagte Major Chick zu Cribb. »Sie könnten auch als Militärarzt ein Auskommen finden. Guter Mann, bei Scotland Yard verschwenden Sie nur Ihre Zeit.«
Cribb betrachtete seinen Patienten. »Am Anfang zwickt es ein bißchen. Aber die Wunde muß gereinigt werden. Noch irgendwelche anderen Verletzungen?« Er hob die Jodflasche hoch.
Albert schüttelte entschieden den Kopf. »Nur eine kleine Abschürfung, als ich durch die Bretter krachte. Aber mein Knöchel tut weh. Ich hab ihn mir beim Fallen verstaucht.«
»Dann kannst du ja ein bis zwei Wochen nicht arbeiten«, sagte der Direktor ohne großes Mitgefühl. »Für den entgangenen Lohn kannst du dich bei deinem Hund bedanken. Wenn du meinen Rat hören willst, ich würde mich in Zukunft nicht mehr mit Tieren abgeben. Hör dir doch nur dieses knurrende Untier an. Wenn du meiner wärst, du häßliches Vieh, dann wüßte ich schon, was ich mit dir anfangen würde.«
Albert setzte sich auf. »Aber das ist nicht mein

Hund! Der da ist weiß mit braunen Flecken. Und Beaconsfield ist schwarzweiß. Das muß doch jemand bemerkt haben — ich mach doch die Nummer schon seit mehr als drei Wochen. Irgendein Schuft steckte dieses hinterhältige Vieh in Beaconsfields Korb, weil er wußte, daß der Hund mich beißen würde, sobald man ihn freiläßt.«

»Hab ich dich richtig verstanden?« fragte der Direktor. »Bist du sicher, daß die Bulldogge im Korb nicht die deine ist?«

»Beaconsfield würde mich nie angreifen«, antwortete Albert voller Entrüstung über die Unterstellung. »Er hat ja gar nicht die Kraft dazu. Er kann sich gerade noch so lange auf den Beinen halten, wie ich die Hantel stemme, und sogar dazu muß man ihn manchmal noch antreiben. Und außerdem ist er schwarzweiß, wie ich schon sagte.«

»Soll ich ihn aus dem Korb holen, damit Sie sich ihn genauer ansehen können, Sarge?« wollte Thackeray wissen

»Das ist nicht notwendig, Sergeant«, warf Miss Blake dazwischen. »Ich kenne Beaconsfield, und das ist er nicht. Wenn Sie durch die Löcher im Korb sehen, werden Sie am Rücken, wo der Union Jack verrutscht ist, einen großen braunen Fleck bemerken.«

»Gütiger Himmel, eine Vertauschung!« rief Major Chick. »Wie einfallsreich! Jaja, die Launen eines kriminellen Gehirns. Wir haben es hier mit einem gerissenen Gegner zu tun, Sergeant.«

Cribb ignorierte die Unterstellung, der Major nehme nun aktiv an der Ermittlung teil. »Wenn das nicht Beaconsfield ist, wo steckt dann seine Lordschaft? Wann haben Sie ihn zum letztenmal gesehen?«

»Während der Ouvertüre, als ich ihn herunterbrachte und in seinem Korb in der Seitenkulisse abstellte. Ich seh mir immer gern Ellens — Miss Blakes — Nummer von der Promenade aus an und bereite deshalb vorher alles für meinen Auftritt vor.«

»Dann hätten die Hunde also während der ersten drei Auftritte vertauscht werden können?«

»Während der ersten zwei, um genau zu sein. Vom Beginn der Polizistennummer an warte ich mit meiner Mutter in der Seitenkulisse.«

»Es geschah also, während Miss Blake oder die Indianer auf der Bühne waren? Wer befand sich zu dieser Zeit alles in der Seitenkulisse, Mr. Goodly?«

Der Direktor lächelte. »So einfach ist das nicht, Sergeant. Im Varieté geht's nicht zu wie im großen Theater, wo jeder Handgriff genau vorausgeplant ist. Ich organisiere eine Vorstellung mit siebenundzwanzig Auftritten, einschließlich der Tänzerinnen. Da muß ich die Reihenfolge oft sehr kurzfristig umstellen, um auf den Terminplan der Stars Rücksicht nehmen zu können. Heute abend zum Beispiel habe ich um acht Uhr Miss Jenny Hill. Und daran darf sich nichts ändern, weil sie um neun im Royal Aquarium und um Viertel nach zehn im London Pavillon auftritt. Also werde ich die Reihenfolge der Auftritte umstellen, damit sie rechtzeitig von der Bühne kommt, um es in einer Droschke zur Tothill Street zu schaffen. Sehen Sie, im Varieté gleicht kein Abend dem anderen.«

»Aber Sie müssen doch eine ungefähre Vorstellung haben, wer sich zur fraglichen Zeit hinter der Bühne befand«, beharrte Cribb.

»Nun gut«, erwiderte der Manager säuerlich. »Dann wollen wir mal eine Liste aufstellen, wenn Scotland Yard es so will. Da waren also die Indianer, Henry und Cissie Greenbaum, die auf das Ende von Miss Blakes Auftritt warteten, die singenden Polizisten, die Dalton-Brüder und ihre Assistentin Vicky. Und auf jeder Seite der Bühne noch bis zu neun Bühnenarbeiter und Kulissenschieber, zwei weibliche Garderobieren und ein männlicher, drei Männer für die Vorhänge, zwei Beleuchter auf dem Schnürboden, zwei Laufburschen, der Gasmann, mein Assistent und diejenigen der anderen vierundzwanzig Artisten, die Lust hatten zuzusehen. Ich würde also sagen, fast hundert Leute hatten das Recht hierzusein, Sergeant.«

»Dann muß doch jemand gesehen haben, wie die Hunde vertauscht wurden.«

»Das bezweifle ich. Die meisten von uns sind viel zu sehr mit ihrer eigenen Arbeit beschäftigt, um so etwas zu bemerken. Außerdem liegen die Seitenkulissen während der Indianernummer im Halbdunkel, um diesen speziellen Lichteffekt auf der Bühne zu erreichen. Meiner Meinung nach wurde der Korb während dieser Nummer geöffnet.«

Zustimmendes Murmeln von seiner linken Seite brachte Cribb auf eine Idee. »Wo standen Sie, Major?«

Major Chick stieg die Röte ins Gesicht. »Nun — äh — in der Galerie an der Seitenwand über der Bühne, wo die Seile und anderes kontrolliert werden.«

»Auf dem Schnürboden«, erläuterte der Manager. »Haben Sie etwas bemerkt?«
Der Major zupfte an seinem Schnurrbart. »Zum Teufel, ich beobachtete doch die Bühne.«
»Aber natürlich.« Cribb legte Chick beruhigend die Hand auf die Schulter. »Nun, Major, ich schätze mich wirklich außergewöhnlich glücklich, Sie als Ratgeber bei mir zu haben — ein professioneller Detektiv, der schon eine ganze Woche vor dem Verbrechen am Tatort war. Ein Geschenk des Himmels, meinen Sie nicht auch?«
Der Major nickte zurückhaltend. Er war es offensichtlich nicht gewohnt, daß man so über ihn dachte.
»Sie hatten Zeit, das Personal und die Künstler kennenzulernen und sich ein Urteil über sie zu bilden«, fuhr Cribb fort, »und Sie haben sicher alle Unregelmäßigkeiten, die in dieser Woche passiert sind, notiert.«
Am Gesicht des Majors war abzulesen, daß er das nicht getan hatte. »Die Sache ist die, Sergeant, soweit ich das beurteilen kann, gibt es im Varieté überhaupt nichts Regelmäßiges. Man kann sich nicht einmal darauf verlassen, daß man jeden Tag dieselben Gesichter sieht. Die Bühnenarbeiter wechseln ständig, Garderobenfilous lungern zu Dutzenden hinter der Bühne herum, arbeitslose Künstler kommen zum Vorspielen —«
Gebell aus dem Korb unterbrach den Major. Zur Überraschung aller Anwesenden wurde es von einem unterwürfigen Jaulen aus der Richtung der Tür beantwortet. Alberts Mutter füllte, in ihrem weißen Kleid und dem Hut mit den Straußenfe-

dern, zwei Drittel des Türrahmens. In ihren Armen kuschelte sich eine schwarzweiße Bulldogge, die ihrer allgemein lethargischen Erscheinung nach nur Beaconsfield sein konnte.
»Halten Sie Ihr Tier ruhig, Thackeray!« befahl Cribb. »Schieben Sie den Korb in Gottes Namen hinter das Klavier!«
»Ganz allein im Dunkeln war er eingesperrt, nicht war, mein lieber, kleiner Dizzie?« säuselte Alberts Mutter und ließ sich, gefährlich nahe an der Wunde ihres Sohnes, schwer auf das Sofa fallen. Beaconsfield lag träge und mit heraushängender Zunge über ihren Knien und ließ das Geplapper gleichgültig über sich ergehen. »Eingesperrt in diesem entsetzlichen Schnellumkleideraum ohne einen Tropfen Wasser. Wenn Miss Charity Finch-Hatton nicht ihren Straps hätte reparieren müssen, hätten wir ihn wahrscheinlich noch stundenlang nicht gefunden. Ich verstehe einfach nicht, warum diese dumme Pute eine solche Szene machte, als du an ihr hochsprangst; du wolltest doch nur erlöst werden.«
»Weil sie vielleicht wie wir alle Beaconsfield für ein wildes Tier hielt«, bemerkte Cribb. »Ich bin Polizeibeamter, Madam, und möchte mir erlauben, Ihnen zwei Fragen zu stellen.«
»Wir werden sie beantworten, wenn wir können«, erwiderte sie und strich mit den Fingerspitzen über Beaconsfields Speckfalten.
»Vielen Dank. Können Sie mir dann bitte sagen, warum Sie vor dem Auftritt nicht bemerkten, daß der Hund im Korb nicht Beaconsfield war?«
Sie antwortete ohne aufzusehen: »Bis zu dem Au-

genblick, da ich Dizzie freilassen kann, traue ich mich nicht in die Nähe des Korbes. Ich will nicht, daß er mich für eine Verräterin hält. Es tut mir weh, ihn jeden Abend so eingesperrt zu sehen. Heute abend habe ich nur gesehen, daß ein Hund mit einer Fahne im Korb war, und ich ging davon aus, daß es Beaconsfield war.«

»Was glauben Sie, wer für dieses Unglück verantwortlich sein könnte?«

»Wenn ich das wüßte, Inspektor, hätte ich es dem Schurken bereits heimgezahlt, und Sie müßten mich jetzt verhaften. Ich habe starke Arme, wissen Sie, und ich scheue mich nicht, sie zu benutzen, wenn jemand meinem kleinen Hündchen was zuleide tut.«

»Ich werde daran denken, Madam — aber ich glaube, nun muß sich jemand um Ihren Sohn kümmern. Man wird ihn nach Hause bringen müssen.«

»Wirklich?« fragte die dicke Frau überrascht und wandte sich zum erstenmal ihrem Sohn zu. »Was ist denn los mit dir? Du wirst doch mit dem kleinen Hundebiß die paar Straßen laufen können?«

»Ich hab mir beim Sturz den Knöchel verstaucht«, erklärte Albert.

»Meinen Glückwunsch, mein Sohn«, sagte sie hämisch. »Dann braucht der starke Mann wegen seinem schwachen Knöchel also zwei Wochen Ruhe, während seine Mutter gezwungen ist, wieder zum tragikomischen Gesang zurückzukehren, um Beaconsfield und sich selbst vor dem Armenhaus zu bewahren. Würdest du mir freundlicherweise erklären, wie ich dich nach Hause bringen soll — vielleicht auf meinem Rücken?«

»Wir werden uns um ihn kümmern«, sagte Cribb. »Miss Blake, würden Sie so freundlich sein und seine Kleider holen?«
Major Chick fuhr Cribb überrascht an. »Aber da sind doch noch Verdächtige zu verhören — ein Fall aufzuklären. Sie können das Theater nicht verlassen, Sergeant.«
»Wer wird mich davon abhalten?« entgegnete Cribb. »Sie sind doch ein fähiger Detektiv, oder etwa nicht, Major?«
»Zweifellos, aber —«
»Sie sind seit einer Woche hier, also kennen Sie doch alle Beteiligten?«
»Ja —«
»Sie wissen natürlich, daß Sie die Pflicht haben, alle Ergebnisse Ihrer Nachforschungen an mich weiterzuleiten?«
»Natürlich, Sergeant, aber —«
»Hervorragend!« Was Cribb betraf, war die Sache damit erledigt. »Thackeray, rufen Sie bitte eine Droschke und lassen Sie sie am Bühneneingang warten. In einer halben Stunde sind Sie zu Hause, Albert. Ach, Major — vergessen Sie unseren vierbeinigen Freund in dem Korb nicht. Wir brauchen ihn vielleicht noch. Beweismittel, Sie wissen schon.«

5

»Ist dies das Haus?« fragte Cribb. Die Droschke war in einer schlecht beleuchteten Sackgasse, einer Seitenstraße der Kensington Road, zum Stehen gekommen. Die Mauern des Bethlehem-Irrenhauses auf der einen Seite ragten höher auf als die Zeile schäbiger Reihenhäuser auf der anderen, die mit Rücksicht auf die Harmonie des Erscheinungsbilds aus den gleichen grauen Ziegeln erbaut waren. Barfüßige Jungen verließen ihren Spielplatz unter der Straßenlaterne und stritten sich um das Privileg, die Droschkentür öffnen zu dürfen.
Albert nickte. »Nur ein kleines Zimmer im Obergeschoß. Es ist nicht nicht gerade wie am Grosvenor Square – aber ich bin ja auch nicht George Leybourne oder der große Vance. Leybourne hat mich einmal zu einem Drink eingeladen und mir gesagt, daß ich mit Gewichtheben nie Spitzengagen verdienen würde. ›Was du im Varieté brauchst, ist eine kräftige *Stimme*‹, sagte er, ›Lastenschleppen ist die Arbeit eines Kofferträgers.‹«
Der letzte Satz war Thackeray noch frisch im Gedächtnis, als er den starken Mann beim Aussteigen stützte. Cribb bezahlte den Kutscher und warf dem nächsten Jungen eine Halfpennymünze zu.
»Können Sie Treppen steigen, wenn Sie sich auf Thackeray stützen, oder soll er Sie huckepack tragen?« fragte der Sergeant, als sie im Haus waren, wie immer gern bereit, die Dienste seines Constables an-

zubieten. Albert akzeptierte den ersten Vorschlag. Thackeray selbst war auch nicht eben schmächtig, und ihre gemeinsame Breite sorgte für einen beschwerlichen Aufstieg. Cribb folgte ihnen und richtete die Bilder wieder gerade, die sein Assistent mit der Schulter verschoben hatte. Oben auf dem Treppenabsatz öffnete Albert gleich die erste Tür.

»Streichhölzer?« fragte Cribb.

»Rechts auf der Kommode.«

Im Gaslicht zeigte sich ein Zimmer bescheidener Größe. Es wurde beherrscht von einer grotesken, lackierten Schlafzimmereinrichtung, die offensichtlich ein halbes Jahrhundert zuvor für ein Zimmer der dreifachen Größe konstruiert worden war. Wie man die Möbel über die Treppe gebracht hatte, blieb ein Geheimnis.

Thackeray führte Albert zum Bett, setzte ihn dort erleichtert ab und wischte sich den Schimmel vom Cape, den er im Treppenhaus an der Wand abgerieben hatte. »Sie sind ganz schön schwer«, sagte er atemlos. »Sie haben nicht zufällig eine Hantel in Ihrer Tasche?«

Albert grinste. »Ich frage mich, ob meine Vermieterin was bemerkt hat. Die würde gleich Verdacht schöpfen. Die hat es nämlich sehr mit der Enthaltsamkeit.«

»Machen Sie sich deswegen keine Gedanken«, versicherte ihm Cribb gutmütig. »Ich werde ihr sagen, wer wir sind.«

»Es wäre mir lieber, wenn Sie es nicht tun würden, Sergeant. Wenn die erfährt, daß ich mit zwei Polizisten nach Hause gekommen bin, setzt sie mich höchstens auf die Straße.«

Thackeray verbarg sein Schmunzeln vor Cribb und zeigte sich plötzlich sehr interessiert an der Studie mit Landseer-Hunden an der Wand hinter sich. Albert nannte ihm den Titel. »*Würde und Unverschämtheit.* Meine Vermieterin liebt Hunde ebensosehr wie meine Mutter, aber eben nur auf Bildern. Sie können es umdrehen.«
Das tat Thackeray auch. Die Haken waren an der Oberseite des Rahmens befestigt, man konnte das Bild deshalb wenden. Auf der Rückseite klebte die Photogravüre einer jungen Frau, die, nur mit einem dünnen Schal über der einen Schulter bekleidet, an einer griechischen Säule lehnte.
»Sehen Sie, jetzt bin ich zu Hause«, sagte Albert lachend. »Das ist mein einziger Beitrag zur Einrichtung. Setzen Sie sich doch, Gentlemen, wenn Sie einen Stuhl finden. Ich hoffe, Sie haben nichts dagegen, wenn ich mich aufs Bett lege.«
Thackeray setzte sich auf einen Korbstuhl neben dem Fenster und betrachtete Alberts eindrucksvolle Gestalt, die sich nun in das viel zu kleine Messingbett zwängte. Dieser starke Mann war schon ein komischer Kerl, mit seinem Oberklassenakzent und dem gewichsten Schnurrbart. Wie kam ein Mann seiner Klasse in ein so schäbiges Haus, wo er zweifelhafte Körperstudien auf die Bildrücken von Landseer-Gemälden klebte und in beständiger Angst vor seiner erzkonservativen Vermieterin lebte?
»Wir werden Sie nicht lange aufhalten«, sagte Cribb, »aber ich wäre Ihnen dankbar, wenn Sie mir ein paar Minuten Ihrer Zeit schenken könnten. Nach der Unterhaltung im Grampian wissen Sie wahrscheinlich

bereits, daß Ihr Unfall heute abend nur einer aus einer ganzen Serie von ähnlichen Vorfällen in Varietés in den letzten Wochen war. Ich möchte herausfinden, ob zwischen dem Ihren und den anderen ein Zusammenhang besteht. Ich hoffe, Sie werden mir verzeihen, wenn ich Ihnen nun einige Fragen stelle, die ungebührlich persönlich scheinen.«

»Sie können fragen, was Sie wollen«, erwiderte Albert.

»Besten Dank.« Der Sergeant stellte einen Stuhl mit der Rückenlehne zum Bett. Dann schwang er das eine Bein darüber, setzte sich rittlings, mit auf der Lehne verschränkten Armen, darauf und stützte das Kinn auf die Arme, so daß es kaum einen Meter von Alberts entfernt war. »Es ist doch wohl sonnenklar, daß sich jemand große Mühe gegeben hat, um den heutigen Unfall zu inszenieren, meinen Sie nicht? Streunende Bulldoggen laufen ja nicht gerade in Massen auf den Straßen von London herum, wie Ihnen jeder Bobby bestätigen wird, der schon mal als Hundefänger seinen Dienst versah. Und es ist auch nicht einfach, bei laufendem Programm in den Seitenkulissen eines Varietés zwei Hunde zu vertauschen. Augenblick, ich weiß alles über die traditionellen Streiche im Theater — Ruß auf Seidenhüten und so weiter — aber das heute war eine andere Kategorie, oder? Der Täter wußte ganz genau, daß er Sie für mindestens eine Woche arbeitsunfähig macht.«

Albert schüttelte den Kopf. »Ich fürchte, noch länger. Welches Londoner Theater wird mich nach der lächerlichen Vorstellung von heute abend denn noch als seriösen Artisten engagieren? Nächste Woche wird im *Era* ein Bericht über den Vorfall erscheinen, und dann bin ich als starker Mann aus der Öffentlichkeit verschwunden.«

Cribb nickte ernst. »Wer würde denn so etwas tun — ein anderer starker Mann vielleicht?«

»Auf keinen Fall. Es gibt nicht mehr als zwei Dutzend professionelle Gewichtheber in London und über hundert Theater. Wir kommen uns also nicht in die Quere.«

»Haben Sie Feinde unter den anderen Artisten im Grampian?«

»Eigentlich nicht, Sergeant. Die Leute bleiben nicht lange genug, um aufeinander eifersüchtig zu werden. Man wird für vielleicht drei Wochen engagiert, und dann zieht man weiter — außer man ist Champagner-Charlie oder Madam Lebensfunken, dann bekommt man einen Dreimonatsvertrag.«

»Sehen wir uns einmal außerhalb der Varietés um«, sagte Cribb. »Mit wem treffen Sie sich in der Freizeit? Gibt es privat einen Bekannten, der etwas gegen Sie hat?«

Albert lachte. »Freizeit? So etwas gibt es nicht. Von der Orchesterprobe am Montagmorgen bis zum Hanteltraining am Sonntagabend gehört mein ganzes Leben dem Varieté. Sogar meine Mutter und mein Mädchen gehören dazu.«

»Miss Blake?«

»Ellen. Sie müssen zugeben, sie ist eine wirkliche Schönheit. Wenn ihr Gesang erst einmal so gut ist wie ihr Gesicht und ihre Figur, ist sie der Star der Varietés.«

»Zweifellos.« Für Miss Blakes Stimme wäre dazu

zwar ein Wunder nötig, aber Cribb sagte es sehr überzeugend. »Ich nehme an, sie hat noch andere Verehrer.«

»Unzählige, da bin ich mir sicher. Jeden Abend werden ihr Unmengen von Blumen und Pralinen in die Garderobe gebracht.« Albert schien auf naive Weise darauf stolz zu sein.

»Dann haben Sie also Rivalen?«

»Ja, aber sie ermutigt sie nicht. Sie ißt ja nicht einmal die Pralinen. Die anderen Mädchen verteilen sie unter sich, wenn Ellen nach Hause gegangen ist. Sie ist mir durch und durch treu, Sergeant ... Ja, lächeln Sie ruhig, aber ich kenne Ellen. Sie hat einen außergewöhnlich starken Willen. Ich möchte keiner von den Herren sein, die versuchen, Ellen ihre Aufmerksamkeit aufzuzwingen.«

»Vielleicht hat einer dieser Herren Ihren heutigen Sturz arrangiert«, schlug Cribb vor.

»Das bezweifle ich. Wer Beaconsfield aus dem Korb genommen hat, muß außergewöhnlich viel über meine Nummer wissen. Und wer das weiß, der weiß auch, daß Annäherungsversuche bei Ellen Zeitverschwendung sind.«

Cribb zögerte mit der nächsten Frage und kratzte sich nachdenklich den Backenbart. Thackeray, der Schweigen nicht mochte, senkte den Blick und drehte langsam den Seidenhut auf seinem Schoß. Er hatte das Gefühl, Cribb würde mit der nächsten Frage in sensible Bereiche vorstoßen.

»Dann haben wir offensichtlich alle ausgeschlossen bis auf Ihre Mutter, Albert. Und ich kann mir nicht vorstellen, daß sie Ihnen einen solchen Streich spielen würde.«

Schallendes Gelächter kam vom Bett. »Mama? Die hat in ihrer Zeit vor kaum was haltgemacht, Sergeant, das können Sie mir glauben! Aber ich kann mir nicht vorstellen, warum sie die Nummer ruinieren sollte. Außerdem würde sie nie etwas tun, das Beaconsfield aufregt. Sie liebt das Tier abgöttisch.«

»War sie schon immer ein Teil Ihrer Nummer? Ich kann mir vorstellen, daß ihr Beitrag durchaus entbehrlich ist.«

Nun lachte Albert wieder. »Vier- oder fünfmal ist sie schon verschwunden, um sich an einen armen Kerl zu hängen, der etwas Geld übrig hatte, aber sie kommt immer wieder zurück. Und ich bin zu weichherzig, um sie abzuweisen. Wahrscheinlich sind's die Blutsbande. Früher war sie mal ziemlich berühmt in den Varietés — Sie werden's kaum glauben — als Primaballerina im Ballett. Und so lernte sie auch Papa kennen. Er war Conférencier in Moy's Music Hall in Pimlico, damals in den fünfzigern, bevor das Royal Standard daraus wurde. Ab und zu rezitierte er auch dramatische Monologe. Ach, die vielen Stunden, in denen er mir die richtige Aussprache beigebracht hat — vielleicht wußte er, daß ich eines Tages gezwungen sein würde, in seine Fußstapfen zu treten. Nun, vor etwa fünfzehn Jahren sagte er zu Mama, sie solle das Tanzen aufgeben, weil sie bereits übergewichtig und über vierzig war. Sie war beleidigt, es gab einen fürchterlichen Streit, Papa verließ uns, und Mama kaufte Beaconsfield. Aber komischerweise gab sie das Tanzen doch auf und verlegte sich aufs Singen, wobei ich im Seemannskostüm mit Beaconsfield auf-

und abspazieren mußte, um das Publikum ein bißchen abzulenken. Wissen Sie, sie ist eigentlich keine schlechte Sängerin. Ich versuchte, sie zu überreden, Ellen ein paar Tips zu geben, aber sie wollte nicht. Wer keine Säbelbeine und keine feuchte, schwarze Nase hat, der interessiert Mama nicht.«
»Aber sind Sie ganz sicher, daß sie für den Vorfall von heute abend nicht verantwortlich ist?«
»Nun, Sie haben ja gesehen, in welchem Zustand sie war, nachdem sie Beaconsfield befreit hatte, Sergeant.«
»Natürlich.« Cribb stand auf. »Wir werden Sie jetzt verlassen, damit Sie sich ausruhen können. Sie werden zweifellos die Nachwirkungen des Unfalls spüren. Können wir für Sie wirklich nichts mehr tun? Sehr gut. Aber ich möchte Sie um eines bitten. Gleichgültig, was in den nächsten Tagen passiert — und ich vermute, daß etwas passieren wird —, vermeiden Sie Gewalt. Scotland Yard ist nie weit entfernt.«
Mit diesen Worten nahm Cribb Hut und Stock und verließ das Zimmer. Thackeray schwang sich, verblüfft über Cribbs letzte Bemerkung, aus seinem bequemen Sessel. Gewalt? Er sah sich Albert genau an; zu welcher Form von Gewalt war ein bettlägeriger Mann denn fähig, auch wenn er wirklich der Herkules von Rotherhithe war? Kopfschüttelnd folgte er seinem Vorgesetzten.

Es klopfte an der Tür zum Verhörzimmer im Polizeirevier an der Kensington Road.
Sergeant Thackeray rieb sich erwartungsfroh die Hände. »Na, hoffentlich ist es wenigstens

Cadbury's-Schokolade«, sagte er zu Cribb. »Herein!«
Ein helläugiger Constable in voller Uniform, mit Helm, Mantel und Armbinde, betrat das Zimmer.
»O Gott, die werden ja immer jünger«, murmelte Cribb. »Stellen Sie das Tablett dort ab, Junge. Wie heißen Sie?«
»Oliver, Sergeant.«
»Und wie lange sind Sie schon bei der Polizei?«
»Vier Monate, Sergeant.«
»So, so. Eine schöne Uniform haben Sie da an, Oliver, aber Sie hätten sich nicht extra herausputzen müssen, um uns eine Tasse Kakao zu bringen.«
»Ich habe Nachtdienst, Sergeant, und Sergeant Flaxman besteht —«
»Er weiß es? Dann will ich mich nicht einmischen. Ihr Dienst geht bis morgen sechs Uhr?«
»Ja, Sergeant.«
»Und Sie gehen in Little Moors Place auf Streife?«
»Ja, Sergeant.«
»Dann hören Sie mir zu, Oliver. Ich will, daß Sie heute nacht diese Straße besonders im Auge behalten — vor allem Nummer neun. Sie kennen es vielleicht — es ist eine Pension für Varietéartisten. Sobald jemand das Haus betritt, kommen Sie hierher zurück und lassen es Constable Thackeray wissen. Sie können sich an den Anfang der Straße stellen: Es ist eine Sackgasse, und Sie werden schon ein Versteck finden. Schade, daß Sie kein Zivilbeamter sind; so müssen wir uns eben mit Ihnen begnügen. Zünden Sie Ihre Laterne nicht an, denn die verrät Sie gleich. Und nehmen Sie die Armbinde ab, wenn Sie dort sind.«

»Aber Sergeant —«
Cribb hob die Hand. »Ich werde das mit Harry Flaxman klären. Das ist eine Gelegenheit für Sie, sich einen Namen zu machen, mein Junge, also enttäuschen Sie mich nicht. Lassen Sie mal Ihre Armbinde sehen. Sehen Sie sich das an, Thackeray. Was halten Sie davon?«
»Soda, Sarge, ohne Zweifel.«
»Eindeutig. Waschen Sie Ihre Armbinde nie mit Soda, Oliver. Sonst läuft die Farbe so schnell aus, wie Sie vom Little Moors Place hierherlaufen, wenn Sie eine Nachricht für uns haben. Das ist alles. Ein guter Kakao!« Während P. C. Oliver das Zimmer verließ, um seinen Dienst anzutreten, wandte Cribb sich wieder Thackeray zu. »Um sechs können Sie ihn ablösen. Ich glaube nicht, daß bis dahin etwas passieren wird, aber ich will das Risiko nicht eingehen. Also, Thackeray, diese Symptome kenne ich doch. Ihr Gesicht ist den ganzen Abend schon so lang wie der Big Ben. Sie haben doch etwas auf dem Herzen. Sehr schön. Jetzt ist die Zeit dafür. Wischen Sie sich nur den Kakao vom Bart, und ich schenke Ihnen meine ungeteilte Aufmerksamkeit.«
»Nun, Sarge«, sagte Thackeray einen Augenblick später. »Es ist wahrscheinlich nur, daß ich dieses ganze Varietézeugs nicht ernst nehmen kann. Das ist doch kein Fall für Sie. Die ganze Sache ist Ihrer Aufmerksamkeit doch gar nicht würdig. Eine falsche Bulldogge in einem Korb und ein starker Mann mit einem verstauchten Knöchel — das ist doch keine schlaflose Nacht wert. Ich weiß, wir haben schon einige komische Fälle übernommen,

aber da gab's immer wenigstens eine Leiche, damit sich der ganze Aufwand rentierte.«

»Wenn der Hund die Tollwut gehabt hätte, dann hätten Sie heute abend eine bekommen«, sagte Cribb. »Aber ich kann Sie verstehen. Oberflächlich betrachtet, scheint an dem Vorfall im Grampian wirklich nicht viel dran zu sein. Aber wenn Sie es als letzte Episode in dieser ganzen Reihe von Unfällen auf der Bühne betrachten — und vergessen Sie nicht, wir wurden gewarnt, daß heute abend etwas passieren würde — dann sieht die Sache gleich viel heimtückischer aus. Was wir im Grampian beobachtet haben, war nun sicher kein Mord, Thackeray, aber von Alberts Blickwinkel aus ein tödlicher Anschlag auf seine Karriere. Sie haben doch selber gehört, wie er sagte, daß er als starker Mann am Ende sei. Und Woolston in Newgate sagte etwas Ähnliches. Für mich ist das ernst genug, Constable.«

Das mußte nun auch Thackeray eingestehen.

»Wir wollen die Vorfälle noch einmal durchgehen«, fuhr Cribb fort und griff nach einem Blatt Papier. »Ich werde sie aufschreiben. Zunächst die Kollision der Pinkus-Schwestern auf ihrem verkürzten Trapez; dann Bellottis Sturz vom schmierigen Faß; die schändliche Veränderung von Fagans Liedtext; der Unfall des Schwertschluckers; das unaussprechliche Mißgeschick der Miss Tring; und das Schwert im Bein von Woolstons Assistentin. Was haben die Vorfälle Ihrer Meinung nach alle gemeinsam?« Er gab Thackeray die Liste und wandte sich wieder seinem Kakao zu.

»Ich habe mir darüber schon meine Gedanken ge-

macht, weil ich wußte, daß Sie mich das früher oder später fragen würden.«
»Gut. Und zu welchen Schlüssen sind Sie gekommen?«
Thackeray holte tief Luft. »Ich habe gar nichts daraus schließen können, Sarge. Je mehr ich darüber nachdenke, desto lächerlicher scheint die ganze Sache.«
Zu Thackerays Erstaunen warf sich Cribb nach vorne und lachte. »Thackeray, Sie sind unvergleichlich! Ich wußte, daß Sie mich nicht enttäuschen würden. Natürlich scheint es lächerlich, Mann! Das ist doch genau der Punkt!«
»Der Punkt?«
»Gütiger Himmel, Sie merken es immer noch nicht. Das gemeinsame Element ist eben diese Lächerlichkeit, Thackeray. Die Albernheit. Es gibt keine bessere Möglichkeit, um eine ernsthafte Darbietung zu ruinieren. Stellen Sie sich vor, Ihr teurer Irving stürzt im letzten Akt von *The Bells* durch die Falltür in die Versenkung. Der wäre am Ende. So wie Albert am Ende ist, weil ihn der Hund gebissen hat. Können Sie sich vorstellen, daß ihn das Publikum je wieder ernst nimmt? Natürlich nicht. Sobald der wieder irgendwo auftritt, bekommt er nur Buhrufe und Pfiffe. Die Lächerlichkeit, Thackeray, ist eine verheerende Waffe.«
Thackeray stimmte zu und tröstete sich mit dem Gedanken, daß ein Mann von Cribbs Art wohl mehr über den aggressiven Gebrauch der Lächerlichkeit wissen mußte als er selber. »Also hat jemand die Absicht, all diese Darsteller zu Zielscheiben des Spotts zu machen, Sarge. Dann suchen wir

jemanden, der einen Groll auf sie alle hat. Sollten wir sie dann nicht alle befragen, damit wir herausfinden, mit wem sie sich in letzter Zeit gestritten haben?«

»Und hoffen, daß alle denselben Namen nennen? Daran dachte ich auch, bis ich versuchte, sie aufzuspüren. Wissen Sie, Thackeray, daß sie alle bis auf Woolston ihre Wohnungen aufgegeben haben und verschwunden sind? Aber der wird Schwierigkeiten haben, aus Newgate zu fliehen.«

»Warum?«

»Vielleicht können sie sich die Miete nicht mehr leisten, da sie jetzt arbeitslos sind«, sagte Cribb. »In Gemeinschaftsunterkünften ist es billiger. In diesen Häusern sind meiner Meinung nach die Hälfte aller Vermißten in London. Es hat wenig Sinn, die Besitzer zu fragen, wen sie unter ihren Dächern haben; die sind doch nur verpflichtet, Infektionskrankheiten zu melden und Decken und Wände einmal im Jahr zu kalken. Ja, sie könnten durchaus in solchen Häusern sein. Trotz all des Glitters und des Champagners ist das Varieté nur einen Schritt vom Armenhaus entfernt.«

»Haben Sie denn keine Nachsendeadresse hinterlassen?« fragte Thackeray, dem plötzlich ein Einfall gekommen war.

»Daran habe ich auch schon gedacht«, erwiderte Cribb, »aber offensichtlich ist das in Theaterkreisen nicht üblich. Man zieht so oft um, daß man die Adresse des Agenten als offizielle Adresse verwendet und sich dort die Post abholt. Heute morgen wurden bei fünf verschiedenen Agenten in der York Road hier gleich um die Ecke — *Armuts-*

ecke nennt man sie beim Theater — Nachforschungen angestellt. Aber keiner unserer von Unfällen heimgesuchten Freunde hat sich bei seinem Agenten gemeldet. Auf die Pinkus-Schwestern wartet ein Stapel Briefe höher als ihr Hut, und die beiden wurden, nach Sergeant Woodwrights Bericht, nicht einmal schlimm verletzt. An der ganzen Sache ist was faul, Constable.«

»Wir könnten sie in der *Police Gazette* auf die Vermißtenliste setzen.«

»Schon passiert. Aber die Tatsache bleibt, daß innerhalb von vier Wochen sechs Personen auf der Bühne zu Schaden kamen, ihre Arbeit verloren und verschwanden. Mit Woolston wären es sieben. Verstehen Sie jetzt, warum ich Albert im Auge behalten will?«

Thackeray sprang auf. »Aber zum Teufel, natürlich, Sarge! Doch wir können das nicht dem Grünschnabel überlassen, der uns den Kakao brachte. Ich gehe sofort dorthin!«

Cribb hob den Kopf. »Sie wären mir ein feiner Zivilpolizist, mit Opernhut und -umhang auf Posten in einer Straße in Lambeth. Überlassen Sie das lieber dem jungen Oliver und legen Sie sich schlafen. Fragen Sie Sergeant Flaxman nach einem freien Bett. Und borgen Sie sich für morgen andere Kleidung. Wie spät ist es?«

»Direkt über Ihrem Kopf ist die Uhr, Sarge. Zehn Minuten nach Mitternacht.«

»Großartig. Ich werde mir noch in aller Ruhe ein Glas Rumpunsch genehmigen, bevor die Pubs schließen. Ich erwarte Sie morgen früh.«

6

Zum zweitenmal innerhalb von fünf Minuten schob sich Thackeray den Finger zwischen seinen Hals und den Kragen von Sergeant Flaxmans Hemd. Geborgte Kleidung! Wenn sie nicht scheuert, weil sie zu eng ist, drückt sie einem irgendwo den Blutkreislauf ab. Was war eigentlich los mit dem Revier an der Kensington Road, daß es nicht einmal einen Satz Kleider für einen durchschnittlich — nun, etwas größer als durchschnittlich — gebauten Mann parat hatte? Waren die Männer alle verkümmert oder vom ewigen Streifegehen ausgezehrt oder was? Man könnte fast meinen, sie hätten alle zusammengelegt, um ihn mit den schlimmstmöglichen und unbequemsten »Zivilkleidern« auszustatten. Daß er am Hals empfindliche Haut hatte, konnten sie nicht wissen, als sie ihm das grobe Flanellhemd gaben. Aber Knickerbockers! Er hatte schon hin und wieder Londoner solche Dinger tragen sehen, aber nur in Parks, nie in den heruntergekommenen Nebenstraßen von Lambeth. Doch als er im Umkleideraum des Reviers in seiner Unterwäsche dastand, mit einem ganzen Haufen untauglicher, weil viel zu kleiner Anzüge bereits hinter sich, blieb ihm nur die Wahl zwischen den Knickerbockers und einem roten Samtsmoking. O Gott, was für ein Licht warf das auf die Freizeitgestaltung der Männer von der Kensington Road! Also die Knickerbockers, mit einer Deerstalker-Kappe und passenden, an den Sei-

ten mit Elastikband versehenen Stiefeln. Und nun drückte er sich in den Schatten der Irrenhausmauer und wartete schon darauf, daß ein nervöser Passant ihn für einen eben entsprungenen Insassen hielt.
Ungefähr zwanzig nach sechs. Vielleicht noch zu früh für dramatische Entwicklungen, aber er mußte auf der Hut sein. Ein schwacher Oktobernebel hing noch zwischen den Häusern, aber von seinem Versteck hinter zwei Ziegelstapeln aus konnte er bereits sehen, daß in dem Haus ihm gegenüber das Licht anging. Von Alberts Zimmer kam noch kein Lebenszeichen; aber da er beim Theater arbeitete, war er sicher ein späteres Aufstehen gewohnt als die meisten Männer. Und steif würde der arme Kerl auch sein, wenn er an diesem Morgen aufwachte; es gab also nicht viel, das ihn aus dem warmen Bett locken konnte.
Hektisches Treiben am Ende des Little Moors Place: Drei Katzen rannten aus der Dunkelheit auf den Milchkarren zu. Die Milchfrau hängte zwei große Kannen an das Holzjoch auf ihren Schultern und ging damit zum ersten Haus, um mit ihrem blechernen Meßbecher die Krüge zu füllen, die auf der Schwelle auf sie warteten. Die Katzen warteten miauend, daß sie etwas verschüttete.
Sie war der erste Mensch, den er sah, seit er P. C. Oliver Schlag sechs abgelöst hatte. Ein vielversprechendes Mitglied der Truppe, dieser junge Oliver. Hatte nicht einmal mit der Wimper gezuckt, als er Thackeray in Knickerbockers und Deerstalker bemerkte. Aber erkannt hatte Oliver ihn dennoch sofort — vielleicht am Bart? Thackeray hoffte zumindest, daß es nichts anderes sei. Der Artikel 11

der Polizeivorschriften ging ihm fortwährend durch den Sinn: *Es ist in höchstem Maße unerwünscht, daß Polizisten ihre Identität vor Fremden preisgeben, indem sie im Gleichschritt oder auf militärische Art nebeneinander hergehen, indem sie sehr auffällige Kleidung oder die Polizeidienststiefel tragen, oder indem sie Constables in Uniform grüßen oder vor ranghöheren Beamten salutieren.* Aber dennoch hatte der junge Oliver die Nacht in Uniform zugebracht. Der Artikel 11 verlangte äußerste Konzentration. Und jahrelange Erfahrung. Und trotzdem konnte aus dem Jungen eines Tages ein guter Polizist werden. Immerhin hatte er eine gute Beobachtungsgabe.

Ein Postbote begann seine Runde bei Nummer eins. Was für ein Lied pfiff er denn da? Der Kerl mußte am Abend zuvor im Grampian gewesen sein. *Dann sind die Blasen schnell vergessen.* Aber wirklich. Ein sauberes Lied, das der Postbote da pfiff. Warum machte man nur immer den Bobby zur Zielscheibe des Spotts? Und von schlechtem Geschmack zeugte das Lied auch noch. Die Blasen und Hühneraugen waren auch so schlimm genug, ohne daß man von blöden Postboten daran erinnert wurde. Er schüttelte entrüstet den Kopf, scheuerte sich dabei den Hals am Kragen wund und fluchte.

Doch kurze Zeit später bemerkte er etwas sehr Merkwürdiges im Verhalten des Postboten. Nachdem er, wie vor ihm die Milchfrau, die Straße mit seinen Sendungen abgegangen war, kehrte dieser Kerl zur Nummer eins zurück und begann seine Runde von neuem. Und als Thackeray genauer hinsah, bemerkte er, daß der Postbote zwar einen Brief in der Hand hatte, ihn aber nirgends zustellte. Statt dessen blieb er vor der Tür stehen, klopfte sich mit dem Umschlag gegen das Kinn, drehte sich um und ging zum nächsten Haus. Der Vorgang wiederholte sich vor jedem Haus der Straße und begann dann erneut bei Nummer eins.

Höchst sonderbar! dachte Thackeray und wollte eben die Straße überqueren, um den Postboten einer eingehenderen Untersuchung zu unterziehen, als eine zweite Gestalt mit einer Stange in der Hand aus der Dunkelheit trat: der Laternenanzünder. Unter diesen Umständen schien es Thackeray das beste, zu warten, bis der sich um die einzige Laterne in der Straße gekümmert hatte und wieder verschwunden war. Aber es war kaum zu glauben: Anstatt seiner Arbeit nachzugehen, lehnte sich der Mann gegen den Laternenpfosten und zündete sich eine Zigarette an. Empörend!

Dann gab es eine sehr eigenartige Entwicklung: Der Postbote unterbrach seine vierte vergebliche Runde und stellte sich zu dem Laternenanzünder. Sie waren zu weit weg, als daß Thackeray ihre Unterhaltung hätte mithören können, aber wenn sie sich nur etwas weiter ins Licht stellen würden, könnte er sehen ... Gütiger Himmel. Der Postbote hatte seine Kappe abgenommen und präsentierte nun seinen unverwechselbaren struppigen, grauen Haarschopf. Major Chick. Was zum Teufel!

Thackeray drückte sich wieder hinter seinen Ziegelstapel und versuchte zu überlegen, was das alles zu bedeuten hatte. Ein Privatdetektiv, der sich als Postbote verkleidete? Und in Alberts Straße um halb sieben morgens? Sahen so also die Ermittlungen im privaten Bereich aus? Manche Leute machten wirklich vor nichts halt. Und worüber sprach der Major überhaupt mit dem Laternenanzünder? War es vielleicht sogar möglich, daß Major Chick gar kein Major war, sondern ein Postbote, der sich als Privatdetektiv verkleidete, der sich als Major verkleidete? Oder ein Krimineller, der sich als Postbote verkleidete, der sich als Privatdetektiv verkleidete, der sich ...? Teuflisch komplizierter Gedanke!

Schritte unterbrachen unerwartet seinen Gedankengang, schwere, regelmäßige Schritte, die sich ihm auf seiner Straßenseite näherten. Was nun? Little Moors Place war ja bevölkerter als The Strand! Thackeray war sicher, daß man ihn diesmal entdecken würde. Er konnte es nicht vermeiden. Verdammte Knickerbockers! Wenn wenigstens irgendwo an der Wand ein Anschlag wäre, den er zu lesen vorgeben könnte! Es war schon verdammt peinlich, hier in diesen exzentrischen Kleidern vor einer Häuserzeile zu stehen, in denen die Leute bereits Licht machten und sich anzogen. Und — Herr im Himmel — der Näherkommende war auch noch ein Polizist in Uniform.

»Schon was passiert, Mr. Thackeray?«

Herrschaften! Schon wieder der junge Oliver.

»Was, zum Teufel, wollen Sie denn noch hier?«

»Ich, Mr. Thackeray? Ich bin auf dem Heimweg. Ich wohne in Nummer siebzehn, dort drüben, sehen Sie? Klopfen Sie ruhig, wenn Sie Hilfe brauchen. In ein paar Minuten bring ich Ihnen eine Tasse Tee rüber.«

Gott steh der Londoner Polizei bei! Dabei hatte der Junge so vielversprechend ausgesehen. »Gehen Sie weiter«, zischte Thackeray, »und bleiben Sie nicht stehen, bis Sie das Haus betreten und die Tür verriegelt haben, und wenn Sie auch nur daran denken, einen Fuß vor die Tür zu setzen, werde ich...«

P. C. Oliver war verschwunden. Aber das Licht leider auch. Sekunden später ging der Laternenanzünder mit seiner Stange vorbei und bog in den Brook Drive ein. Major Chick hatte seine geheimnisvolle Runde wahrscheinlich wieder aufgenommen; aber ohne das Gaslicht sah man nicht die Hand vor Augen.

Etwa eine Stunde später begannen Thackerays Nasenflügel zu zucken. Der Wind wehte einen köstlichen Duft auf ihn zu. Nieren und Schinken, da war er sich ganz sicher. Teuflisch grausam für einen leeren Magen, ihn so mit Frühstücksgerüchen zu traktieren. Wie lange würde er das noch ertragen müssen?

Einige von Alberts Nachbarn hatten schon vor Tagesanbruch ihre Häuser verlassen und waren zur Arbeit gegangen. Aber hinter dem oberen Fenster von Nummer neun blieben die Vorhänge geschlossen. Das bessere Licht brachte dann wenigstens einen Erfolg: den Anblick Major Chicks, der, erschöpft von seiner endlosen Briefzustellung, am Straßenende stand und seine Tasche, die ganz offensichtlich leer war, einer gründlichen Durchsuchung unterzog. Interessant, wohin er gehen würde, wenn der richtige Postbote eintraf.

Unvermittelt wurde Thackeray von der Ankunft

einer schwarzen, vierrädrigen Kutsche aufgeschreckt, die bis zum Ende der Sackgasse fuhr, dort kreischend und funkensprühend wendete, schließlich vor Nummer neun hielt und dabei so viel Lärm machte, daß die ganze Straße an den Fenstern hing. Eine schwarzgekleidete Gestalt mit einem hohen Hut stieg aus, sah sich in der Straße um und wandte sich dann wieder zum Wagen, um mit jemandem zu sprechen, der noch im Inneren saß. Beim Sprechen zog er sich schwarze Glacéhandschuhe an und strich sie pedantisch an seinen außergewöhnlich langen Fingern glatt. Er drehte sich um, und nun sah Thackeray sein Profil: wie ein Habicht, die Gesichtszüge entschlossen angespannt. Dann klopfte er an die Tür von Alberts Haus und wurde eingelassen.

Was nun? Wenn er sich der Kutsche näherte, würde er sich verraten. Aber sein Befehl lautete, nur zu beobachten, nicht einzugreifen. Er wünschte sich, Cribb wäre hier und hätte dieses Gesicht selbst gesehen, eine hinterhältige Visage, wie es sie in Newgate zu Hunderten gab.

Eine Bewegung erregte seine Aufmerksamkeit. Alberts Vorhänge wurden zurückgezogen, eine Bestätigung, daß der Besuch wirklich ihm galt. Thackeray starrte das Fenster an und drehte dabei gedankenverloren an einem Knopf, bis der Jackenstoff selbst ganz verzwirbelt war. Natürlich kam ein Eingreifen nicht in Frage. Der Besucher konnte ja ein Arzt sein oder Alberts Agent, oder jemand anders mit einem vollkommen gerechtfertigten Grund für seine Anwesenheit. Geduldiges Beobachten war die einzige Möglichkeit.

Nach etwa zehn Minuten verließ der Besucher das Haus und ging schnell zu der wartenden Kutsche. Hatte er seine Angelegenheit mit Albert also schon erledigt? Offensichtlich nicht, denn er holte seinen Begleiter, einen kleineren, bärtigen Mann aus der Kutsche. Die beiden warteten, bis der Kutscher ein Gepäckstück auf dem Kutschendach losgeschnallt und ihnen heruntergereicht hatte. Es war ein großer, schwarzer Koffer, offensichtlich leer, der Art nach zu urteilen, wie sie mit ihm umgingen. Sie nahmen ihn zwischen sich, trugen ihn zur Tür von Nummer neun und wurden eingelassen.

Thackeray runzelte verwirrt die Stirn. Ein leerer Koffer. Was, zum Teufel, konnte Albert mit so einem Ding wollen? Und warum wurde er an einem Sonntagmorgen von zwei Männern in Zylinder und Handschuhen geliefert? Thackeray wartete und wurde dabei immer unruhiger.

In einiger Entfernung wartete Major Chick ebenfalls und machte sich Notizen auf dem Rücken eines Briefes. Auch der Kutscher wartete, nachdem er abgestiegen war, um dem Pferd einen Futtersack umzuhängen, und sich, an die Kutsche gelehnt, eine Pfeife angezündet hatte. Drei kleine Jungen kamen aus einem der Häuser, gingen die Straße entlang, musterten den Major, kehrten wieder in Thackerays Richtung zurück, blieben stehen und starrten auch ihn an, betrachteten dann nachdenklich die Irrenhausmauer und stellten sich schließlich neben den Wagen.

Nun öffnete die Tür von Nummer neun sich wieder. Ein Mann kam vorsichtig, sich Schritt für

Schritt über die Treppe tastend, heraus. Wie zuvor hielt er das eine Ende des Koffers, aber nun waren seine Bewegungen behutsamer. Sein Begleiter wankte hinter ihm her, auch er tastete sich vorsichtig vorwärts. Kein Zweifel: Der Koffer enthielt nun etwas von beträchtlichem Gewicht. Einer der schaulustigen Jungen nahm ehrfurchtsvoll die Kappe ab.

»Und das unter unseren Augen, was, Constable?«

Thackeray schreckte überrascht hoch. Major Chick stand neben ihm. »Mein Gott —«

»Kein Grund zur Aufregung, Mann. Ich hab Sie schon vor zwei Stunden entdeckt. Dachten wohl, ich sei der Postbote, was? Aber Sie dürfen nie etwas für selbstverständlich halten, Constable, vor allem unsere Post nicht. Doch nun, ich weiß nicht, ich weiß ja nicht, was Scotland Yard in dieser schändlichen Sache zu unternehmen gedenkt. Ich persönlich bin bereit, diese Gauner bis auf den Kontinent zu verfolgen, wenn notwendig. Einer meiner Mitarbeiter, der Laternenanzünder — schon wieder überrascht? — hat gleich um die Ecke im Brook Drive einen Zweiräder stehen. Ich habe noch Platz für Sie, wenn Sie wollen.«

Thackeray entschied sich sofort. »Ich bin Ihnen sehr zu Dank verpflichtet.«

»Sehr schön. Ich werde gleich einsteigen. Wir müssen darauf vorbereitet sein, falls die Halunken sich trennen. Das ist grundlegende Strategie. Wenn einer der beiden zu Fuß abhauen will, werden Sie ihn verfolgen, und ich folge der Kutsche. Ansonsten stoßen Sie am Ende der Straße zu mir. Einverstanden?«

»Äh — ja.« Er hätte beinahe salutiert.
Der Major entfernte sich nun in einer Haltung, die mit dem eines Postboten nichts mehr zu tun hatte, aber da die Männer mit dem Koffer damit beschäftigt waren, ihn auf das Kutschendach zu heben, bemerkten sie nichts. Thackeray lehnte sich schwer gegen die Wand und ließ sich die letzten Entwicklungen durch den Kopf gehen. Vielleicht verließ er sich zu sehr auf die Kooperationsbereitschaft des Majors. Konnte man dem Mann überhaupt trauen? Aber eigentlich hatte er ja keine andere Wahl. Die Art, wie dieser Koffer mühsam aus dem Haus geschleppt und auf die Kutsche gehievt wurde, hatte einen tiefen Eindruck auf ihn gemacht. Eine entsetzliche Möglichkeit deutete sich an, über die er am liebsten gar nicht nachgedacht hätte. Sicher wußte er im Augenblick nur, daß es seine Pflicht war, der Kutsche und ihrer Ladung überallhin zu folgen.
Doch dann öffnete sich zu seiner Verwunderung und grenzenlosen Erleichterung die Haustür erneut, und Albert erschien, auf der einen Seite auf einen Stock, auf der anderen auf eine kleine, grauhaarige Frau, zweifellos seine Vermieterin, gestützt. Mit Hilfe des Kutschers wurde er in die Kutsche manövriert, wobei er nicht den geringsten Widerstand leistete. Dann nahm man dem Pferd den Futtersack ab, und die beiden Kofferträger setzten sich zu Albert in die Kutsche. Der Kutscher schnalzte mit den Zügeln, und die Kutsche fuhr an. Die Vermieterin stand an der Tür und winkte mit einem Taschentuch.
Thackeray war unendlich erleichtert, weil er Al-

bert am Leben gesehen hatte. Im Geiste sah er sich neben der Vermieterin stehen und mit seinem Deerstalker winken. Und erst als die Kutsche um die Ecke verschwand, machte das Gefühl praktischeren Überlegungen Platz. Gütiger Himmel! Albert war vor seinen Augen entführt worden!

»Einen Augenblick!« Mit flatternden Knickerbockers lief er zu der Vermieterin. »Ich bin Polizeibeamter. Ihr Mieter —«

»Ist nicht mehr mein Mieter, Süßer. Ist eben ausgezogen.«

»Ja, das weiß ich auch. Hat er Ihnen gesagt, wohin er wollte?«

»Tut mir leid, mein Lieber. Hat nur seine Miete gezahlt und ist dann mit seinen beiden Freunden verschwunden. Was hat er denn ausgefressen? Wohl einen über den Durst getrunken. Aber das überrascht mich ja nicht. Beim Theater sind sie ja alle so. Na, was soll denn das?«

Der Constable lief bereits die Straße entlang auf die wartende Droschke zu. Major Chick half ihm beim Einsteigen, und die Kutsche raste los, auf den Fluß zu. »Kitzeln Sie ihn mit der Peitsche«, rief der Major dem Kutscher durch die Öffnung im Dach zu. »Ich kenne keinen Zweiräder, der einen Vierräder nicht einholen kann. Kitzeln Sie das Vieh, und gleich haben wir ihn wieder.« Dann wandte er sich zu Thackeray. »Es gibt doch nichts Schöneres als eine Verfolgungsjagd. Da spürt man das Blut wieder in den alten Adern, was? Haben Sie Ihre Armbänder bei sich? Wir werden sie brauchen, wenn wir die Jungs erst mal haben.«

»Meine was?« wollte Thackeray wissen.

»Die Armbänder, Mann, Handschellen. Bei Mördern darf man kein Risiko eingehen.«
Der Major hatte sich also ebenfalls von dem Koffer täuschen lassen.
»Ich glaube, ich sollte Ihnen etwas erklären, Sir. Albert befindet sich an Bord der Kutsche.«
Der Major lachte bitter. »Auf dem Zweipennysitz auf dem Dach, was? Und wir müssen einen Shilling bezahlen. Natürlich weiß ich, daß er an Bord ist, Constable. Ich habe nicht geglaubt, daß diese Gauner ihren Koffer nur für eine schöne Woche in Brighton gepackt haben, nicht bei der Art, wie sie ihn trugen. War selber schon oft genug Sargträger —«
Thackeray unterbrach ihn. »Albert ist gesund und wohlauf, Sir. Er ist selbst in die Kutsche gestiegen.«
Der Major nahm die gute Nachricht schweigend auf. Er spitzte die Lippen und sah an Thackeray vorbei auf die düstere Fassade von St. Thomas. Als die Droschke über die Westminster Bridge fuhr, nahm er seine Postmütze ab und vergrub die Faust darin. »Gesund und wohlauf, sagen Sie. Das wäre mein erster Mordfall gewesen, wissen Sie, und, verdammt noch mal, ich hätte ihn gelöst.«
»Tut mir leid«, sagte Thackeray. »Aus diesem Blickwinkel habe ich das noch gar nicht betrachtet. Aber vielleicht haben wir es mit einer Entführung zu tun.«
Der Major war unschlüssig. »Ein Mord ist durch nichts zu ersetzen, Constable. Hätte in der *Times* gestanden. Und das ist gut fürs Geschäft, eine Erwähnung in der *Times*. Sind Sie ganz sicher, daß es wirklich Albert war? Einen Hinkenden kann man ja leicht nachmachen, wissen Sie.«

»Ich bin mir ziemlich sicher.«
Die Kutsche raste durch den Schatten des Big Ben und jagte dabei im Zickzackkurs durch die Schlange fast stehender Busse und Karren. Hin und wieder tauchte ein Fußgänger oder ein Fahrradfahrer unerwartet vor ihnen auf. Nicht zum erstenmal wurde sich Thackeray der gefährdeten Position der Passagiere in einer solchen zweirädrigen Kutsche bewußt, waren sie doch den Unwägbarkeiten des Verkehrs direkt ausgesetzt, während der Fahrer, der eigentlich für ihre Sicherheit verantwortlich war, in ungefährdeter Höhe über ihnen saß. Jeder Unfall konnte sich nun zu einer höchst peinlichen Situation auswachsen, da Westminster zur B-Division gehörte und Scotland Yard so nahe war.
Wollen Sie uns wirklich glauben machen, Sir, daß Sie ein Polizist sind, der einen geborgten Knickerbockeranzug trägt und in Begleitung eines Privatdetektivs in einem fremden Revier und mit einer waghalsigen Geschwindigkeit drei unschuldige Männer und einen Koffer verfolgt? Ein Alptraum.
»Ich glaube, ich kann sie jetzt sehen«, sagte der Major, als sie an der Guildhall in die Broad Sanctuary einbogen. »Wenn wir in der Victoria Street freie Fahrt haben, dann können wir sie fangen.«
»Ich habe keinen Befehl, das zu tun, Sir — außer natürlich, sie hätten ein schwerwiegendes Verbrechen begangen. Mein Befehl lautet, Albert zu beobachten. Ich wäre Ihnen sehr verbunden, wenn wir in Sichtweite bleiben könnten, ohne sie zu überholen.«
Der Major schien damit zufrieden. Er gab dem Kutscher entsprechende Anweisungen und wandte

sich dann wieder Thackeray zu. »Hervorragend. Ihnen genug Leine lassen, damit sich sich selber daran aufhängen, was? Vielleicht steht mein Name doch noch in der *Times.*«

»Ich habe nur die Pflicht einzugreifen, wenn ich das Leben des jungen Mannes in Gefahr glaube, Sir«, sagte Thackeray. »Wenn Sie mir die Frage verzeihen: Wie kam es, daß Sie heute morgen im Little Moors Place waren?«

»Noch eine Überraschung, was?« fragte der Major, der nun allmählich wieder seine gute Laune zurückgewann. »Nun, ich befragte gestern abend im Grampian eine Unmenge Leute. Hörte einige sehr beunruhigende Gerüchte. Daß Künstler plötzlich verschwänden, nachdem ihnen diese Unfälle, die uns solche Sorgen machen, passierten. Ich kann Ihnen sagen, daß ich so meine Zweifel hatte an Ihnen und Ihrem Sergeanten, als ich das hörte. Sie haben Albert gestern abend ja ziemlich schnell verschwinden lassen, nicht? Na, und deshalb beschloß ich, Albert im Auge zu behalten. Seine Mutter gab mir die Adresse.«

»Hat Ihre Befragung Informationen ergeben, die ich an Sergeant Cribb weiterleiten sollte, Sir?«

Der Major schüttelte den Kopf. »Verdammt enttäuschend. Wissen Sie, Constable, diese Art Menschen, die man in den Varietés findet, macht keinen sonderlichen Eindruck auf mich. Ein sehr beschränktes Leben. Man braucht ihnen nur eine höfliche Frage zu stellen, und schon werden sie ausfällig. Und eins kann ich Ihnen sagen, Mitleid für unglückliche Kollegen gibt es da praktisch nicht. Hallo! Feind in Sicht. Nicht zu nahe heran, Kutscher!«

Für gewöhnlich waren vierrädrige Kutschen in der Victoria Street weniger häufig als zweirädrige, aber in der Schlange, die sich von den Army and Navy Stores bis zur Victoria Station erstreckte, standen mindestens ein Dutzend davon. Doch glücklicherweise war der Koffer auf dem Dach ein so sicheres Erkennungsmerkmal wie ein Zylinder in der Kirche. Der Zweiräder des Majors reihte sich geschickt hinter einem Zweispänner in den Verkehrsstrom ein. »Gehorsame Pferde«, bemerkte er anerkennend. »Sie fahren auf den Hyde Park zu, würde ich sagen. Vornehmere Gegend.«

Hinter dem Bahnhof löste der Verkehr sich auf und wurde zügiger, als sie sich über den Grosvenor Place dem Hyde Park Corner näherten. »Würde heute morgen ja selbst gern auf der Rotten Row spazierengehen«, sagte der Major, aber Thackeray betrachtete das St. George's Hospital zu seiner Linken. Die Fahrt führte sie nun durch Knightsbridge und über die Kensington Road. Hier straffte der Major sich plötzlich. Er strich sich die Uniform glatt, ordnete die Knöpfe, setzte sich die Mütze wieder auf und legte sich den Riemen seiner Posttasche quer über die Brust. Thackeray setzte seinen Deerstalker gerade, ohne den Grund dafür zu kennen. Aber der wurde Sekunden später klar, als der Major sich im Sitz aufrichtete, die Augen nach rechts wandte und vor dem Albert Memorial salutierte.

Von der High Street, Kensington, bog die Kutsche mit dem Koffer in die Kensington Palace Gardens ein. »Das ist eine Privatstraße, Postbote«, rief der Kutscher zum Major hinunter. »Soll ich ihnen folgen?«

»Ja, bitte, aber wenn sie anhalten, will ich, daß Sie langsam daran vorbeifahren.«
Während der Zweiräder in gemächlichem Tempo seine Beute über die elegante Avenue verfolgte, wischte sich Thackeray mit einem großen Taschentuch die Stirn. Wo war die Logik in diesem Fall? Da brauchte man schon einen klügeren Polizisten, als er selber einer war, um eine Verbindung herzustellen zwischen diesen eleganten Häusern in königlicher Nachbarschaft und dem Gefängnis von Newgate. Da gab es kein einziges ohne schmiedeeisernes Tor, kiesbestreute Einfahrt und erhöhtes Portal.
Etwa zweihundert Meter vor der Bayswater Road bog der Vierräder in die Einfahrt eines Herrschaftshauses ein, das von einer weißen Mauer umgeben und von Adlern auf Säulen bewacht wurde.
»Langsam vorbeifahren und fünfzig Meter weiter vorne halten«, befahl der Major.
Thackeray glaubte zu sehen, daß Albert am Fuß der Treppe stand und beim Abladen des Koffers zusah, aber es war schwer, durch die dichte Koniferenhecke vor dem Haus etwas genau zu erkennen.
»Philbeach House«, las der Major laut. »Sagt mir nichts.« Als die Kutsche schließlich stand, wandte er sich zu Thackeray. »Beobachten können Sie hier nur, wenn Sie auf einen Baum klettern, Constable, und das würde ich Ihnen nicht empfehlen. Was hat Scotland Yard jetzt vor?«
Thackeray öffnete die Tür. »Im Nachbarhaus habe ich einen Gärtner bemerkt. Ich werde versuchen, mit dem zu reden.«

Die Knickerbocker paßten ideal zu den Kensington Palace Gardens. Der Gärtner nahm wirklich die Mütze ab. »Ja, Sir«, sagte er. »Das ist Philbeach House.«
»Und wer ist der Besitzer?«
»Nun, Sir Douglas Butterleigh, der Gin-Hersteller. Ein Millionär, wie es heißt, und ein sehr anständiger Gentleman, gleichgültig, wie er zu seinem Geld gekommen ist. Aber wissen Sie, er wohnt nicht hier. Suchen Sie ihn?«
»Nun, eigentlich nicht«, erwiderte Thackeray. »Wer wohnt denn dann hier?«
Der Gärtner kicherte. »Na, Sie stellen aber Fragen. Ich würde sagen, das Philbeach hat mindestens zwanzig Bewohner, bei all dem Ein und Aus, das mir auffällt, während ich hier meine Rosen schneide. Und einige komische Gestalten darunter, Sir. Aber so ist es am Theater eben, soviel ich weiß.«
»Theater?«
»Na, die Varietés. Sir Douglas unterhält ein Heim für in Not geratene Varietékünstler. Ein sehr anständiger Mann.«

7

»Scotland Yard ist doch nicht die Bank von England«, brummte Sergeant Cribb. »Vier Shilling! So viel zahle ich in einer Woche in der Unterkunft für verheiratete Männer. Ich weiß nicht, was über Sie gekommen ist, Constable, es für eine Spazierfahrt durch London zu verschwenden. Wie soll ich denn das als gerechtfertigte Ausgabe begründen? Wenigstens für die Rückfahrt hätten Sie den Bus nehmen können.«
Thackeray schluckte den Tadel. Sergeant Cribbs spitze Zunge war immer noch besser als die Schande einer Busfahrt in Knickerbockers. Diesen wahren Grund für die teure Rückfahrt würde er nie preisgeben. Geheimnisse dieser Art bewahrte man besser vor Cribb.
Thackeray, zu seiner Erleichterung nun wieder in Melone und dunklem Flanell, ging voraus durch die Kensington Palace Gardens zum Philbeach House. Es war ein vollkommener Herbstnachmittag, die Blätter funkelten dunkelrot und sanken wirbelnd zur Erde. Eigentlich nicht der Augenblick für Cribb, um über Fahrpreise zu lästern. Eine uniformierte Kinderschwester mit einem dreirädrigen Kinderwagen ging an ihnen vorbei. Thackeray lüftete die Melone, und die Kinderschwester wäre beinahe über das Baby im Wagen gestolpert.
»Sie hören mir ja überhaupt nicht zu«, sagte Cribb. »Wo ist denn dieses Heim überhaupt? Ich werde die

Füße hochlegen müssen, wenn wir erst einmal dort sind.«
Thackeray hüstelte. »Ich sagte Ihnen doch, daß es ein langer Weg ist von der Bushaltestelle.« Insgeheim dachte er an Cribbs dramatische Ankündigung zu Beginn des Nachmittags: »Der Yard hat nun lange genug zugesehen. Eine sofortige Überprüfung dieses Hauses ist unumgänglich. Zeit zum Handeln, Constable.« Also machten sie sich unverzüglich auf den Weg zur Westminster Bridge Road. Und warteten dort zwanzig Minuten auf den Bus, der sie für drei Pennies nach Kensington bringen sollte.
Aber schließlich standen sie bedeutsam vor dem Portal des Philbeach House, und Cribb zog an der Klingel. »Polizei«, sagte er zu dem Diener, der die Tür einen Spaltbreit öffnete. »Bitte melden Sie uns dem Hausherrn.«
Das Gesicht hatte das vernarbte und brutale Aussehen eines ehemaligen Faustkämpfers. Nur langsam dämmerte es ihm. Mürrisch verschwand er wieder.
»Haben Sie was gehört?« fragte Cribb.
Thackeray nahm den Hut ab und legte das Ohr an die Tür. »Klingt wie Gesang, Sarge. Kirchenlieder, wie ich vermute. Sonntagnachmittag.«
Cribb war anderer Meinung. *»Tommy, mach Platz für deinen Onkel*, steht aber nicht in meinem Gesangbuch.«
Das Boxergesicht tauchte wieder auf. »Chefin sagt, Sie solln reinkommen.«
»Chefin?« wiederholte Cribb, zog die Augenbrauen hoch, nahm den Hut ab und trat ein. Der

Diener führte sie unwirsch durch eine geflieste, von welken Sträuchern in hochglanzpolierten Messingkübeln gesäumte Halle. Gerahmte Varietéplakate hingen an den Wänden wie Steckbriefe bei Scotland Yard. Irgendwo vor ihnen schwoll der Gesang immer lauter an, eher begeistert denn kirchlich. In einem anderen Teil des Hauses wurde gehämmert.
Der Diener blieb schlurfend stehen, lehnte sich gegen eine Tür und murmelte: »Die zwei Bullen«, während sie aufging. Dann drehte er sich um, schob die Polizisten mit der Schulter beiseite, als wären sie zwei geraffte Vorhänge, und schlurfte weg. Wenn der wirklich ein ehemaliger Varietéstar war, dann gelang es ihm perfekt, sein Licht unter den Scheffel zu stellen.
Cribb öffnete die Tür weiter, und sie betraten ein bemerkenswertes Zimmer. Das obligatorische Salonmobiliar fehlte nicht: Anrichte, Tisch und Stühle aus dunkelgebeiztem Mahagoni; samtbezogene Sessel und Sofas, ein Klavier, Glaskommode und Paravent. Aber der Wandschmuck war so unerwartet, daß die beiden einen Augenblick lang verblüfft stehenblieben. Wo man eine unauffällige Stofftapete erwartet hätte, waren die Wände von Hand mit Hunderten von Gesichtern bemalt, die alle erwartungsvoll ins Zimmer sahen, ein verwirrendes Durcheinander von rosa- und orangefarbenen Flecken, unterbrochen von den dunkleren Tupfern der Hüte, Krawatten und Bärte, und das alles wurde, je mehr es sich der Decke näherte, immer undeutlicher, um den Eindruck von Tiefe zu vermitteln. Es war, als würde man die Bühne eines

bis zum letzten Platz besetzten Theaters betreten.
Doch es folgten noch weitere Sensationen. Noch mehr Gesichter, weiße, ausdruckslose Gesichter, eine Reihe von gipsernen Todesmasken unter Glas auf der Anrichte, die eine mit einer grotesken Krepp-Perücke, die andere mit einem alten Seidenhut. Und auf jedem stand in goldenen Lettern der Name eines verstorbenen Varietéstars. Auf dem Klavier präsentierte sich eine kleine Armee bemalter Eierschalen, die noch mehr Gesichter darstellten, Miniaturen von Komödianten oder Clowns in vollem Make-up, um des größeren Realismus willen mit Pferdehaaren beklebt. In allen Schränken türmten sich Puppen und Bauchrednermaskottchen, die mit ihren Knopfaugen starr ins Leere blickten.
Ein Gesicht unter diesen Hunderten bewegte sich. »Bitte treten Sie ein. Für jemanden, der nicht vom Theater stammt, ist es vermutlich etwas enervierend. Aber die meisten von uns hier im Philbeach sind es. Mein Name ist Body. Seit sieben Jahren Witwe. Darf ich den Ihren erfahren?« Sie sprach aus einem großen, ausladenden Armsessel, eine puppengleiche Gestalt mit einem schwarzen Schal, die Beine angezogen und unter dem Kleid auf dem Sitz versteckt. Ihr Gesicht war scharf und schön geschnitten, es strahlte, doch welchen Anteil daran ihr Make-up und welchen der Schein des Feuers hatte, ließ sich nicht sagen. Haare, die viel zu blond waren, um natürlich zu sein, umrahmten es in üppigen Locken, wie in einer Kinderstudie von Reynolds.

»Cribb, Madam. Sergeant Cribb und Constable Thackeray. Auf der Suche nach Vermißten. Soviel ich weiß, ist dies ein Heim für in Not geratene Varietékünstler?«
»Das entspricht der Wahrheit.« Mrs. Bodys Redeweise war, wie ihr Haar, etwas zu üppig. »Der Gesang, den Sie hören, ist Teil eines Unterhaltungsprogramms, das eben einstudiert wird. Das Theater läßt einen eben nie mehr ganz los. Das Hämmern gehört nicht dazu. Ich habe den Gasmann hier.«
»Am Sonntag, Madam. Das ist illegal.«
»Ja, aber ein Gasleck hält sich nicht an den Tag des Herrn. Der Gasmann sagte mir, es könnte gefährlich werden, wenn man sich nicht darum kümmert. Aber bitte setzen Sie sich und sagen Sie mir, wie ich Ihnen helfen kann.«
Thackeray entschloß sich für einen Stuhl mit gerader Lehne neben dem Sessel, den Cribb einnahm. Polstermöbel schienen unpassend für einen Constable, solange solide Holzstühle verfügbar waren. Da wandte sich Mrs. Body an ihn: »Sie sitzen auf einer unserer wertvollsten Reliquien, Mr. Thackeray. Aber bitte, Sie können ihn ruhig benutzen. Bleiben Sie doch sitzen. Es ist genau der Stuhl, auf dem in den Cider Cellars in den Vierzigern W. G. Ross immer saß, wenn er seine *Ballade von Sam Hall* sang.«
»Der verurteilte Schornsteinfeger«, sagte Cribb.
»Sie wissen das noch? Großartig. Mr. Cribb, ich muß sagen, Sie sind ein wahrer Kenner des Variétés!«
»Das wäre wohl übertrieben, Madam. Mein Inter-

esse an Sam Hall liegt mehr in seinem Vorstrafenregister als in seiner musikalischen Unsterblichkeit begründet. Aber dennoch, Sie haben eine hübsche Sammlung von Varietérequisiten hier. Diese Kohlenschaufel hier war doch sicher einmal ein Kalkbehälter für das Rampenlicht.«

Sie klatschte in die Hände. »Und Sie sind doch ein Kenner. Vermutlich hat man Sie extra für diesen Auftrag ausgewählt. Ich hoffe, ich kann Ihnen helfen, einige der Vermißten zu finden, und dann kommen Sie noch einmal wieder, und wir unterhalten uns.«

Die Befragungen des Sergeant nahmen selten eine so persönliche Wendung. Stieg ihm da nicht eine leichte Röte in die Wangen? Thackeray versagte sich einen zweiten Blick. Es war sicher nur der Feuerschein.

Nun drang Applaus aus dem angrenzenden Zimmer, erstaunlich laut für einen Sonntagnachmittag, selbst für Varietéveteranen. Aber er machte gleich wieder einem vollen Baßbariton Platz, der eins von John Orlando Parrys berühmtesten Lieder zum besten gab.

»Gesucht wird eine Gouvernante —«, hörte man eben, als unerklärlicherweise ein lautes Kichern den Solisten unterbrach. Dann schaffte er *»die fähig ist zum Lehreramte«*, und wieder zwang ihn die laute Reaktion des Publikums zum Aufhören. *»Bei einem edlen Herren höchster Position«*, setzte er wieder an. *»Erwartet wird die höchste Diskretion* —«, doch dann machte unkontrollierbares Lachen eine Fortführung unmöglich. Warum eine so simple Ballade ein solches Gelächter hervorrief, war unvorstellbar.

»Entschuldigen Sie mich bitte.« Mrs. Body stand sehr entschlossen auf, durchquerte das Zimmer bis zu der Verbindungstür und marschierte mitten in das Tohuwabohu hinein, das darauf fast augenblicklich aufhörte.

»Kümmern Sie sich um den Gasmann, schnell!« befahl Cribb und ging zu der Tür, die Mrs. Body eben benutzt hatte. »Ich werde hier aufpassen.«

Thackeray reagierte sofort und hätte dabei um ein Haar W. G. Ross' Stuhl umgeworfen. Er öffnete die Tür und sah einen langen, holzverkleideten Speisesaal vor sich. Einige Tische waren bereits für das Abendessen gedeckt. Auch silberne Kandelaber als Tischschmuck fehlten nicht. Am anderen Ende des Zimmer stand in einer Staubwolke der Gasmann, in Overalls und bis zum Knie in den Fundamenten, da er mindestens ein halbes Dutzend Bodenbretter gelöst hatte. Er drehte sich mit dem Hammer in der Hand um und blinzelte. Major Chick!

»Ein Überraschungsschlag im Lager des Feindes, was?« meinte der Major bedeutungsvoll flüsternd. »Ich stecke voller Überraschungen, Constable.«

Thackeray schloß die Tür und beantwortete Cribbs fragend hochgezogene Augenbrauen mit einem leidenden Nicken.

»Sie werden entschuldigen, daß ich einfach so hinausgestürzt bin«, sagte Mrs. Body und kam nun wieder herein. »Sie wußten ja nicht, daß ihr kleines Konzert uns störte.«

»Sind Ihre Gäste ausschließlich männlich?« fragte Cribb und strich über ein Paar Ballettschuhe, die neben anderen am Kaminsims befestigt waren, so daß sie aussahen wie erschossene Ratten an einer Scheunentür.

»Nein, nein. Ich nehme jeden auf, der vorübergehend in Schwierigkeiten ist. Im Augenblick habe ich neun Damen unter meinem Dach. Aber ich darf Ihnen versichern, daß es in Philbeach House noch nie auch nur die Andeutung einer Unanständigkeit gegeben hat.«

»Das versteht sich von selbst«, erwiderte Cribb. Auch Thackeray nickte.

»Wie charmant. Wissen Sie, Mr. Cribb, Sie haben eine so verblüffende Ähnlichkeit mit meinem verstorbenen Mr. Body, nur daß er nicht so groß war wie Sie und eine Brille trug. Sie haben doch gute Augen, nicht?«

»Ich glaube schon, Madam.«

»Verlassen Sie sich nicht darauf. *Nusquam tuta fides,* wie Mr. Body so oft zu mir sagte. ›Nichts ist vollkommen sicher.‹ Und dann verlor er im Hyde Park die Brille und ertrank im Serpentine. Wie kann ich Ihnen helfen, Mr. Cribb?«

»Führen Sie eine Gästeliste, Madam?«

»Eine Gästeliste? Ich fürchte, so etwas Formelles haben wir nicht. Aber ich kann Ihnen die Namen sagen.«

»Sehr schön. Thackeray, Sie werden Ihr Notizbuch benötigen. Vielleicht sollten wir mit den Damen beginnen, Mrs. Body.«

Sie schlug die Hände vors Gesicht. »Meine Güte, ein Notizbuch. Das reicht, damit ich meinen eigenen Namen vergesse, gar nicht zu reden von denen der Gäste.«

»Vergessen Sie Thackerays Anwesenheit einfach,

Madam«, schlug Cribb vor. »Stellen Sie sich vor, er sei nur eins von den gemalten Gesichtern an der Wand. Und mir zuliebe können Sie sich doch an die Namen erinnern, nicht wahr?«
Sie zappelte vor Vergnügen in ihrem Sessel. »Nun, wenn Sie es so sagen, dann glaube ich schon. Da sind zunächst meine längsten Gäste, Beatrice und Alexandra. Sie sind Sängerinnen.«
»Nachnamen, Madam?« wollte Thackeray wissen.
Cribb warf ihm einen bösen Blick zu. »Seit wann sind sie hier?«
»Nun, mindestens achtzehn Monate«, erwiderte Mrs. Body. »Es sind Schwestern, müssen Sie wissen. Dartington mit Namen. Im Augenblick habe ich zwei Schwesternpaare. Die andern sind die Trapezartistinnen Lola und Bella Pinkus. Wenn das nicht schon ein abgedroschener Varietéwitz wäre, würde ich sie als etwas überspannt bezeichnen. Anständige Mädchen, nur etwas eingebildet, wissen Sie. Ich glaube, denen fehlt einfach das Training, an das sie gewöhnt waren.«
»Dann sind sie also arbeitslos?«
»Ja, die armen Dinger. Nur ein kleines Mißgeschick im Middlesex, und man gab ihnen den Laufpaß. Da sie weder ihre Miete bezahlen noch andere Arbeit finden konnten, haben wir ihnen angeboten, hierher zu kommen. Bei fast allen anderen war es das gleiche — Miss Goodbody, Miss Archer, Miss Tring —«
»Die Stimme auf der Schaukel?« fragte Cribb.
»Aber natürlich. Wie begeistert Penelope sein wird, wenn ich ihr sage, daß Sie ihren Namen ken-

nen! Sie war in einem entsetzlichen Zustand, als sie hier ankam — ein unerträglicher Vorfall auf der Schaukel — aber wir versuchen, es ihr mit Lachen wieder auszutreiben.«

»Ich bin mir sicher, daß es Ihnen gelingen wird«, bemerkte Cribb. Der nun wieder immer stärker werdende Lärm aus dem Nebenzimmer war ein Beweis dafür. »Das waren nun sieben Damen. Wer sind die anderen?«

Mrs. Body zählte schnell ihre Gäste an den Fingern ab. »Ach ja! Miss Harriett Morris, die Sängerin und Tänzerin — das arme Kind mußte so viel durchstehen — und dann haben wir noch unseren jüngsten Gast, aber ich muß gestehen, daß ich ihren Namen noch nicht kenne, da sie erst nach dem Mittagessen eintraf. Sie ist die Mutter eines starken Mannes, der von einem Hund angefallen und heute morgen hierhergebracht wurde.«

»Der große Albert«, sagte Cribb. »Wer hat ihn denn zu Ihnen gebracht?«

»Na, die Leichenbestatter natürlich! Jetzt habe ich Sie doch nicht überrascht, meine Herren, oder? Sie haben doch sicher schon von den Leichenbestattern George und Bertie Smee gehört, bis zu ihrem Unfall vor zwei Monaten zwei der lustigsten Komiker in ganz London. Sie sind furchtbar amüsant und so hilfsbereit. Sie fuhren den langen Weg bis Lambeth, nur um Albert zu überreden, hierherzukommen und sich zu erholen.«

»Wirklich? Und wie haben Sie von Alberts Verletzung erfahren?«

Mrs. Body lächelte gnädig. »Beim Varieté gibt es mehr gute Samariter, als Sie sich vorstellen können, Mr. Cribb. Wenn ein Artist einen Unfall erleidet, dann gibt es bestimmt jemanden in seiner Truppe oder im Publikum, der Philbeach House kennt. In diesem Fall war es ein persönlicher Bekannter von Sir Douglas Butterleigh.«

»Ihrem Wohltäter?«

»Ebendieser. Wir sehen Sir Douglas nur sehr selten, aber er hat viele Freunde, und einige von ihnen unterstützen unsere Philanthropie. Aber sie ziehen es vor, anonym zu bleiben.«

Cribbs Nicken deutete an, daß er so etwas erwartet hatte. »Hat Ihr Informant Ihnen auch Alberts Adresse genannt? Schließlich fanden Sie ihn ungewöhnlich schnell.«

Es entstand eine kurze Pause, während der Mrs. Body sich eine Locke um den Zeigefinger wickelte. »Mr. Cribb, Sie stellen so argwöhnische Fragen. Wollen Sie mir eine Falle stellen, damit ich etwas Indiskretes sage? Ich finde die Vorstellung, von einem richtigen Polizisten in die Falle gelockt zu werden, richtig verführerisch. Was wollen Sie, das ich sage?«

Thackeray sprang der Bleistift aus den Fingern und rollte über den Boden. Er murmelte eine Entschuldigung und holte ihn sich wieder. Wie sollte er sich wie ein Wandgemälde verhalten, wenn sein Vorgesetzter in einer solchen moralischen Gefahr schwebte?

»Ich wollte nur wissen, wie Sie Alberts Adresse erhielten, Madam«, entgegnete Cribb.

»Natürlich von seinem Agenten«, sagte Mrs. Body. »Jeder Artist sorgt dafür, daß sein Agent immer seine neueste Adresse kennt. Wissen Sie was, Mr.

Cribb, ich habe oben etwas, das Sie als Liebhaber der Bühne interessieren müßte. Sie kannten doch sicher das alte Alhambra am Leicester Square, bevor es die Musik- und Tanzlizenz verlor? Nun, ich habe in einem kleinen Salon eine Loge des Alhambra nachbauen lassen, komplett mit den Wandbehängen und den Sesseln, die ich vom Besitzer erwerben konnte.«

»Ich weiß nicht, ob ich heute die Zeit dazu habe, Madam —«, begann Cribb.

»Dann vielleicht bei einer späteren Gelegenheit, falls es Ihnen belieben sollte, mich noch weiter zu befragen«, schlug Mrs. Body vor. »Sie werden sicher verstehen, daß ich von Zeit zu Zeit den Wunsch verspüre, meinen Verpflichtungen zu entfliehen. Dann ziehe ich mich immer in diese kleine Loge zurück.«

Thackeray schneuzte sich geräuschvoll.

»Aber nun werden Sie die Namen meiner männlichen Gäste erfahren wollen«, sagte Mrs. Body, von der Unterbrechung offensichtlich aus ihren Gedanken gerissen. »Ich bezweifle, ob ich mich an alle erinnern kann. Schließlich habe ich fast das ganze Orchester des Alhambra unter meinem Dach.«

»Ich verstehe, Madam«, erwiderte Cribb überzeugend. »Aber alle kommen auf meiner Liste auch nicht vor. Haben Sie zum Beispiel einen italienischen Faßtänzer — mit dem Namen Bellotti?«

»Aber natürlich!« Sie breitete weit die Arme aus. »Großartig! Sie können ihn von Ihrer Liste streichen. Nun ist er kein Vermißter mehr.«

»Und ein Komödiant namens Fagan?«

»Sam Fagan! Das ist Sams Stimme, die Sie da aus dem angrenzenden Zimmer hören.«

»Das sind sehr gute Nachrichten«, sagte Cribb. »Dürfen wir hinein?«
Mrs. Body hob die Hand. »Nicht heute nachmittag. Die Proben, Sie wissen schon. Sie bestehen auf ungestörten Proben.«
»Wofür proben sie denn, Madam?«
Mrs. Body schien einen Augenblick lang verwirrt. »Wofür? Na, um wieder auf die Bühne zurückzukehren, sobald sie wieder hergestellt sind. Einige von ihnen erhalten vielleicht nie mehr ein Engagement, aber es wäre doch grausam, wenn wir ihnen diese kleine Hoffnung nehmen würden.«
Diese mit viel Pathos vorgetragene Beschreibung ihrer Gäste war nur schwer in Einklang zu bringen mit dem, was nun aus dem angrenzenden Zimmer drang. Eine Stimme, vermutlich die Sam Fagans, versuchte, ein Gedicht des kürzlich verstorbenen Mr. Thackeray vorzutragen. Wie das Lied zuvor, wurde auch dieses Gesicht sehr eigenartig aufgenommen.

Unter all dem Trödel in meinem Neste,

(rezitierte Mr. Fagan)

ist mir der eine von allen der Beste;
kein weichsamtnes Sofa ist mir so recht,
wie du, mein Stuhl aus Korbgeflecht.

Doch da unterbrach unanständiges Lachen den Vortrag. Es war einfach unglaublich, wie ein bekanntes Salongedicht so aufgenommen werden konnte.

Ist ein schiefbeinig', hochlehnig', wurmstich' Sitz
mit knarzendem Rücken und manch einem Riß
doch seit du des Morgens der Fanny warst recht,
lieb ich dich, du Stuhl aus Korbgeflecht.

»Außergewöhnlich«, bemerkte Cribb, doch er meinte nicht das Gedicht, sondern das beständige Kichern, das es begleitete, wobei die Stimmen der Frauen nicht weniger deutlich waren als die der Männer. Waren es vielleicht die Gesten, die den Vortrag begleiteten?

Wenn Stühle Gefühl hätten für solchen Charme
wie hätt es durchzuckt deinen Lehnenarm!
Ich sah's und ich sehnte und wünschte nur recht,
ich selbst wäre der Stuhl aus Korbgeflecht.

Ein wahres Pandämonium schallenden Gelächters rief bei Mrs. Body die erwartete Reaktion hervor. »Entschuldigen Sie mich, Gentlemen. Sie sind mal wieder ganz außer sich.«
Sie hatte die Tür noch nicht erreicht, als eine ohrenbetäubende Explosion aus der entgegengesetzten Richtung sie zum Stehen brachte.
»Der Major!« sagte Thackeray und lief zur Tür des Speisesaals. Eine Staubwolke quoll heraus, als er sie öffnete. Einen Augenblick lang sah man überhaupt nichts. Doch dann zeigten sich die Folgen der Explosion: aufgerissene Bodenbretter, umgestürzte Tische, kaputte Fenster. Vom Major keine Spur, doch ein geöffnetes Fenster gab Grund zur Hoffnung.
»Gehen Sie zur Hauptleitung und drehen Sie das

Gas ab!« befahl Cribb dem ersten verwunderten Gesicht, das nun in der Tür des angrenzenden Zimmers erschien. Der gute Mann hatte Verstand genug, um augenblicklich zu gehorchen. »Kümmern Sie sich doch bitte um Mrs. Body«, bat Cribb einen anderen. Das Zimmer füllte sich nun schnell mit Leuten, die im aufgewirbelten Staub übereinanderstürzten.

»Ich habe die Tür geschlossen, Sarge«, meldete Thackeray, als er den Sergeanten gefunden hatte. »Der Major scheint verschwunden zu sein. Ich glaube nicht, daß die Explosion stark genug war ...«

»Um ihn in Stücke zu reißen? Ich bezweifle es«, vervollständigte Cribb. »Was haben Sie da unter dem Arm?«

Thackeray schob sich die Last, die er trug, zurecht. »Ich glaube, es ist Beaconsfield, Sarge. Ich wäre beinahe über ihn gestolpert. Das arme Vieh zittert wie Wackelpudding.«

»Sieht außerdem verdammt lächerlich aus mit diesem rosa Schleifchen um den Hals. Ich vermute, daß er vor Ärger zittert.«

Die Luft im Zimmer wurde langsam wieder klar, doch an dem erregten Geplapper änderte das nichts. Zwei junge Frauen in Trikots kümmerten sich um Mrs. Body, die unter Schock in ihrem Sessel lag.

»Ist denn das nicht Albert, Sarge, in der Gruppe da drüben?« fragte Thackeray.

»Vermutlich. Aber es ist besser, wenn wir ihn nicht vor aller Augen begrüßen. Es gibt noch einiges, das wir mit Alberts Hilfe erfahren können. Und achten Sie auf seine Mutter. Wenn sie Ihnen über den Weg läuft, lassen Sie Beaconsfield besser fallen und verschwinden durch die Haustür. Sonst ruiniert uns dieses blöde, sabbernde Vieh noch alles. Mögen Sie eigentlich Bulldoggen besonders?«

»Eigentlich nicht, Sarge. Er wirkte nur so verloren in dem ganzen Durcheinander.«

Cribb warf Thackeray einen vernichtenden Blick zu. »Das ist sein Normalzustand.«

Albert auf der anderen Seite des Zimmers versuchte, Thackerays Aufmerksamkeit auf sich zu lenken.

»Albert scheint sich wegen etwas Sorgen zu machen, Sarge. Glauben Sie, daß er in Ordnung ist? Ich glaube, er hat mir zugewunken. Na wirklich, das sind doch die Männer, die mit ihm in der Kutsche fuhren.«

Cribb betrachtete die Gruppe interessiert. Die Herren Smee, die Leichenbestatter, konnte man sich als Komikergespann nur schwer vorstellen. Albert stand zwischen den beiden und lockerte sich mit dem Zeigefinger den Kragen.

»Wie es aussieht, hat er etwas Staub unters Hemd bekommen«, sagte Cribb. »Aber starren Sie nicht so. Sie wissen alle, daß wir Bobbys sind. Jetzt setzen Sie den Hund ab, und dann wollen wir versuchen, ob wir jemanden erkennen. Diese da müssen die Pinkus-Mädchen sein.«

Doch wenige Sekunden später kehrte Thackeray beharrlich zum Thema Albert zurück. »Sarge, er kratzt sich den Hals wie ein verlauster Affe. Das ist doch nicht normal. Jetzt nimmt er den Kragen ab.«

»Den Kragen?« Cribb wirbelte herum. »Guter Gott! Was, zum Teufel, haben Sie mit Beaconsfield gemacht?«

»Ihn abgesetzt, wie Sie befohlen haben, Sarge«, erwiderte Thackeray mit einer Verwirrung, die fast schon an Verzweiflung grenzte. Der Hund war nirgends zu sehen.

»Na, dann holen Sie ihn sich um Gottes willen wieder! Albert winkt uns. Unter dem Schleifchen am Hals des Hundes muß etwas versteckt sein. Wo ist das blöde Vieh nur hin?«

Beide Beamten liefen nun in verschiedenen Richtungen durch das Zimmer, jeder in der typischen affenartigen Haltung von Polizisten auf der Jagd nach streunenden Hunden. Eine der jungen Frauen im Trikot warf Thackeray einen durchdringenden Blick zu, aber ansonsten achtete in dem Durcheinander niemand auf die Suche.

Es war Cribb, der Beaconsfield entdeckte. Keuchend lag er hinter einem Paravent. Er streckte die Hand nach dem Band aus. »Ganz ruhig. Ruhig.«

Beaconsfield knurrte. Cribb zog die Hand zurück.

»Ah! Da sind Sie ja, Constable. Seien Sie so freundlich und greifen Sie unter das Band!«

Der Hund ließ Thackeray näher kommen. Thackeray zog ein Stück Papier unter dem Band hervor und gab es Cribb.

»Soll ihn doch der Teufel holen!« rief der Sergeant, als er ihn gelesen hatte. »Was halten Sie davon?«

Thackeray las die Botschaft: *»Alles ist in bester Ordnung. Vielen Dank für Ihr Interesse. Albert.«*

8

Am Montag morgen wurde unter den Constables in der Paradise Street kaum ein freundliches Wort gewechselt. Man spürte förmlich die Spannung, sobald man unter der blauen Lampe am Eingang hindurchging und die mürrische Miene des diensthabenden Constable an seinem Tisch sah. Von dem Augenblick an, da die Wachablösung um Viertel vor sechs zitternd über den Hof marschierte und der Sergeant des Reviers den Beamten ihre Streifengänge zuteilte, war genug zu tun, um selbst einen Sträfling zum Weinen zu bringen. Denn bis zehn Uhr, wenn die Wachablösung zurückkehrte und sich über die Unmenge der Orangenschalen beklagte, die sich während des Wochenendes auf den Straßen angesammelt hatte (und die zu entfernen jeder Constable Befehl hatte; *da häufig Unfälle passieren, indem Passanten auf selbigen ausrutschen*), mußten diejenigen im Revier alle Anzeigenmeldungen überprüft, die Insassen der Zellen zu den Magistraten gebracht, den Revierboden gefegt, die *Police Gazette* gelesen, die morgendlichen Kriminalberichte vervollständigt, ihren eigenen Terminkalender auf den neuesten Stand gebracht und eine Unzahl völlig belangloser Anfragen der Öffentlichkeit erledigt haben. Und am Montag erfuhren Beamte, die einen Fehler gemacht hatten, darüber hinaus, daß man sie ins Strafbuch des Reviers eingetragen hatte.

Und deshalb war Cribb auch überrascht, seinen Assistenten zufrieden summen zu hören, als er im Verhörzimmer zu ihm stieß. Doch er machte dem bald ein Ende. »Leiden Sie an Verdauungsstörungen, Constable?«
Thackeray wurde mucksmäuschenstill. Auf seinen Fingernägeln zeigten sich weiße Halbmonde, so fest umklammerte er seinen Federhalter. »Nein, Sergeant. Tut mir leid, wenn mein Singen Sie stört. Es ist wahrscheinlich nur meine gute Laune, weil die Ermittlung abgeschlossen und mein Bericht bereits zu drei Vierteln fertiggestellt ist.« Er wischte behutsam über die Schreibfeder und sah zu Cribb hoch. »Und um ehrlich zu sein, ich bin froh, wieder zu ernsthafter Detektivarbeit zu kommen.«
Cribb hob überrascht die Augenbrauen. »Du meine Güte. Jetzt haben Sie mich doch wirklich in einem Augenblick der Unachtsamkeit überrascht. Thackeray, Sie haben ja eine böswillige Ader in sich, die ich noch gar nicht kannte. Wir werden noch einen Sergeant aus Ihnen machen.«
»Ich wollte Sie nicht beleidigen, Sarge«, erklärte Thackeray, weil er merkte, daß seine Bemerkung stärkere Wirkung hatte als beabsichtigt. »Aber ich kann Ihnen gar nicht sagen, wie erleichtert ich war, als wir gestern alle Vermißten in Philbeach House fanden. Ich hatte sie ja schon als Leichen vor mir gesehen. Sie wissen ja, ich freue mich über einen Leichenfund wie jeder andere auch, aber manchmal muntert es einen einfach auf, wenn man merkt, daß die Dinge nicht so sind, wie sie scheinen. Ich meine, diese Nachricht von Albert war doch wie ein goldener Sonnenstrahl.«

»In einem rosa Schleifchen«, ergänzte Cribb.
Thackeray warf ihm einen scharfen Blick zu. »Ein Ereignis wie dieses, wenn es so unerwartet kommt, gibt einem den Glauben an die Mitmenschen zurück, das glaube ich zumindest. ›Alles ist in bester Ordnung.‹ Ich werde meinen Bericht mit diesen Worten abschließen. Das ist mal eine Abwechslung im Vergleich zu all den Berichten über Gewalt und Blutvergießen, die Scotland Yard sonst erhält.«
»Da wird sich die Statistische Abteilung aber freuen«, murmelte Cribb. Er fuhr mit dem Zeigefinger den Lampenschirm von Thackerays Schreibtischlampe ab und untersuchte ihn nach Staub. »Sie haben also vor, zu Ihrer gewohnten Arbeit zurückzukehren? Was Sie angeht, war die Ermittlung also gestern abend zu Ende.«
Thackeray wies mit dem Federhalter auf Cribb. »Ich weiß, was Sie mich jetzt fragen werden, Sarge — wie ich all diese Unfälle erkläre? Nun, ich habe gestern nacht vor dem Einschlafen noch lange darüber nachgedacht. Ich habe mir den ganzen Fall noch einmal durch den Kopf gehen lassen, einen Unfall nach dem anderen. Und als ich dann bei Albert angelangt war, ergab die ganze Sache plötzlich einen Sinn. Ich erinnerte mich an dieses häßliche, kleine Zimmer, das er bewohnte, an das schäbige Linoleum und die Möbel. Und die deprimierende Aussicht über die Irrenanstalt hinweg. Dann dachte ich an die silbernen Kerzenhalter in Philbeach House, an die weißen Tischtücher und die dicken Teppiche, und plötzlich wußte ich, warum für Albert und die anderen nun alles in bester Ordnung ist. Die leben

doch in Kensington wie im siebten Himmel, Sarge. In ihrem ganzen Leben haben sie keine besseren Verhältnisse gekannt!«

»Daran zweifle ich nicht«, gab Cribb zu. »Aber erklärt das die Unfälle?«

»Verstehen Sie es denn nicht?« fragte Thackeray mit strahlenden Augen. »Die haben ihre Unfälle selbst inszeniert, um nach Philbeach House zu kommen! Albert hat die Bulldoggen selber vertauscht — oder vielleicht seine Mutter — und bezahlt mit einem verletzten Bein für ein paar angenehme Wochen in Kensington. Ist das denn nicht offensichtlich, wenn Sie darüber nachdenken? In den Varietés hat es sich herumgesprochen, daß es dort freie Kost und Logis für jeden gibt, der raffiniert genug ist, um auf der Bühne einmal auf die Nase zu fallen. Man holt sie sogar mit Droschken ab. Und deshalb gab es diese ganze Serie von Unfällen. Wenn man es sich überlegt, waren es doch meistens nur kleine Verletzungen —«

»Wie bei Woolston, der seiner Assistentin ein Schwert durch das Bein rammte?« hakte Cribb nach.

»Na, es gibt immer welche, die zu weit gehen«, fuhr Thackeray stirnrunzelnd fort. »Ist doch offensichtlich, daß er sich keinen Pfifferling um das Mädchen scherte. Indem er ihr ein Schwert durch das Bein rammte, glaubte er, für sich und für sie eine Unterkunft in Philbeach House zu erreichen. Aber statt dessen muß er sich nun mit Newgate begnügen. Doch die anderen — die Pinkus-Schwestern, Bellotti, Sam Fagan —, die sorgten alle dafür, daß sie ihre Arbeit verloren, ohne sich selbst wirklich zu gefährden. Und jetzt sitzen sie zwischen den Silberleuchtern bei Mrs. Body. Wenn es ein Heim für arbeitslose Bobbys wäre, würde ich direkt in Versuchung kommen, die Revierstufen hinunterzustürzen.«

»Na, ich nicht«, erwiderte Cribb nachdrücklich. »Mir war mit dieser Frau im selben Zimmer verdammt unbehaglich. Und das, obwohl Sie als Anstandshüter anwesend waren.«

Thackeray grinste. »Es war einfach nicht unsere Art von Fall, Sarge. Das hab ich die ganze Zeit gespürt. Wir sind einfach nicht gemacht für diese Varietégaunereien. Ich bin wirklich erleichtert, wieder zu einem ordentlichen Raub mit Gewaltanwendung zu kommen. Sie verstehen doch, worauf ich hinauswill, Sarge, nicht?«

Cribb nickte ernsthaft.

»Sind damit die Ermittlungen abgeschlossen, Sarge?«

Cribb zuckte mit den Achseln. »Wenn Sie sich zurückziehen wollen ...«

»Da es kein Mord ist, Sarge, und Vorschützung falscher Tatsachen ist nicht leicht zu beweisen —«

»Dann wollen Sie den Rest mir überlassen? Nun gut, Thackeray.« Cribb nahm seinen Hut in die Hand. »Tut mir leid, Sie belästigt zu haben. Hätte dafür sorgen sollen, daß ich eine Leiche vorweisen konnte, bevor ich Ihren Nachhilfeunterricht unterbrach. Aber wir gehen im Guten auseinander. In Erinnerung an die Erfolge der Vergangenheit, was?«

Thackeray faßte sich an den Bart. Himmel! Der Unterricht! Was hatte er da nur gesagt? »Sarge, ich gebe nicht auf. Wenn es noch mehr zu ermitteln gibt, werden wir es gemeinsam tun. Ich glaubte doch nur, daß meine Theorie ...«

Cribb sah aus dem Fenster. Entsetzliche Sekunden vergingen, bevor er wieder etwas sagte. »Und gar keine schlechte Theorie. Ihre Schlußfolgerungen sind im Laufe der Jahre immer besser geworden. Diesmal könnten Sie vielleicht sogar recht haben.«

Er rieb sich nachdenklich die Nase. Thackeray wartete schreckensbleich. »Aber einige Kleinigkeiten machen mir noch Sorgen. Fragen, die Antworten verlangen. Wer war es, der uns überhaupt erst auf den Fall brachte, indem er uns dieses Grampian-Plakat mit der Nachricht schickte? Jemand wollte, daß wir ermitteln. Warum geschahen alle Unfälle in verschiedenen Theatern zu verschiedenen Zeiten — und warum kommen alle Opfer aus verschiedenen artistischen Bereichen? Warum holen sich die Gäste in Philbeach House nicht ihre Post bei den Agenten ab? Was ging gestern im Nachbarzimmer vor sich? Wo lag der Witz in diesem Gedicht, über das sie alle so lachten? Alles nur Kleinigkeiten. Lächerliche Kleinigkeiten.«

»Da gibt es wirklich noch eine ganze Menge zu lösen«, sagte Thackeray, der die erste Gelegenheit ergriff, um seine Loyalität unter Beweis zu stellen.

»Zumindest genug, um *mich* noch eine Weile zu beschäftigen«, erwiderte Cribb. »Aber Sie müssen nicht länger an dem Fall dranbleiben. Ich will mich nur selbst noch etwas damit vergnügen, Sie verstehen schon. Es sind nur Details, die mich irritieren;

ich werde nicht ruhen, bis ich mir nicht über alle Rechenschaft abgelegt habe. Eigentlich wie bei einer Herde Schafe.«

Cribb als Schäfer war eine ganz neue Vorstellung, aber im Geiste war Thackeray sofort bereit, ihm in Gamaschen und Wettermantel zur Seite zu stehen, »Ich könnte jetzt nie aufgeben, Sarge, nicht bei so viel unerledigter Arbeit. Vielleicht ändert die Antwort auf nur eine Frage alles, wie in einer Partie Dame. Was glauben Sie denn, wie ich mich fühlen würde, wenn Sie etwas entdecken, das meine Schlußfolgerungen über den Haufen wirft?«

»Kann ich nicht sagen«, erwiderte Cribb. »Aber wenn Sie unrecht haben und ein Fremder diese Bühnenunfälle inszeniert hat, dann sitzt ein Mann in Newgate, der in Kürze eines Verbrechens angeklagt wird, das er nicht begangen hat. Ich kann mir vorstellen, wie sich der fühlt. Für den armen Kerl ist das kein Gesellschaftsspiel.«

Thackeray, der seine Theorie nun am Boden zerstört sah, schwieg. Er hatte gelernt, daß es in solchen Augenblicken das beste war, zu warten, bis Cribb den Faden wieder aufnahm.

»Habe gestern abend allein noch einige Nachforschungen angestellt und dabei etwas über Sir Douglas Butterleigh, den Besitzer von Philbeach House, herausgefunden.«

»Den Gin-Hersteller?«

»Ja. Ein sehr reicher Mann. Machte sein Geld, als die Gin-Paläste noch in Mode waren. Inzwischen ist er neunzig, ans Bett gefesselt und hat vor einem Jahr die Sprache verloren. Lebt in einem Pflegeheim in Eastbourne.«

»Ich nehme nicht an, daß der uns viel helfen kann, Sarge. Hat er Familie?«
»Einen Sohn. Ein Missionar in Äthiopien.«
»Er wird ein großes Vermögen erben.«
»Drei Fabriken«, sagte Cribb, »zwei große Häuser und über hundert Pubs.« Er hielt inne. »Und ein Varietétheater.«
Thackeray pfiff durch die Zähne. »Welches, Sarge?«
»Ich glaube nicht, daß Sie es kennen. Das Paragon, in Victoria. Keins der größeren Theater.«
Nun blubberten wieder Theorien in Thackerays Hirn. »Ein Varieté! Verdammt, Sarge, ich glaube, wir sollten es uns ansehen!«
»Das wollte ich eben vorschlagen«, sagte Cribb. »Natürlich nur, wenn der krönende Schlußsatz Ihres Berichts eine kleine Verzögerung verträgt.«

Drei reife Herren in Turnhosen und -leibchen aus blauem Satin standen mit herausgestrecktem Kinn, untergehakten Armen und eingezogenem Bauch steif da, als würden sie für ein Photo posieren. Kein Oberschenkel zuckte, kein Schnurrbart zitterte, als zwei jüngere Männer in Weiß Anlauf nahmen und ihnen von hinten auf die Schultern sprangen, dort oben dann selbst die Arme verschränken und sich, vorsichtig das Gleichgewicht suchend, zur gleichen, eleganten Haltung aufrichteten. Auch das unerwartete Knarzen, als jemand im Hintergrund der Bühne das Sprungbrett berührte, brachte nicht die geringste Unordnung in das menschliche Bauwerk. Da war nur ein simultanes Beugen von fünf Knien, ein Rascheln im Hintergrund, ein lauter Knall vom Sprungbrett, und ein sechster Akrobat segelte elegant in die Höhe. Er war passenderweise in Rot gekleidet. Die anderen federten sein Gewicht ab, balancierten und richteten sich zu einer perfekten Pyramide auf.

»Das ist doch Zeug für Wohltätigkeitsveranstaltungen«, rief eine Stimme aus dem Zuschauerraum. »Sucht euch doch lieber ein Pfarrgemeindehaus, meine Freunde! Auf meiner Bühne ist für euch kein Platz.« Während die Pyramide zusammenstürzte und die Akteure in die Seitenkulissen schlichen, fügte die Stimme hinzu: »Ende des Vorspielens, Gott sei Dank. Aber wo ist jetzt das verdammte Ballett? Ich habe doch für zehn die Probe angesetzt. Verdammt, ist da überhaupt noch jemand im Haus?«

Cribb und Thackeray in der hintersten Reihe im Parterre duckten sich noch tiefer in ihre Sitze. Von vorne waren nur die Spitzen ihrer Melonen zu sehen, wie Katzen auf einem Kohlehaufen. Das Paragon war kalt und roch nach Orangenschalen und abgestandenem Zigarrenrauch. Außer dem Bühnendirektor, der mit seinem Bierhumpen an einem der Tische im Vordergrund saß, hockte nur noch ein knappes Dutzend einzelner Gestalten in Mänteln auf Plätzen im Hintergrund. Verglichen mit dem Grampian war der Zuschauerraum nur klein, für etwa fünf- oder sechshundert Besucher, aber das Paragon hatte den Vorteil, wirklich als Theater erbaut worden zu sein und nicht etwa nur umgebaut, wie die anderen, aus einem Restaurant, einer Kirche oder dem Brückenbogen einer Eisenbahnüberführung. Die Dekorationen waren einfach und geschmackvoll. Die Simse und Zierleisten entwickelten sich aus weiten Schwüngen und Bögen. Für die Sesselbezüge, Wandbespannungen und Logenvorhänge waren brauner Plüsch und Samt verwendet worden, und man konnte sich leicht die intime und gemütliche Atmosphäre eines vollen Hauses vorstellen, wenn die Gaslüster brannten und das Aroma der Zigarren die weniger angenehmen Gerüche solcher öffentlicher Versammlungen überdeckte.

»Mr. Plunkett, Sir!« rief eine Stimme aus den Seitenkulissen.

»Was ist denn jetzt?«

»Hinter der Bühne zieht es. Die Mädchen bekommen Gänsehaut. Darf ich mir den Vorschlag erlauben, die Gasbeleuchtung etwas höherzustellen? Der Tanz würde dadurch nur gewinnen.«

»Bestellen Sie den hochwohlgeborenen Damen von mir«, entgegnete der Direktor, »wenn sie nicht in der nächsten halben Minute auf der Bühne sind, können sie sich bei einem Spaziergang zur York Road aufwärmen und sich dort neue Arbeit suchen. Gänsehaut!«

Ein Pianist spielte ein paar Triller, und das *ballet divertissement* betrat die Bühne, eine Reihe Tänzerinnen in Rot, die von links auf Zehenspitzen zur Mitte trippelten und sich dort mit einer schwarzen Reihe trafen. Jedes Mädchen hatte die eine Hand auf der Schulter ihrer Nachbarin und hob mit der anderen elegant den Rocksaum, um das Publikum mit einem kurzen Aufblitzen einer seidenbestrumpften, spitzenumwehten Wade zu blenden.

»Das ist eigentlich recht geschmackvoll, nicht, Sarge?« flüsterte Thackeray. »Im Vergleich zu den anderen Varietés, meine ich.«
»Ich behalte mir ein Urteil vor«, entgegnete Cribb. »Es können noch unerwartete Dinge passieren.«
Thackeray öffnete nun die Augen etwas weiter und drehte sich wieder der Bühne zu, aber der Tanz war durch und durch konventionell, eine Serie einfacher Bewegungen, die einen angenehmen Wechsel von Rot und Schwarz produzierten.
»Halt!« bellte Mr. Plunkett. »Wo sind die Figurantinnen?«
Die Tanzmädchen blieben stehen, und drei kreidebleiche Gesichter erschienen am Vorhang.
»Was soll denn das heißen? Ihr habt euren verdammten Einsatz verpaßt.«
»Bitte, Mr. Plunkett«, wagte eine zu erwidern, »hier oben ist es so kalt wie der Kakao im Armenhaus, und Kate hat einen entsetzlichen Krampf.«
»Krampf. Erzähl mir doch nichts von Krampf. Ich krieg hier unten bald 'nen Schlaganfall. Sag diesem Dämchen, sie hat bei ihrem Einsatz auf der Bühne zu sein, gleichgültig, in welchem Zustand sie ist. Da braucht ihr anderen gar nicht zu kichern. Eine Figurantin mit einem Krampf — so einen Blödsinn hab ich ja noch nie gehört!«
Thackeray riß den Kopf hoch. Jemand hatte ihn am linken Arm gestoßen: ein junger Mann in Uniform, mit einer Orange in der Hand. »Wollen Sie eine, Bruder? Ich hab noch eine in der Tasche. Der alte Plunkett ist ein Ungeheuer, was? Aber Hunde, die bellen, beißen nicht. Sein Gefluche gefällt mir gar nicht, aber so ist er eben. Ich selber bin von der

Heilsarmee. Nehm nie ein Schimpfwort in den Mund, aber ich kenn die meisten.«
»Was tun Sie hier?« flüsterte Thackeray.
»Es gibt keinen Ort, den die Heilsarmee nicht besucht, Bruder. Ich bin hier bei allen Vorstellungen und bei so vielen Proben, wie ich schaffe. Ah, diese Möglichkeiten für einen Mann meiner Berufung! Sehen Sie die Schwarzhaarige in Rot, die Dritte von links? Ich rechne mit einer Bekehrung noch vor Weihnachten. Verblüffend, nicht wahr? Man kann doch nicht zusehen, wie sich eine solch junge Kreatur in den Untergang stürzt, oder? Sie sind doch nicht etwa ihr Vater?«
»Gott behüte, nein«, antwortete Thackeray.
»Würde mich nicht überraschen. Die Hälfte der Kerle, die hier sitzen, sind mit dem *corps de ballet* verwandt. Ehemänner und Väter, müssen Sie wissen. Sie haben gern ein Auge auf Plunkett, aber der ist harmlos, das kann ich Ihnen sagen. Im Paragon gibt's nur Unterhaltung für die ganze Familie. Nichts Schlimmeres als das, was Sie jetzt sehen. Natürlich ist das Theater auch in einer besseren Gegend als die meisten. Den Mädchen in einigen Theatern ist der Weg zum Heil schon versperrt. Wenn Sie mir den Ausdruck verzeihen, ich habe sogar in Theatern wie dem Alhambra Zuhälter und Kuppler und frevlerische Männer gesehen, die die Ballettmädchen beäugen. Wer ist der Kerl mit der Habichtsnase da neben Ihnen?«
Thackeray sah nach, ob Cribb zuhörte. Aber er schien auf den Tanz konzentriert zu sein. »Ich glaube, der ist nur hier, um sich ein bißchen aufzuwärmen.«

Ein missionarisches Funkeln leuchtete in den Augen des jungen Mannes. »Was glauben Sie, ob er wohl einen Suppengutschein gebrauchen könnte? In unserem Quartier in der Blackfriars Road kümmern wir uns um viele seiner Sorte.«
»Das glaube ich Ihnen gern«, erwiderte Thackeray aus dem Mundwinkel heraus. »Aber der sieht mir nicht wie ein Suppentrinker aus.« Er stieß den Sergeant an. »Dieser Gentleman erzählt mir eben, daß er sich alle Vorstellungen ansieht.«
»Wirklich?« sagte Cribb und tippte an seinen Hut. »Sagen Sie, haben die hier auch einen Faßtänzer im Programm?«
»Faßtänzer?« wiederholte der junge Mann. »Im Paragon hab ich noch nie einen gesehen.«
»Schwertschlucker?«
»Ich kann mich an keinen erinnern, Bruder.«
»Trapezartisten?«
»Ja, da gab es mal einen. Nannte sich der Englische Leotard. War aber nichts Besonderes.«
»Können Sie sich an irgendwelche Artistinnen auf dem Trapez erinnern?«
Er warf Cribb einen angewiderten Blick zu. »Bei Gott im Himmel, nein.«
»Ich selbst mag ja die Komödianten«, sagte Thackeray und änderte ungewöhnlich geschickt die Richtung. »Komische Sänger vor allem. Dieser Sam Fagan ist ja wirklich eine Wucht!«
»Hab den Kerl hier noch nie gesehen«, erwiderte der junge Mann. »Es gibt schon bei jeder Vorstellung eine komische Nummer, aber den kenn ich noch nicht.«
Der Tanz erreichte seinen Höhepunkt. Zu einem

fortissimo vom Piano drehte sich jedes Mädchen zweimal und endete dann mit einer tiefen Verbeugung, wobei die tiefausgeschnittenen Trikots die Wirkung noch verstärkten. Bei vollem Haus wurden diese Knickse sicher von Beckenschlägen und lautem Beifall begleitet. An diesem Tag gab es nur das zierliche Klimpern eines kleinen Klaviers. Doch auch so waren die Hüter des Gesetzes völlig hingerissen von dem Finale. Beide Polizisten waren so versunken in das Spektakel auf der Bühne, daß sie Mr. Plunketts Näherkommen nicht bemerkten. Vom Ende ihrer Reihe schrie er sie an: »Wenn die Herren jetzt vielleicht ihre Augen wieder in die Höhlen stecken und mir erklären könnten, was sie in meinem Theater tun.«

Thackeray schneuzte sich. Erklärungen waren Sache des Sergeant.

Cribb stand auf. »Wir wollten Sie nicht stören, Sir. Mein Freund und ich wollen uns nur kurz mit Ihnen unterhalten. Deshalb setzten wir uns einfach und warteten auf den passenden Moment.«

»Als hockt ihr euch in die hinterste Reihe und beglotzt meine Mädchen?« sagte der Direktor mit nicht zu überhörendem Sarkasmus. »Wollen Sie eine Wiederholung oder haben Sie genug gesehen? Oder vielleicht eine Besichtigung der Garderoben?«

Thackerays Entrüstung stieg in ihm hoch wie Champagnerperlen in einem Glas. Cribb erwiderte eilig: »Das wird nicht notwendig sein. Wir sind nur wegen Eintrittskarten hier.«

»Warum waren Sie dann nicht beim Kartenschalter im Foyer?« bellte Plunkett. Er drehte sich um und

klatschte in die Hände. »Ihr Mädchen könnt jetzt gehen«, rief er. »Morgen wieder Punkt sechs.«
Cribb wischte sich eine Spur Zigarrenasche vom Ärmel seines Mantels. »Ich habe die Erfahrung gemacht«, sagte er mit all seiner Würde, »daß sich eine persönliche Kontaktaufnahme mit dem Direktor immer empfiehlt. Er kann einen immer bei der Wahl der Karten beraten. Wir wollen doch keine Aufführung, die weniger als Ihr Bestes bietet.«
»Alle meine Shows sind erstklassige Unterhaltung«, entgegnete Plunkett nun in einem etwas versöhnlicheren Ton. »Was genau wollen Sie denn?« Er besaß die Statur eines Bauarbeiters, aber die Schnelligkeit seiner Erwiderungen deutete auf eine lebhaftere Intelligenz hin.
»Das Beste, was Sie zu bieten haben«, antwortete Cribb. »Wir können es bezahlen.«
Plunketts Augen huschten über Cribb und Thackeray und schätzten sie ab. Zahlungsangebote waren im Paragon offensichtlich nicht genug.
Cribb versuchte es erneut: »Sie haben morgen eine Vorstellung —«
»Woher wissen Sie das?« wollte Plunkett, nun wieder sehr aggressiv, wissen.
»Von Ihnen«, antwortete Cribb. »Sie sagten eben zu den Tänzerinnen, sie sollten morgen um sechs hier sein. Ich nehme an, nicht wegen einer Probe.«
»Sechs? Ach ja. Die Ouvertüre beginnt um halb acht. Wenn Sie dafür Karten wollen, müssen Sie sich an meine Tochter im Büro wenden. Ich bin beschäftigt.«
»Vielen Dank«, sagte Cribb und lüftete die Melone. »Wir freuen uns schon darauf. Hübsche Tänzerin-

nen. Mein Freund hier ist ein Kenner, was Figurantinnen betrifft.«
Thackeray wußte nicht genau, was die Andeutung zu bedeuten hatte, aber er vermutete, daß Cribb sich einfach für das Suppenangebot der Heilsarmee rächen wollte. Plunkett rümpfte die Nase, sah die Eindringlinge zweifelnd an und stapfte zu seinem Tisch zurück. Die Polizisten nickten dem jungen Heilsarmisten zu und gingen zum Kartenschalter im Foyer, wo eine Überraschung sie erwartete. Auf ihr Klopfen öffnete eine junge Frau, die sie beide sofort wiedererkannten, wenn sie auch einen Augenblick lang nicht wußten, woher. Sie war außerordentlich hübsch. Ihre schönen, hellblonden Haare waren hochgesteckt und betonten die feine Linie ihres Halses.
Dann schlug Cribb sich an die Stirn. »Ich hab's! Miss Blake aus dem Grampian!«
»Sie haben den Vorteil —«, begann sie. »Aber natürlich. Alberts galante Retter! Aber kommen Sie doch herein, Gentlemen. Was tun Sie denn hier?«
»Wir suchen Mr. Plunketts Tochter, Miss. Wir wollen bei ihr Karten kaufen. Darf ich Ihnen die gleiche Frage stellen?«
Sie lachte. »Aber natürlich dürfen Sie. Samuel Plunkett ist mein Vater. Sie haben mich gesucht?«
»Sie, Miss?« Cribb runzelte die Stirn.
»Sie verwirrt wohl mein Name. Ich muß gestehen, der ist eine reine Erfindung. Blake ist mein Künstlername. Sogar mein Vater mußte zugeben, daß ich als Ellen Plunkett, romantische Vokalistin, nicht viele Engagements bekommen würde. Aber nun setzen Sie sich bitte und erzählen mir, was Sie wirk-

lich im Paragon wollen. Und bitte nennen Sie mich nicht Plunkett.«

»Wie Sie wollen, Miss.« Cribb setzte sich vorsichtig auf einen arg mitgenommenen Stuhl, offensichtlich ein ausgemustertes Exemplar aus dem Zuschauerraum. Da Miss Blake den einzigen anderen Stuhl eingenommen hatte, setzte sich Thackeray auf einen Korb. »Zunächst möchte ich klarstellen«, fuhr nun Cribb fort, »daß wir wirklich wegen Karten hier sind.«

Ellen Blake schüttelte den Kopf. »Sie können mich nicht überzeugen. Der große Scotland Yard und seine Arbeitsweise sind zwar für mich eine andere Welt, aber ich bin mir ziemlich sicher, daß seine Beamten nicht die Zeit haben, die Londoner Varietés abzuklappern, ohne dabei in einer ernsten Angelegenheit zu ermitteln.«

Thackeray wünschte sich, er könne Miss Blakes Zuversicht teilen. An der Wand hinter ihr hing ein Plakat mit dem Programm der Woche. Er kannte keinen einzigen Namen. Keine der Nummern deutete auf irgendeine Verbindung mit den Bewohnern von Philbeach House hin. Keine fliegenden Schwestern, kein Faßtänzer, keine Stimme auf der Schaukel, kein starker Mann. Nicht einmal eine Bulldogge.

Cribb hob die Schultern. »Wir haben zwei Tage Urlaub pro Monat, Miss. Man versucht dafür zu sorgen, daß jeder Mann einen Sonntag pro Monat freibekommt, aber der andere ist dann immer ein Werktag. Wenn er diesen Tag damit verbringt, sich Karten für das Varieté zu kaufen, dann ist das doch nur eine Anerkennung für die Qualität der Unterhaltung, würde ich sagen.«

»Und es könnte nicht sein, daß er einen neuen Unfall erwartet?« fragte Miss Blake.
Cribb wich ihrer Ironie aus: »Haben Sie schon Nachrichten von Ihrem jungen Mann, Miss? Er scheint mit seiner Unterkunft sehr zufrieden zu sein.«
»Albert?« Sie wurde rot. »Was meinen Sie damit?«
»Ich hätte vielleicht nichts sagen sollen, Miss. Ich dachte, er hätte es Ihnen erzählt. Albert ist gestern morgen vom Little Moors Place weggezogen.«
»Weggezogen? Wohin?«
»Nach Kensington, Miss. Ein Heim für Varietékünstler. Vielleicht haben Sie schon davon gehört. Ein piekfeines Haus.«
Ellen Blake schloß für einen Augenblick die Augen. »Philbeach House«, flüsterte sie dann.
»Ebendieses, Miss«, sagte Cribb leichthin. »Es ist sicher bereits ein Brief an Sie unterwegs.«
»Aber ich dachte doch, Sie würden ihn —«
»Beschützen, Miss? Das stimmt. Thackeray hier folgte ihm bis nach Kensington. Wir besuchten ihn sogar, nur um sicherzugehen, daß er es auch bequem hat. Offen gesagt, Miss Blake, er lebt wie ein Krösus. Ich weiß nicht, ob Sie je dort waren, aber — bei Gott! Thackeray, Ihr Taschentuch!«
Miss Blake hatte versucht, die Tränen zurückzuhalten, indem sie sich auf die Lippen biß, aber sie liefen trotzdem. »Sie müssen mir verzeihen«, sagte sie nach gewissen Aufmerksamkeiten mit dem Taschentuch. »Es kommt so unerwartet. Er hat mir nichts davon gesagt. Nichts.«
»Scheint alles sehr schnell arrangiert worden zu sein, Miss«, entgegnete Cribb zum Trost. »Albert

ist nicht der Mann, der die Gefühle einer Dame verletzt. Aber ich verspreche Ihnen, ihm wird in Philbeach House nichts geschehen. Schließlich hat er ja seine Mutter und den Hund bei sich. Niemand bei Verstand würde Hand an Albert legen, solange Beaconsfield bei ihm ist.«

Thackeray rutschte unbehaglich auf dem Korb hin und her. Da mußte Cribb schon bessere Argumente bringen. Daß Beaconsfield irgend jemanden verteidigte, war wohl kaum zu erwarten. Den brachte doch nur eine Explosion auf die Beine.

»Sie wollten Karten?« fragte Miss Blake und versuchte, ihre Haltung zurückzugewinnen. »An drei Abenden pro Woche gibt es Vorstellungen, Dienstag, Donnerstag und Samstag.«

»Ändert sich das Programm?« fragte Cribb.

»Kaum, nur wenn jemand krank wird. Die Nummern sind so wie auf dem Plakat hier, gleichgültig, welchen Abend Sie nehmen.«

»Dann nehmen wir morgen«, sagte Cribb entschlossen.

»Dienstag.« Sie zögerte. »Warum Dienstag?«

»Warum nicht?« entgegnete Cribb. »Es ist ein Abend, an dem wir beide Zeit haben. Was ist denn verkehrt an Dienstag?«

Miss Blake erhob sich und schloß eine Metall-Kassette auf. »Nichts, nichts. Die Abende sind alle gleich. Wieviel wollen Sie denn für eine Karte ausgeben? Wir haben alles von der Galerie für sechs Pennies bis zum Tisch für eine Guinee. Die Logen kosten fünf Shilling.«

Fünf Shilling! Im Grampian hatten sie zwei gezahlt.

»Wir werden uns mit einem billigen Platz begnü-

gen müssen, Miss«, sagte Cribb. »Haben Sie etwas im Parterre für weniger als einen Shilling?«
»Damit kommen Sie in die Promenade, aber ein Sitzplatz kostet noch einen Shilling extra.«
»Die Promenade genügt«, erklärte der Sergeant und brachte einen Florin zum Vorschein. »Werden wir Sie auch sehen, Miss?«
»Nicht im Theater meines Vaters. Im Paragon konzentriere ich mich auf die geschäftlichen Angelegenheiten. Meine Karriere als Sängerin verfolge ich nur in anderen Theatern. Wissen Sie, ich will meinen eigenen Weg gehen. Hier sind Ihre Promenadenkarten. Ich könnte Sie hinter die Bühne führen, wenn Sie wollen.«
»Das ist sehr großzügig von Ihnen«, sagte Cribb und erhob sich. »Wir freuen uns schon darauf, nicht wahr, Thackeray?«
»Äh — ja, Sarge.« Thackeray klang nicht gerade begeistert. Er massierte sich den Hosenboden. Das Kreuzmuster des Korbes war darauf deutlich zu sehen.
Sie wollten eben gehen, als es heftig an der Tür klopfte. Miss Blake bat Cribb, sie zu öffnen. Zum zweitenmal an diesem Vormittag kamen Cribb und Thackeray nun in den Genuß der Erfahrung, jemanden wiederzuerkennen, aber nicht sofort zu wissen, woher. Doch in der Kleidung, den schwarzen Mänteln, Glanzlederschuhen und Glacéhandschuhen lag etwas Bedeutsames. Die Männer hätten sich nur noch Kreppbänder an die Zylinder zu stecken brauchen, um auszusehen wie — das, was sie waren! Kein Zweifel: die Leichenbestatter von Philbeach House.

Cribb trat beiseite, damit die beiden sich an Miss Blake wenden konnten.
»Eine spezielle Lieferung, Miss. Mr. Plunkett sagte, Sie würden dafür unterschreiben.«
»Sicher. Was ist es denn?«
Der erste Leichenbestatter winkte seinem Begleiter. Sie gingen und kehrten mit einem kistenförmigen, in einen Union Jack eingewickelten Gegenstand wieder zurück. Es gab keine Zweifel, worum es sich handelte: Beaconsfields Korb.

9

Cribbs Knauserei führte am folgenden Abend im Paragon zu gewissen Komplikationen. Seiner Meinung nach boten ihnen die Promenadenkarten alle Voraussetzungen für eine gründliche Überprüfung. Für den bescheidenen Betrag von zwei Shilling konnten er und Thackeray während des Abends den ganzen äußeren Wandelgang des Hauses kontrollieren. Doch leider benutzten auch die bessergestellten sogenannten Damen der Stadt diese Örtlichkeit. Die Folge war, daß, sooft der Yard promenierte, die Schwesternschaft zusammenlief und Cribb und Thackeray sich plötzlich an die Bar gedrängt sahen, wo sie weitere Ausgaben tätigen mußten, um sich als Trinker und nicht als Vergnügungssuchende darzustellen. Doch auch so wurden sie des öfteren um »ein Glas Gin pur« angesprochen, was sie jedoch beharrlich verweigerten; schließlich war es nicht die Art der Kriminalbehörde, auf diese Weise Hilfskräfte anzuwerben.

Die geschminkten Flanierdamen waren deutlich besser gekleidet als die Frauen und Verlobten der Mechaniker und Ladenbesitzer, die auf den Plätzen der Tugend innerhalb des Geländers saßen. Und sie waren auch ungleich eleganter als ihre Schwestern im Grampian auf der anderen Seite des Flusses. Mochten sie auch gefallene Frauen sein, eine Formosa jede einzelne von ihnen, so trugen sie doch züchtige Handschuhe und modische Klei-

der und waren — das mußte man zugeben — nicht ohne einen gewissen Charme. Die Männer, die sich mit diesen Frauen unterhielten, schienen vorwiegend der gehobeneren Klasse anzugehören und bereit zu sein, großzügige Summen auszugeben. Man sprach von Soupers mit Wild und Zuchtaustern, begleitet von Champagner und Moselwein, im Café de l'Europe. Thackeray wandte den Blick nicht von seinem Pint Kop's Ale und dachte daran, daß auch die Tugend ihren Lohn hatte.
Die Darsteller auf der Bühne spulten ihr Repertoire ab, ohne an der Bar sonderliche Aufmerksamkeit zu erregen. Ginselige Unterhaltung bot eine ungleich größere Ablenkung. Und ebenso die warmen Wogen von Parfum, zärtlichem Rempeln und Gekicher. Ein steiflippiger Bauchredner mit seiner Puppe konnte es eben nicht aufnehmen mit Pariser Duft und gefärbten Wimpern. Wie alle in ihrer Umgebung applaudierten auch die Polizisten, sooft das Ballett erschien, und sie schlugen krachend mit ihren Zinnkrügen auf die Tische, wenn eine Tänzerin das Bein höher hob als ihre Kolleginnen. Die Authentizität verlangte es. Aber bis zur Hälfte des Abends trennten die schimmernden Kalkdämpfe über den Rampenlichtern die Darsteller immer weiter vom Publikum. Oder so kam es Thackeray nach fünf Pints Kop's zumindest vor, obwohl auch der Zigarrenrauch und der Gindunst in seiner Nähe dabei eine Rolle spielen mochten. Gleichgültig, aus welchem Grund, ihm fiel es auf jeden Fall teuflisch schwer, sich zu konzentrieren. Und auch sein Gedächtnis arbeitete unerträglich langsam. Er kannte die Refrains, aber aus einem

unerfindlichen Grund kamen sie von ihm immer etwas zu spät. Die Umstehenden rückten allmählich von ihm ab.

»Eine enttäuschende Vorstellung, nicht wahr, Sarge?« sagte er zu Cribb in vertraulichem Ton. »Und wir hätten beinahe fünf Shilling für eine verdammte Loge bezahlt. Das ist ja nicht mal zwei Pennies wert.«

»Das Varieté ist mehr als nur das künstlerische Programm. Es ist die ganze Atmosphäre«, ermahnte ihn der Sergeant und wischte sich Ale vom Kinn. »Die Nierchenpasteten und die Gespräche sind ebenso wichtig wie der Kerl, der da oben die *Alten Kameraden* verunstaltet. Glauben Sie, für die Jungs mit ihren Mädchen auf der Galerie macht es einen Unterschied, ob sie nun Akrobaten oder Tieren oder irgendwelchen Holzschuhtänzern zusehen? Sie bewerfen sie mit Orangenschalen, wenn sie nichts taugen, aber das gehört eben zum Vergnügen. Sie freuen sich deswegen genauso, wenn sie das nächste Mal auf dem Programm stehen, eben weil sie sie dann wieder bewerfen können. Sehen Sie sich die da in der Mitte an. Anständige Ladenbesitzer und Angestellte, die sich heute abend fein angezogen haben und sich einen Tisch für eine Guinee leisten. Nächste Woche sitzen sie wieder auf der Galerie, aber heute abend leben sie wie Krösus. Die sind vom Programm nicht enttäuscht.«

Thackeray nippte schweigend an seinem Bier. Es hatte nie viel Sinn, mit Cribb zu diskutieren, vor allem dann nicht, wenn er gerade eine Moralpredigt hielt. Zu Thackerays Erleichterung kam es nun zu einer Unterbrechung in Gestalt einer Frauenstimme hinter ihrem Rücken. »Guten Abend, Gentlemen. Soweit ich mich erinnere, hatten wir eine Verabredung.«

»Aber wirklich!« sagte Cribb. Die Unverschämtheit einiger dieser Damen machte ihn sprachlos. Und das war in diesem Fall auch gut so, denn die Sprecherin war Miss Ellen Blake. So blieb ihm der Tadel im Hals stecken.

»Ich wollte nur mein Versprechen einlösen, Sie hinter die Bühne zu führen«, sagte sie lächelnd. »Ich hoffe, Sie haben mich nicht mißverstanden. In einer halben Stunde muß ich ins Grampian. Wissen Sie, ich bin nun nicht mehr die Eröffnungsnummer, und deshalb habe ich gerade noch Zeit, sofern Sie noch interessiert sind.« In ihrem schwarzen, pelzbesetzten Operncape strahlte sie eine Frische aus, die die übrige parfümierte und gepuderte Gesellschaft in den Schatten stellte.

»Nichts würde uns ein größeres Vergnügen bereiten«, sagte Cribb.

»Wir gehen durch die Kantine.« Sie führte sie zur Bühne. Thackeray hatte zwar noch die volle Kontrolle über seine Bewegungen, wünschte sich aber, die Promenade wäre etwas weniger abschüssig. Auf der Bühne leierte ein schwarzgesichtiger Komödiant mit einem uralten grauen Hut seinen Monolog herunter: »Es gibt nichts Besseres als eine Ehefrau. Ich sag's euch allen, jung und alt, sucht euch eine Ehefrau, egal wessen. Heiratet, heiratet früh und heiratet oft. Sucht euch eine Frau, heiratet und kriegt Kinder. Zieht sie auf, zieht sie alle auf, und im Alter werden sie es euch danken, indem sie euch zu Boden ziehen.« Links vom Orchestergraben befand

sich eine Tür. Sie stiegen eine eiserne Wendeltreppe hinab und standen nun unter der Bühne.
Nach der strahlenden Helle oben war die Kantine nun düster, beleuchtet nur von vier schwachen Gasleuchtern mit orangefarbenen Schirmen. An einer halbkreisförmigen Bar ließen sich Soldaten in Uniform Getränke geben, die sie zu Bänken trugen, auf denen junge Frauen saßen.
»Das hier dient auch als Künstlerzimmer«, erklärte Miss Blake. »Die in den grauen Regenmänteln sind die Ballettmädchen. Sehen Sie ihre weißen Slippers und Trikots? Es sind meistens nur Figurantinnen, die kein bißchen tanzen können. Sie bekommen ungefähr fünfzehn Shilling pro Woche und sind froh, wenn man sie zu Champagner einlädt. Die Soldaten sind ihre Freunde, fast alles Offiziere der Leibgarde. Die Mädchen kommen zwischen ihren Auftritten hier herunter. Wir gehen jetzt über die Treppe an der gegenüberliegenden Wand wieder nach oben.«
Sie betraten die Seitenkulisse gerade noch rechtzeitig, um zu sehen, wie sich der Komödiant zu flüchtigem Beifall verbeugte. Eine blasse Frau mit zwei Kakadus auf dem Arm wartete darauf, seinen Platz einnehmen zu können. Thackeray stand direkt unter dem Beleuchter im Schnürboden und mußte sich weißen Staub von der Jacke wischen.
»Hier entlang, bitte«, sagte Miss Blake. »Ich kann Ihnen eine der Garderoben zeigen. In kleinen Theatern müssen sie mit zwei auskommen, aber Papa hat sechs. Ich glaube, die Ballettmädchen sind alle unten, also können wir uns ungeniert ihre Garderobe ansehen.«

Während sie nun Miss Blake auf einem schmalen Pfad zwischen Kulissen und Requisiten folgten, blieb Cribb unerwartet stehen, um sich die Schuhe zu binden. Thackeray stieß gegen ihn und konnte einen Sturz gerade noch verhindern, indem er sich an einer Abdeckplane festhielt. »Gut gemacht«, murmelte der Sergeant. »Decken Sie sie schnell wieder zu.« Unter dem Tuch lagen einige frischlackierte Fässer. Auf dem obersten war deutlich in leuchtend rosafarbener Schrift »G. Bellotti« zu lesen. Stolz über die Entdeckung marschierte Cribb weiter.

Miss Blake ging nun auf eine Tür mit der Aufschrift *Damengarderobe. Für Herren kein Zutritt* zu, schob sie einen Spalt auf, spähte hinein und winkte ihnen dann mit Verschwörermiene. Sie betraten ein schmales, knapp fünfzehn Meter langes Zimmer, das unterteilt wurde von einer Wäscheleine, über der die Alltagskleidung der Ballettmädchen hing, dunkle Kleider aus groben Stoffen, und lange, vom täglichen Gebrauch in den Straßen Londons am Saum fleckige und ausgefranste, baumwollene Unterkleider. Ein billiger Duft hing in der Luft, aber der schale Geruch der Kleider war stärker. An den Wänden befestigte, knapp einen Meter hohe Regale dienten als Toilettentische, auf denen jedes Mädchen mit fleckigen Spiegelscherben, Kerzen, Haarbürsten und Cremedosen ihr Territorium abgesteckt hatte. Einige hatten Bierkisten als Hocker. Korsetts, Strumpfhalter und Strümpfe lagen auf dem Boden verstreut.

»Überrascht Sie das?« fragte Miss Blake. »Wenn man sie in ihrem Flitterkram auf der Bühne sieht, kann man sich wahrscheinlich gar nicht vorstellen, daß sie nach der Vorstellung in diesen Lumpen nach Hause schlurfen. Für ihre Offiziersfreunde ist das am Ende des Abends immer eine große Überraschung, das kann ich Ihnen sagen. Dann haben sie nicht mehr viel Glamour an sich, die armen Dinger.«

»Sie sagten, daß die Figurantinnen fünfzehn Shilling pro Woche verdienen«, sagte Cribb. »Was zahlt Ihr Vater dann den besseren Tänzerinnen?«

»Den Ballerinas? Dreißig Shilling, wenn sie in der ersten Reihe tanzen, und das ist im Verhältnis zu anderen Theatern sehr großzügig. Davon müssen sie sich selbst Schuhe und Strumpfhosen besorgen. Und Seidenstrumpfhosen kosten mindestens einen Shilling.« Miss Blake nahm Cribb am Arm. »Kommen Sie und sehen Sie sich an, was sie als Schminke für die Gesichter benutzen.« Sie nahm eine Dose vom Regal. »Kalkstaub als Basis, mit etwas Rouge vermengt. Für einen Penny chinesische Tusche. Ein kleines Päckchen Armenischblau. Fullererde zum Pudern.«

»Wofür ist dann die angebrannte Zeitung?« wollte Cribb wissen.

»Zum Konturieren und Schattieren des Gesichts. Einige von ihnen halten eine brennende Kerze gegen eine Porzellanschüssel und verwenden die braune Ablagerung als Lidschatten. Machen Sie doch kein so entsetztes Gesicht, Gentlemen! Zum Abschminken danach verwendet man Schweineschmalz. Es ist ein billiges Schönheitsrezept, das müssen Sie zugeben. Manchmal sehe ich mir die sogenannten gefallenen Frauen an, die in der Promenade auf- und abstolzieren, und ich muß mir eingestehen, daß ich sie hasse. Sie hasse wegen ihrer teuren Parfums, ihrer geschminkten Lippen und ihrem üppigen Schmuck, während diese armen Kreaturen ihre Strumpfhosen stopfen und ihre Kleider flicken und mit Soldaten im Keller sitzen müssen, wenn sie mit Ehrerbietung behandelt werden wollen. Versuchen Sie, *ihnen* mal zu erzählen, daß Tugend belohnt wird, wenn sie heute abend zitternd auf der Straße stehen, während man diesen schamlosen Frauen höflich in die Kutsche hilft.«

Leidenschaftliche Reden junger Frauen über soziale Probleme kamen zwar immer mehr in Mode, aber man erwartete solche Argumente kaum von der Sängerin von *Frisch wie neugemähtes Heu.* Nicht einmal der junge Heilsarmist hatte mit solchem Eifer gesprochen wie Miss Ellen Blake.

»Es gibt nur eine Möglichkeit, dies zu ändern, Miss«, sagte Cribb. »Sie müßten Ihren Vater überzeugen, keine Frauen ohne Begleitung mehr ins Theater zu lassen. Aber ich fürchte, das wäre der erste Schritt in den Bankrott. Im alten Victoria am anderen Ufer versucht man das, aber soviel ich weiß, spielen sie immer vor halbleeren Häusern. Und wenn ein Theater schließt, verlieren die Ballettmädchen ihre Arbeit, während diese andere Sorte Frauen einfach in die Casinos oder das Cremorne oder ähnliches weiterzieht.«

Miss Blake stellte die Kosmetika wieder auf das Regal. »Meinem Vater würde es wohl nie in den Sinn kommen, diese Frauen aus dem Paragon zu vertreiben. Wenn ich ein gewisses Bewußtsein über diese

Vorgänge hier habe, so kann ich Ihnen versichern, ich habe es gewiß nicht von Papa geerbt.«
»Nun, wenn Ihnen das ein Trost ist, Miss, Thackeray und ich selbst sehen in unserem Beruf ja eine Menge von der Nachtseite des Londoner Lebens, und ich kann Ihnen sagen, es gibt nur wenige von diesen Flanierdamen, die dem Armenhaus oder dem Fluß entgehen. Prägen Sie sich die Gesichter derjenigen ein, die jetzt im Theater Ihres Vaters hin- und herstolzieren. Es wird nicht lange dauern, und Sie werden dieselben Gesichter auf der Dreipennygalerie im Grampian wiedersehen.«
»Das Grampian!« rief Miss Blake. »Ach, du meine Güte, ich muß gehen. Nun kann ich Ihnen die Kleiderkammer und die Requisite nicht mehr zeigen.«
»Das macht nichts, Miss. Wir finden durch die Kantine schon wieder hinaus. Beeilen Sie sich, sonst bekommen Sie es mit Mr. Goodly zu tun. Können wir Albert eine Nachricht von Ihnen überbringen?«
»Albert?« Bei seinem Namen schrak sie sichtbar hoch. »Aber er —«
»Liegt in Philbeach House auf dem Krankenlager, Miss. Natürlich. Ich dachte nur, falls wir noch einmal Grund zu einem Besuch dort haben sollten — um noch gewisse Dinge zu klären, wissen Sie —, könnten wir ihm doch Ihre Genesungswünsche überbringen.«
»Natürlich. Bitte tun Sie das.« Sie nahm sich zusammen, gab den beiden die Hand, sagte: »Sie kennen den Weg?« und verließ sie.
Cribb blieb noch einige Augenblicke gedankenversunken stehen, wobei er den rechten Ellbogen auf die linke Hand stützte und sich mit dem rechten

Zeigefinger über die Nase fuhr. Schließlich sagte er: »Wir dürfen uns nicht in der Damengarderobe überraschen lassen, Constable. Führen wir lieber unsere Inspektion zu Ende.«

Thackeray wollte eben bemerken, daß Miss Blake von ihnen erwarte, sie würden unverzüglich zur Promenade zurückkehren, und daß dieses Herumwandern hinter der Bühne ohne Begleitung als verdächtig, um nicht zu sagen unziemlich angesehen werden könne, als er einen gewissen vertrauten Ausdruck im Gesicht des Sergeants entdeckte, ein Zucken der normalerweise ruhigen Muskeln knapp oberhalb des Backenbarts. Dieses Zucken auf Cribbs Wange hatte nicht weniger Autorität als ein Schießbefehl auf einem der Kanonenboote ihrer Majestät. Thackeray setzte den Hut auf und folgte ihm.

Sie waren noch nicht weit gekommen, als Cribb bei einer Tür stehenblieb, horchte, sie dann öffnete, hindurchtrat und Thackeray mit sich zog. Er schnüffelte in der Dunkelheit. »Schreinerei. Hier sollten wir ungestört sein. Ich will mich in dem Theater einmal gründlich umsehen. Wir werden warten, bis die Vorstellung zu Ende ist und alle gegangen sind. Hier sollte doch irgendwo eine Bank sein. Ach ja. Vorsicht, wenn Sie sich setzen. Schreiner gehen mit ihren Stemmeisen ungewöhnlich sorglos um. Nun, Constable, was sind Ihre Schlußfolgerungen?«

Eine Pause folgte und schließlich das Geräusch des Bartkratzens.

»Kommen Sie schon, Mann. Sie haben doch Bellottis Fässer gesehen, oder?«

»Ja, Sarge.«
»Und gestern Beaconsfields Korb. Und die Leichenbestatter.«
»Ja.«
»Und was schließen Sie daraus?«
Weiteres Kratzen. »Also, Sarge, ich glaube, daß es eine Verbindung mit Philbeach House geben könnte.«
»Einen Teufel glauben Sie. Auf welche Beweise hoffen Sie denn noch — Mrs. Body in einem Tutu? Ein Polizist sollte im Dienst nicht trinken, wenn es sein Denken verlangsamt, Thackeray. Natürlich ist das eine Verbindung, Mann. Wenn die Fässer schon hier sind, wird Bellotti nicht mehr lange auf sich warten lassen. Ein anderer hat dafür ja keine Verwendung, oder?«
»Aber Faßtanzen steht nicht auf dem Programm, Sarge.«
Cribb seufzte. »Ebensowenig wie Bulldoggen oder jemand anderes von Mrs. Bodys Gästeliste. Aber ich wette eine Guinee gegen einen Shilling, daß hier noch irgendwo ein Zimmer mit ihren Requisiten vollgestopft ist.«
Da kam Thackeray in der Dunkelheit eine Idee. »Vielleicht bereiten sie ihre Rückkehr auf die Bühne vor, Sarge! Mr. Plunkett läßt sie sein Theater zum Proben benutzen. Es wird ja nur drei Abende pro Woche bespielt. Wenn sie erst ihr Selbstvertrauen zurückgewonnen haben, kehren sie wieder in die Varietés zurück.«
»Sie vergessen nur eins, Constable. Es geht ja nicht um ihr *Selbst*vertrauen. Sie können proben, soviel sie wollen, aber das wird an dem Vertrauen, das die

Theaterdirektoren in sie setzen, nicht viel ändern. Künstler, die auf der Bühne schon einmal ausgelacht wurden, bekommen in London so leicht kein Engagement mehr. Sie können höchsten noch ihre Namen und ihre Darbietungen ändern und auf einen Neuanfang in der Provinz hoffen. Außerdem scheint mir Plunkett nicht gerade ein Mann der Wohltätigkeit zu sein. Er läßt sich das Haus nicht mit ruinierten Artisten und ihrem Krempel vollstopfen, wenn für ihn nichts dabei herausspringt.«

»Aber er schien wirklich etwas zu verbergen zu haben, Sarge.«

»Deswegen sind wir ja hier, Constable. Ein Mann in meiner Position riskiert nicht seinen Ruf in Variétépromenaden ohne einen verdammt triftigen Grund. Heute abend passieren Dinge, von denen Plunkett nicht will, daß wir sie erfahren. Denken Sie an gestern, als ich die Karten verlangte. Eine vollkommen einfache Bitte, aber die Augenbrauen des Kerls sprangen in die Höhe wie Grashüpfer. Und seine Tochter war ebenso nervös. Vergessen Sie Ihre geheimen Proben, Thackeray. Ich will wissen, was heute nacht passiert.«

»Sollten wir nicht zurückkehren und die Vorstellung beobachten, Sarge? Vielleicht passiert noch ein Unfall, während wir uns hier verstecken.«

Ein geräuschvolles Vibrieren der Lippen deutete Cribbs Verachtung an. »Höchst unwahrscheinlich, meiner Meinung nach. Außerdem wären wir gar nicht notwendig. Darauf paßt bereits ein ausgezeichneter Mann auf.«

»Sie haben mir nichts gesagt, Sarge, noch ein Kriminalbeamter?«

»Um Himmels willen, Thackeray. Der dritte Geiger im Orchester, haben Sie ihn gesehen?«

»Doch nicht Major —«

»Fiedelt wie ein Profi. Jetzt wissen wir wenigstens, daß ihn die Gasexplosion nicht in Stücke gerissen hat. Ich bin überrascht, daß Sie ihn nicht bemerkt haben. Hatten wohl nur Augen für was anderes, was? Sie gähnen, Thackeray.«

»Es ist die Dunkelheit, Sarge.«

»Wohl eher das Bier. Hören Sie, wir werden wahrscheinlich eine gute Stunde hier sein. Legen Sie sich auf die Bank und schlafen Sie sich aus. Das ist ein Befehl. Ich brauche Sie nüchtern, Constable.«

Es war zwar alles ein bißchen demütigend, aber Thackeray hütete sich, einen Befehl zu mißachten. Er würde auch gar nicht richtig schlafen, sondern nur ein wenig die Beine hochlegen. Er tastete die Bank ab, auf der Suche nach losen Nägeln und Holzsplittern, und als er etwas Weiches berührte, einen Overall wahrscheinlich, rollte er ihn zu einem Kissen zusammen. Dankbar legte er den Kopf darauf. Es war doch nicht etwa Cribbs Mantel? Nein, das wäre nicht typisch für ihn, er hatte doch keinen Funken Mitleid im Leib, zumindest nicht für Constables. Cribb hielt nichts von Ruhepausen, bereits häufiges Zwinkern bedeutete für ihn Nachlässigkeit im Dienst. Und wenn er nun ein Auge zudrückte, dann führte er etwas im Schilde, da konnte man Gift drauf nehmen.

Thackeray wußte nicht genau, wie lange er geschlafen hatte, als Cribb ihn anstieß und weckte, aber seine Glieder schmerzten, und sein Mund war ausgetrocknet. »Was ist los, Sarge?«

»Es geht bald los. Seit der Nationalhymne ist schon eine halbe Stunde vergangen. Die meisten sind bereits fort. Ich hoffe, es geht Ihnen jetzt besser?«
Thackeray zitterte, und ihm tat alles weh, aber er sagte: »Frisch wie der junge Morgen, Sarge.«
»Sehr schön. Dann geben Sie mir doch bitte meinen Mantel.«
»Beeilt euch, Leute. Mr. Plunkett will euch in fünf Minuten draußen haben«, rief eine Stimme unangenehm nahe an der Tür. Protestgeschrei aus der Damengarderobe war die Antwort. »Fünf Minuten, egal, in welchem Zustand ihr seid«, wiederholte die Stimme, und das Ballett nahm die Warnung offensichtlich ernst, da kurz darauf Stiefelgetrappel und schließlich Stille folgte.
Nach einer taktischen Wartepause öffnete Cribb vorsichtig die Tür zum Gang, der noch voll erleuchtet war. Thackeray blinzelte, sah an seinem Abendanzug herunter und wischte sich das Sägemehl ab.
»Lassen Sie das, verdammt noch mal«, zischte Cribb, »und folgen Sie mir.« Thackeray gehorchte und stellte insgeheim fest, daß sein Sergeant wieder in seine übliche Rolle verfallen war. So leise, wie zwei so große Männer es nur konnten, schlichen sie den Gang entlang, vorbei am Kulissenraum und Bellottis Fässern, bis zur eigentlichen Bühne. Als sie vor sich eine Bewegung bemerkten, blieben sie abrupt stehen und versteckten sich im Schatten zwischen einigen Bühnenbildern in der Seitenkulisse. Männer in Arbeitskleidern, Kordhosen und Lederwesten oder kurzen Leinenjacken standen in Gruppen auf der Bühnenseite des gesenkten Vorhangs und unterhielten sich. Sie wa-

ren nicht kurz vor dem Aufbruch, sondern schienen im Gegenteil auf etwas zu warten. Einige starrten zum Schnürboden hoch, als hätten sie noch nie auf einer Bühne gestanden. Nun kamen noch mehr über die Treppe von der Kantine hoch. Ihnen folgte Plunkett.

Jemand rückte einen Hocker in die Bühnenmitte, Plunkett stellte sich darauf und klatschte in die Hände. »Vielen Dank, Gentlemen. Wenn Sie näher kommen, muß ich nicht so schreien. Die meisten von Ihnen werden mich schon kennen, aber denjenigen, die neu im Paragon sind, sollte ich sagen, daß ich der Theaterdirektor bin. Sie sind mir unterstellt. Die Arbeit, die ich für Sie habe, ist keine körperlich anstrengende, aber eine verantwortungsvolle Arbeit, und ich habe Sie ausgewählt, weil Sie einen Ruf als verantwortungsvolle Arbeiter haben. Der Lohn ist, wie Sie wissen, mehr als großzügig. Sie verdienen ihn sich, indem Sie alle Befehle zügig, schweigend und ohne zu fragen ausführen. Was Sie heute nacht während der Arbeit vielleicht sehen werden, hat Sie nicht zu kümmern, weder heute noch später. Ich lege sehr viel Wert auf Loyalität unter meinen Angestellten, und ich habe Mittel und Wege, lockere Zungen zum Schweigen zu bringen. Haben wir uns verstanden?«

Ein allgemeines Nicken und Grunzen zeigte, daß man Plunkett ernst nahm.

»Sehr schön. Sie werden in Dreier- oder Vierergruppen unter der Anleitung von erfahrenen Kulissenschiebern arbeiten, und Sie werden deren Befehlen vorbehaltlos folgen. Ich werde im Publikum sitzen, aber Ihre Vorarbeiter — um einen Begriff zu verwenden, der Ihnen vertraut ist — werden mir ausführlich Bericht erstatten, bevor Sie am Ende der Nacht Ihren Lohn erhalten. Sie werden sich nun in den Statistenraum begeben, der sich im Bühnenhintergrund befindet — hinter mir. Dort werden Sie Ihre Uniformen für heute nacht finden. Sie werden sich als Lakaien verkleiden — Aha! Schon sehe ich Ihre betrübten Blicke, weil Sie sich die Verachtung Ihrer Handwerkskollegen vorstellen, wenn sie herausfinden, daß Sie in Seidenstrümpfen und Perücken steckten. Aber gestatten Sie mir, Sie daran zu erinnern, daß die Vorgänge im Paragon nicht zum Gegenstand von Kneipengesprächen gemacht werden dürfen. Die Erinnerung an Ihre exzentrische Aufmachung — die, wenn ich so sagen darf, vom Publikum sehr wohl akzeptiert werden wird — wird Ihnen helfen, Ihre Zunge im Zaum zu halten. Sie haben zehn Minuten, um sich die passende Größe auszusuchen, und kehren anschließend wieder hierher zurück, wo man Sie in Arbeitsgruppen aufteilen und Ihnen entsprechende Anweisungen geben wird. Also dalli, dalli.«

Doch die Rekruten wirkten eher verblüfft und rührten sich nicht von der Stelle, bis einer langsam auf den Bühnenhintergrund zuging und die anderen ihm mürrisch, aber widerspruchslos folgten. Plunkett stieg von seinem Hocker und kehrte auf dem gleichen Weg zurück, den er gekommen war.

»Großartig«, flüsterte Cribb. »Endlich haben wir mal Glück, Thackeray. Ziehen Sie Jacke und Hose aus.«

Hatte er richtig gehört? »Meine —«

»Beeilen Sie sich, Mann. Ziehen Sie sie aus und warten Sie hier.«

»Wo gehen Sie hin, Sarge?«

Aber Cribb lief bereits so zielstrebig über die leere Bühne, daß Thackeray von dieser Entschlossenheit angesteckt wurde und nun wirklich begann, den grotesken Befehl auszuführen. Er hängte die Jacke an einen Nagel, knöpfte seine Weste auf und löste die Schnürsenkel. Doch sein Gefühl für Anstand ließ ihn dann innehalten, bis Cribb mit einem Bündel Kleider über dem Arm zurückkehrte.

»Die Hose auch. Sie können als Lakai doch nicht in einer Satinjacke und mit schwarzen Drillichhosen auftreten. Sie mischen sich unter die Kulissenschieber. Ziehen Sie das Zeug an, schnell! Die Strümpfe zuerst.«

Gott im Himmel! Der Yard in Seidenstrümpfen? Hatte Cribb nun endgültig den Verstand verloren? »Sarge, ich glaube nicht, daß das unserer Stellung als Polizeibeamte entspricht. Sie als Sergeant —«

»Das ist schon in Ordnung, Thackeray. Es werden ja nur Sie sich verkleiden. Ich werde im Publikum sitzen — und natürlich die Entwicklungen beobachten. Probieren Sie jetzt die Bundhosen. Es sind die größten, die ich finden konnte. Sie werden die Schnallen unter den Knien verstellen müssen. Wir haben nicht viel Zeit, also hören Sie genau zu. Es ist zwar sehr unwahrscheinlich, daß Sie jemand erkennt, aber behalten Sie trotzdem die ganze Zeit Ihre Perücke auf, und wenn Sie die Bühne betreten, versuchen Sie, Ihr Gesicht nicht dem Publikum zuzuwenden.«

»Würden Sie das tun, in diesem Aufzug?« fragte Thackeray bitter in seinen gelben Satinkniehosen. »Ich kann das nicht, Sarge.«

»Unsinn, Mann. Sie sehen genauso aus wie die anderen auch. Ich habe diese Sachen aus dem Umkleideraum geholt. Sie hielten mich für einen vom Personal. Die anderen sind ebenso gelb herausgeputzt wie Sie, und denen gefällt es ebensowenig, zu — äh — Lakaien gemacht zu werden. Verstehen Sie denn nicht, Thackeray? So sind Sie in einer perfekten Beobachtungsposition. Diese Nacht könnte den Fall für uns abschließen. Wir sind kurz davor, unsere Antworten zu erhalten. Ziehen Sie jetzt die Jacke an und setzen Sie die Perücke auf. Und legen Sie Ihren Abendanzug dort hinten in die Ecke. Wenn die Arbeiter sich wieder versammeln, stellen Sie sich einfach zu ihnen. Und führen Sie die Befehle aus wie alle anderen, gleichgültig, was passiert. Und, Thackeray...«

»Sergeant?«

»Ich fühle mich verpflichtet, Sie zu warnen, daß heute nacht einige krumme Dinger passieren können.«

Thackeray richtete seine Perücke gerade und sah auf seine seidenbestrumpften Waden und die Schuhe mit den Silberschnallen hinunter. Cribb war schon über die Treppe in der Kantine verschwunden, bevor Thackeray noch etwas sagen konnte.

10

Thackeray konnte sich ohne Schwierigkeiten unter die Kulissenschieber mischen. »Sie sehen ja recht kräftig aus«, sagte der Verantwortliche. »Sie kommen zu den Schwergewichten.« Es war auch kein Problem, diese Schwergewichte zu identifizieren: drei stämmige Gestalten, die etwas abseits standen und ein wenig aussahen wie die Bären, die auf der Mappin Terrace nach Krapfen gierten. Er stellte sich zu ihnen.

»Ist leichtverdientes Geld«, vertraute ihm einer an, während die einzelnen Gruppen auf ihre Plätze geschickt wurden. »Nur 'n bißchen Kulissenschieben und Heben, das ist alles. Nur eins macht immer Schwierigkeiten, und das ist die Verwandlungsszene. Wir schaffen das nie richtig, aber was erwarten die denn, wenn nur vier Mann ein halbes Dutzend Kulissen hin und her schieben und gleichzeitig den verdammten Korb am Schaukeln halten sollen?«

»Den Korb?« wiederholte Thackeray.

Sein Informant drehte die Augen zur Decke. Hoch oben im Schnürboden hing an zwei Flaschenzügen ein riesiger Korb. »Hier wird alles von Hand gemacht, ohne Gegengewichte, und wir haben die ganze Sache in der Hand. Oben im Schnürboden sitzen ein paar Jungs mit Führungsseilen, aber die ganze Muskelarbeit wird hier unten gemacht. Harry!«

Eine Stimme aus dem Schnürboden antwortete ihnen.

»Mach doch mal die Halteleinen locker, und dann lassen wir den Korb runter.« Er ging zu einer Winde in den Seitenkulissen und drehte mit aller Kraft an der Kurbel. Der Korb sank langsam herab und kam auf dem Bühnenboden zu stehen.
»Jetzt verstehe ich«, sagte Thackeray. »Ein Fesselballon.«
»Genau, Kumpel. Von hier sieht es natürlich nach nichts aus, aber wenn die Lichter an sind und die ganze Bühne in Blau getaucht ist,könnte man vom Publikum aus meinen, man sieht den Aeronauten über dem Crystal Palace zu. Na also! Bereit für die Lady.«
»Kommt da eine Lady hinein?«
»Jeden Augenblick, mein Freund. Dann müssen wir sie wieder hochziehen, und sie bleibt oben im Schnürboden, bis wir sie für die Verwandlungsszene wieder runterholen. Wenn du die siehst, die wir heute abend haben, wirst du verstehen, warum wir Mr. Plunkett gesagt haben, wir machen's heute ohne Sandsäcke am Korb. ›Der Realismus verlangt Sandsäcke‹, meint er. ›Sie können die Sandsäcke haben‹, sagen wir darauf, ›oder die Lady, aber alles beides halten weder die Seile noch wir aus.‹ Das ist Realismus, oder?«
»Zweifellos«, erwiderte Thackeray. »Und was ist meine Aufgabe?«
»Am besten hilfst du mir zuerst mit der Kurbel, und dann kümmerst du dich um die Requisiten — mußt das schwere Zeug auf die Bühne schieben, wenn's gebraucht wird. Da kannst du nichts falsch machen.«
»Das ist gut«, entgegnete Thackeray, ohne wirklich überzeugt zu sein, aber jede weitere Erklärung wurde unmöglich, da nun die Ballonlady von

der anderen Seite her die Bühne betrat. Thackeray sah sofort, warum die Sandsäcke nicht mehr in Frage kamen: Sie war so schwer, daß der Hebemechanismus am besten sofort auf seine Belastbarkeit überprüft werden mußte. In ihrem Aufzug, einem braunen *poult-de-soie*-Taftkostüm und einem großen Blumenhut, der mit einem rosafarbenen Schal unter dem Kinn befestigt war, stellte sie quasi eine Herausforderung für die Ballonfahrerzunft als Ganzes dar, wie etwa das unreitbare Muli oder der Baumstamm, den nicht einmal der stärkste Schotte werfen kann, für Vertreter anderer Sportarten. Aber so respekteinflößend die Erscheinung dieser Lady auch war, sah Thackeray seine Aufmerksamkeit doch vor allem von einem Accessoire angezogen, das sie sich fest unter den Arm geklemmt hatte, einer weißen Bulldogge mit rosa Schleifchen, zweifellos Beaconsfield. Die Aeronautin war Alberts Mutter.
Thackeray wandte sich ab, um ihr sein Gesicht nicht zu zeigen. Schon der Gedanke, unter diesen Umständen erkannt zu werden, war entsetzlich. Er schob sich die Perücke in die Stirn. Silberne Locken fielen ihm ins Gesicht und trafen sich dort mit seinem natürlich gewachsenen Backenbart, was ihm das struppige Aussehen eines altenglischen Schäferhundes gab.
»Du hast es ja schon begriffen, Kumpel«, sagte sein neuer Kollege. »Dort drüben steht ein Korb. Sie will ihn im Ballon dabeihaben und den Hund draufsetzen, damit das Publikum ihn sehen kann. Hol ihn doch mal her!«
Nun auch das noch! Er tastete in der Dunkelheit

nach Beaconsfields Korb und hielt ihn sich dann vor das Gesicht wie einen Schutzschild. Inzwischen halfen die übrigen Schwergewichte Alberts Mutter in den Ballonkorb. Als Thackeray dann hinter dem Hundekorb näher kam, bellte Beaconsfield erregt und zappelte in den Armen seines Frauchens. Das verdammte Tier hatte seinen Korb wiedererkannt — oder vielleicht einen vertrauten Geruch?

»Dort in die Ecke, Mann«, befahl Alberts Mutter. »Stellen Sie den Korb auf. Dann kannst du dich draufsetzen und deine kleinen Pfötchen auf den Rand stützen, nicht war, Dizzie?« — aber Beaconsfield war zu sehr damit beschäftigt, die Hände, die den Korb hielten, zu lecken, um auf das Geplapper zu hören. Thackeray riß seine Hände weg und flüchtete sich in die Dunkelheit der Seitenkulissen.

»Sind Sie bereit, Madam?« rief sein Kollege. »Also los. Auf!«

Gütiger Himmel — welche Erleichterung war es doch, sich über die Kurbel zu beugen und den Korb samt Inhalt knarzend in eine Position zu hieven, von der aus er nicht mehr erkannt werden konnte! Mit drei Männern an der Kurbel dauerte es eine gute Minute. Thackeray sah kein einziges Mal auf; was ihn betraf, hätten Alberts Mutter, Korb und Hund ewig in die Höhe steigen können.

Der Blumenhut tauchte über dem Korbrand auf. »Sind wir hier oben auch ganz sicher? Es ist ja so hoch über der Bühne.«

»Keine Sorge, Lady. Unten sind Sie gleich wieder«, versicherte ihr jemand fröhlich. Thackeray besah sich die Winde, die nur von einer einzigen Sperrklinke gehalten wurde. Ein Stoß gegen diese Holzsperre, und der Ballonkorb würde durch die Bühnenbretter, die Versenkung und die Kantine sausen und sich in die Fundamente bohren. Wenn jemand heute einen Unfall provozieren wollte, mußte er nicht sonderlich viel Raffinesse aufwenden.

Dann verscheuchte ein Trompetenstoß alle unmittelbaren Gedanken an Alberts Mutter. Die Ouvertüre! Thackeray überwältigte plötzlich ein Gefühl absoluter Unfähigkeit. Die Bühnenarbeiter in ihren gelben Uniformen waren überall, sie zogen an Seilen, schoben Bühnenbilder über die Bühne und stiegen über Leitern in den Schnürboden. Es war wie an Bord eines Clippers beim Segelsetzen: sehr aufregend — außer wenn man versuchte, als Mitglied der Mannschaft zu gelten. Was tat man nun als Kriminalbeamter in einer solchen Situation? Auf jeden Fall nicht dort stehenbleiben, wo er im Augenblick stand. Ohne einen großen Ausschnitt der Szene zu seiner Rechten aus den Augen zu lassen, ging er vorsichtig darum herum und landete direkt in einer Situation, die es in den Annalen des Scotland Yard, so ist zumindest zu hoffen, kein zweitesmal gibt.

Thackeray sah sich plötzlich in einer dichtgedrängten Gruppe fast nackter junger Frauen. So eng standen sie an ihn gedrückt, daß es praktisch unmöglich war festzustellen, was sie trugen, wenn sie überhaupt etwas trugen. Er wurde rot bis in die Bartwurzeln. An eine Bewegung war gar nicht zu denken. Man konnte nur Schulter an Schulter mit ihnen stehenbleiben (so schrieb er später in seinem Bericht) und den Körperkontakt über sich ergehen lassen. Eine unerträgliche Situation!

»Vorsicht mit deinem Bart, Süßer«, sagte ein rothaariges Mitglied der Truppe. »Du wischst mir ja die Tusche von den Wimpern.«
Er streckte das Kinn in die Höhe, schloß die Augen und hielt die Hände eng an die Seiten gedrückt. Schließlich konnte nichts ewig dauern. Und wirklich sah er sich plötzlich zwar weiterhin in Habachtstellung, aber ohne jede Gesellschaft. Rein aus Pflichtbewußtsein als Ermittlungsbeamter wandte er sich nun der Bühne zu, wo der Vorhang bereits gehoben war. Die Mädchen, die eben noch seine so intime Gesellschaft gewesen waren, standen in zwei Kreisen aufgereiht und tanzten wie die Derwische.
Nun waren sie zwar ganz und gar nicht nackt, aber man konnte leicht erkennen, wie er diesen Eindruck gewonnen hatte. Weite Gefilde unverhüllten Fleisches glänzten schamlos im Rampenlicht. Verwegen bis zur Hüfte geschlitzte Röcke enthüllten nicht nur die schwarzen Strümpfe der Tänzerinnen, sondern auch die Mittel ihrer Befestigung, die sich straff um weiße Schenkel spannten. Über der Taille bildeten bis zum Ellbogen reichende, schwarze Lederhandschuhe die einzigen Kleidungsstücke, die diesen Namen verdienten; die krasseste Unanständigkeit wurde eben noch verhindert durch schmale Chiffonstückchen und eine große Portion Glück. »Warten Sie erst einmal auf die lebenden Bilder. Wenn Sie das schon für ein starkes Stück halten, dann treiben die Sie bestimmt die Kulissen hoch. Das sind nur die *hors d'œuvres*, mein Freund.«
Thackeray drehte sich um.

»Sam Fagan«, sagte der Sprecher und streckte ihm die Hand entgegen. »Ich war einmal ein Star, aber hier bin ich nur Pausenfüller. Das Publikum da unten bevorzugt eine andere Art von Humor. Die sind wegen der scharfen Sachen da — die Leckerbissen, die man in den billigen Theatern nicht findet. Sind alles nur erstklassige Leute da draußen; Mr. Plunkett will bei seinen Mitternachtsvorstellungen kein Gesindel. Parlamentsmitglieder, der hohe Adel, Feldmarschälle und Generäle. Und was hat ein Cockneykomiker wie ich einer so vornehmen Gesellschaft schon zu bieten? Die haben einfach kein Interesse daran. Es hilft auch nichts, wenn ich mich so rausputze. Ich könnte ebensogut in meinem karierten Anzug und der roten Nase auftreten.« Aber dennoch kontrollierte er den Sitz seine Seidenhutes im Spiegel, der an der Holzverstrebung der Seitenkulisse hing. Die Mühsal der jahrelangen Jagd nach Lachern stand ihm im Gesicht geschrieben. »Aber das Gedicht sollte sie aufwecken. Hören Sie zu, falls Sie es noch nicht kennen. Hallo, da sind die Mädchen!«

Die Tänzerinnen setzten kreischend zu ihren letzten Sprüngen an, drehten sich um, wackelten mit den Hüften, warfen Kußhände ins Publikum und stolzierten auf die Seitenkulissen zu, wo sie sich wieder um Thackeray drängten und einige sich sogar an ihm festhielten, während sie ihre Schuhe lösten. Ihre glitzernden Körper verströmten Wärme. »Was hat denn Plunkett heute abend für ein Publikum?« wollte die rothaarige Tänzerin wütend wissen. »Da zeigt man mehr Bein als die Giraffen im Zirkus und läßt die Möpse hüpfen wie Bojen bei Flut, und wie klingt dann der Applaus? Wie 'n nasser Lappen auf 'nem Marmorboden. Nicht mal 'n verdammter Pfiff. Man könnte meinen, das ist 'ne Versammlung von Moralaposteln. Oder vielleicht nicht?«

Niemand antwortete. Vielleicht waren sie zu sehr außer Atem. Aber die Reaktion des Publikums war wirklich nur sehr flau gewesen. Thackeray nahm an, wenn Fagan wirklich recht hatte und Adlige und Parlamentsabgeordnete anwesend waren, dann war die kühle Aufnahme gar nicht so ungewöhnlich. Einige von ihnen hatten wahrscheinlich empört den Saal verlassen. Plunkett mußte sich schon etwas Geschmackvolleres einfallen lassen, um die Aristokratie ins Paragon zu locken. Zumindest Sam Fagan hatte Verstand genug, um zu merken, daß diese Vulgaritäten nicht in Ordnung waren. Er rezitierte den »Stuhl aus Korbgeflecht«.

Da niemand schwere Requisiten zu benötigen schien und Alberts Mutter auch weiterhin sicher im Schnürboden hing, schenkte Thackeray, nachdem die Tänzerinnen (nicht ohne Augenzwinkern) verschwunden waren, dem Gedicht seine Aufmerksamkeit. Für seine kleine Statur besaß Sam Fagan eine kräftige Stimme. Einer der Requisiteure von der anderen Seite hatte einen großen Farn auf die Bühne gestellt, und Sam Fagan stand nun daneben und wandte sich ans Publikum, jedoch nicht ohne gelegentlich mit der Hand Anweisungen in die Seitenkulisse zu geben. Als Redekünstler fehlte es ihm etwas an Erfahrung, aber es war dennoch ein geistreicher Vortrag, auch wenn hin und wieder die Betonung etwas falsch gesetzt schien. Das Beunruhigende an der Rezitation war die Reaktion des Publikums. Teile des Publikums bogen sich förmlich vor Lachen. Doch man mußte Fagan zugestehen, daß er sich dadurch nicht aus der Ruhe bringen ließ. Vielleicht hatte die Probe in Philbeach House ihn auf diese Tortur vorbereitet.

Unter all dem Trödel in meinem Neste,
ist mir der eine von allen der Beste;
kein weichsamtnes Sofa ist mir so recht,
wie du, mein Stuhl aus Korbgeflecht.

Er hielt inne und lächelte wirklich die Spötter an, die leider den größten Teil des Publikums auszumachen schienen.

Ist ein schiefbeinig', hochlehnig', wurmstich' Sitz
mit knarzendem Rücken und manch einem Riß
doch seit du des Morgens der Fanny warst recht,
lieb ich dich, du Stuhl aus Korbgeflecht.

Was war denn nur so witzig daran? Thackeray kam langsam zu der Überzeugung, daß ein Varieté nicht der richtige Ort für ernsthafte Poesie war.
Nach einigen weiteren Strophen wurde plötzlich das Licht gedämpft, zweifellos, um der Schlußstrophe eine höhere Wirkung zu geben, aber das Publikum war außer Rand und Band, es pfiff und rief so heiser und laut wie das Publikum im Grampian. »Na, wo ist denn seine Fanny?«
Jemand zog Thackeray am Ärmel. »Schieb das in die Mitte. Aber nicht zu schnell.«
Auf die Bühne? Gütiger Himmel! Gott sei Dank war sie dunkel.

Er betrachtete die Requisite. Natürlich — ein Korbstuhl! Und darauf saß eine junge Frau, die vermutlich die Fanny darstellen sollte. Da hatte jemand im Paragon wirklich ein Gefühl für szenische Effekte. Thackeray schob den Stuhl an der Lehne an, er war auf Rädern montiert und ließ sich leicht bewegen. Fagan setzte bereits zur Schlußstrophe an:

Wenn die Kerzen verglimmen und die Gäste daheim,
sitz ich in der stillen Nacht allein —
ich sitz hier allein, und doch ist's mir recht —
seh ich doch Fanny auf dem Stuhl aus Korbgeflecht.

Ein Scheinwerfer aus dem Schnürboden tauchte den Stuhl in ein dramatisches Licht. Thackeray reagierte mit einem geschickten Seitschritt, wie man ihn außerhalb des Boxrings noch nie gesehen hatte. Im schützenden Schatten lächelte er dann. Wer hätte geglaubt, daß dies sein erster Abend als Kulissenschieber war? Doch einen Augenblick später gefror ihm das Lachen, und er hätte sich beinahe auf seinen Allerwertesten gesetzt. Nicht wegen der dröhnenden und unerwarteten Reaktion des Publikums, sondern wegen des Anblicks, der sie hervorrief. Die junge Frau auf dem Stuhl war splitternackt.

Thackeray schlug sich an die Stirn. Nach dreißig Jahren bei der Polizei mußte ihm nun einfach ein Ausweg einfallen. Sein erster Gedanke war, die Ruhe wiederherzustellen, indem er einfach den Stuhl in den Schatten zurückzerrte, aber dann lief er Gefahr, daß die junge Frau herunterfiel. Und das war undenkbar. Dann dachte er daran, das Publikum

wie ein scheuendes Pferd zu behandeln und sich schützend und mit abwehrend winkenden Armen vor den Stuhl zu stellen. In Uniform hätte er sich dazu vielleicht überwinden können, aber nicht in gelbem Satin und weißen Strümpfen.
Noch bevor er sich weiter den Kopf nach einem Ausweg zerbrechen konnte, hatte jemand ein Einsehen und ließ den Vorhang herunter. Dem Mädchen wurde ein Mantel zugeworfen, und sie stand auf, legte ihn sich um die Schulter und ging so unbekümmert an Thackeray vorbei, als würde sie in The Strand einkaufen gehen. Thackeray konnte ein Zittern im Bereich seiner Knie nicht unterdrücken. In was war er da nur hineingeraten?
»Aufgepaßt jetzt!« rief jemand. »Verwandlungsszene!«
Andere livrierte Gestalten bauten bereits die Bühne um und kletterten in den Schnürboden hoch. »Führen Sie die Befehle aus wie alle anderen, gleichgültig, was passiert«, hatte Cribb gesagt — aber hatte er etwas so Unaussprechliches vorhersehen können wie das, was eben passiert war?
»Die Winde, Mann!« bellte eine Stimme. »Man braucht Sie an der Winde!«
Ganz verwirrt vor Empörung lief Thackeray zur Winde und nahm neben einem Schwergewichtskollegen seinen Platz ein.
»Gut. Wir senken sie etwa fünfzehn Kurbelumdrehungen ab, bis sie genau in der Mitte hängt«, erklärte sein Kollege. »Wenn ich die Sperre löse, mußt du die Kurbel festhalten. Halt sie fest, als wär's deine Mutter da oben. Verstanden?«
Thackeray nickte. Die Sperre wurde gelöst. Er

stemmte sich mit aller Kraft gegen die Kurbel. Die Rückennaht seines Jacketts riß unter der Belastung. Bei Gott, es war noch schwerer, Alberts Mutter herunterzulassen, als sie hinaufzuhieven. Noch bevor sie die fünfzehn Umdrehungen beendet hatten, zog Harry im Schnürboden an einer Führungsleine und versetzte den Korb in eine seitliche Schaukelbewegung. Im gleichen Augenblick ging der Vorhang hoch, das Orchester setzte ein, und die Beleuchter tauchten das über die Bühne gespannte Gazetuch in ein strahlend blaues Licht. Alberts Mutter, die bald sehr überzeugend vor dem azurblauen Hintergrund schaukelte, stimmte nun mit kräftiger Stimme Nellie Powers Lied an.

Oben im Ballon, Girls, hoch oben im Ballon,
an einem Sommertag durch frische Luft zu schweben,
oben im Ballon, Girls, hoch oben im Ballon,
gibt's Schönres denn für euren Honigmond?

Doch leider hatte entweder die Pendelbewegung oder die Abscheulichkeit des Lieds den zweiten Passagier in Aufregung versetzt. Während ein Pianissimo die luftigen Freuden der Ballonfahrt anzudeuten versuchte, war plötzlich aus dem Korb ein jämmerliches Jaulen deutlich zu hören. Beaconsfield spähte trübselig über den Rand.

»Jetzt hängt sie sicher«, sagte Thackerays Kollege. »Du kannst beim Szenenumbau helfen. Während der Verwandlungsszene gibt's keine ruhige Minute.«

Hinter dem Gazetuch war eine exotische Szene schon beinahe fertig aufgebaut. Ein Szenenbild mit einem flüchtig hingeworfenen Horizont aus

Kuppeln und Minaretten stand bereits an Ort und Stelle, eine Seitenbegrenzung, die orientalische Bögen darstellen sollte, wurde eben vom Schnürboden heruntergelassen. Thackeray kam zwei Männern zu Hilfe, die sich eben mit einem Reliefbild, einem von Palmen überragten Stück Mauerwerk, abmühten. Auf der anderen Seite des Gazetuches stimmte Alberts Mutter ohne viel Schwung die vierte Strophe des Ballonlieds an.
»Das wär's«, sagte einer der Männer, zu Thackeray gewandt. »Du bindest sie fest, während ich und mein Kumpel die kleinen Requisiten auf die Bühne schaffen. Die ganzen Topfpflanzen müssen noch her.«
So stand Thackeray also allein zwischen zwei Kulissenteilen, mit einem Stück Seil in der Hand, das am linken Bühnenbild befestigt war. Er war sich schon lange nicht mehr so unbeholfen vorgekommen.
»Na, wenn das nicht wieder der Kerl mit dem Bart ist«, hörte er eine Stimme hinter sich. »Hast Schwierigkeiten, was, Daddy?«
Es war schwierig, sich umzudrehen, wenn man als einzige Stütze für ein großes Bühnenbild fungierte, aber Thackeray glaubte, die Stimme des rothaarigen Ballettmädchens wiederzuerkennen. Und falls sie sich nicht etwas übergeworfen hatte, verspürte er sowieso wenig Neigung, sich mit *dieser* jungen Frau zu unterhalten.
»Du hast wohl keine Ahnung, wie das hier geht, was?« fuhr sie fort. »Gib mir mal das Seil.« Sie drängte sich vor ihn, nahm ihm das Seil aus der Hand und warf es über einen Haken hoch oben am rechten Szenenbild. Auf der anderen Seite zog sie es wie-

der herunter, führte es über zwei weitere Haken an den unteren Enden der beiden Bilder und verknotete es. »Du mußt es mit einer Schleife verknoten, weil die leicht wieder zu lösen ist, wenn du die Szene abbauen mußt.«
»Herzlichen Dank.«
»Du kannst jetzt loslassen. Das fällt nicht mehr um. Außer du hast vor, dich weiter so an mich zu drücken.«
Schon allein der Gedanke! Er schreckte zurück wie ein Pferd vor dem Halfter. Nun sah er ihre roten Haare und auch noch einiges mehr. Sie trug eine mit Münzen bestickte Weste und durchsichtige Haremshosen. »Ich glaube, man braucht mich an der Kurbel«, sagte er.
»Wird langsam Zeit«, meinte sein Kollege spitz, als er dort eintraf. »Ich kann das verdammte Ding nämlich nicht allein kurbeln.«
Der Ballonkorb schaukelte nun nicht mehr, und Alberts Mutter war bei der Schlußstrophe angelangt. Während der Applaus — viel war es nicht — erstarb, gingen die blauen Lichter aus, und die Szene hinter dem Gazetuch wurde beleuchtet. Alberts Mutter lehnte sich gefährlich weit aus dem Korb.

Gentlemen, seht her, wo mein Gasballon nun hängt —
an 'ner Palme in Marokko im Harem des Sultans!

»Also! Hochziehen! Fünfzehn Umdrehungen!« sagte der Mann an der Winde.
Zusammen mit Alberts Mutter stieg nun auch das Gazetuch in die Höhe. Fünf junge Frauen, alle im gleichen Kostüm wie Thackerays Rothaarige, führ-

ten zwischen Requisiten und Bühnenbildern einen Tanz vor, den man zur Not für eine Arabeske halten konnte. Nachdem Thackeray den ersten Schreck überwunden hatte, brachte er es nun über sich, die Szene zu betrachten. Das Publikum, soweit er das hören konnte, schien die Tänzerinnen nicht unfreundlich aufzunehmen. Thackeray vermutete, wenn man nur genug Phantasie hatte — wie es Personen dieses Standes zweifellos hatten —, konnte man sich im Geiste wirklich nach Marokko versetzen lassen und die Darstellung unbeeinflußt von britischen Moralvorstellungen betrachten. Sogar ein Mann seiner Herkunft konnte das schaffen, wenn er sich nur genug anstrengte. Doch ein Stoß in die Rippen brachte ihn wieder in die Londoner Wirklichkeit zurück.
»Langsam wieder runterlassen.«
Alberts Mutter sank wieder und mit ihr das Gazetuch. Thackeray ließ die Winde nicht mehr los, sollten sich doch andere um den Szenenwechsel kümmern. Im Handumdrehen war es dann wieder Zeit für ein neues Couplet:

Manchmal ist das Wetter gar nicht gnädig.
Seht, wohin der Wind mich trieb: Venedig!

»Großartig!« rief Thackeray, als die schwimmende Stadt samt schaukelnden Gondeln zum Vorschein kam.
»Jetzt dreh an der Kurbel, sonst sehen die gar nichts davon. Na, wenn du das schon für 'ne gute Szene hältst, solltest du mal in die Drury Lane gehen. Die haben dort von Rennpferden bis Lokomotiven alles auf der Bühne.«

»Es war die Verwandlung, die mich so überrascht hat«, keuchte Thackeray nach den fünfzehn Umdrehungen.
Seine Kollege rümpfte nur die Nase. »Senkkulissen. Mit einem guten Mann im Schnürboden kannst du ein Armenhaus in zehn Sekunden in den Buckingham Palace verwandeln. So. Laß sie wieder runter, und dann braucht man dich bei den lebenden Bildern.«
Fünfzehn Umdrehungen später trottete Thackeray zu seiner nächsten Aufgabe. Hinter dem Gazetuch wurde eben Griechenland aufgebaut, eine Säulenreihe vor einer Leinwand mit einer Darstellung der Akropolis.
»Bist du einer von den Schwergewichten?« fragte ihn jemand.
»Ja.«
»Gut. Das ist die deine. Aphrodite. Halt den Kopf unten, mach keine Schlenker und paß auf den Denker auf, der von der anderen Seite kommt.«
»Aphro...?«
»Miss Penelope Tring. Mach dich fertig, sie wird gleich aufsteigen.«
Ein Holzgestell auf kleinen Rädern, einem weißgestrichenen Klavier mit zwei Stufen auf der Tastaturseite nicht unähnlich, wartete auf ihn. In weiße Tücher gehüllte junge Frauen standen in der Nähe und warteten auf ihren Einsatz. Er bemerkte zwei Griffe auf der Rückseite des Holzgestells und packte sie. Das Gestell ließ sich leicht bewegen. Er wartete unsicher.
Der letzte der Lakaien verließ die Bühne, und die griechischen Jungfrauen bildeten hinter dem Ga-

zetuch einen Halbkreis, wobei sie den vorderen Teil der Bühne für Thackeray freiließen. Auf der gegenüberliegenden Seite entdeckte er einen Schwergewichtskollegen, der ebenfalls hinter einem ähnlichen Sockel auf Rädern kauerte, doch auf dieser stand bereits eine weiße Statue. Das Orchester setzte aus, und Alberts Mutter gab ihr letztes Einführungscouplet zum besten, doch Thackeray hörte von all dem nichts. Miss Penelope Tring bestieg eben seinen Sockel...

Im nächsten Augenblick war die Bühne in Licht getaucht, das Orchester spielte eine getragene Melodie, und jemand stieß ihn von hinten an. Automatisch setzte er sich in Bewegung: automatisch, weil sein Verstand sich weigerte, als wirklich anzuerkennen, was er eben gesehen hatte und was er immer noch sehen konnte, wenn er nur den Blick in die entsprechende Richtung drehte. Es war schlichtweg unmöglich, daß er, Constable Edward Thackeray von Scotland Yard, in diesem Augenblick in einem Satinanzug die Bühne überquerte und dabei ein Gestell vor sich herschob, auf dem eine weibliche Person stand, die nichts als ein durchsichtiges weißes Seidentrikot trug. Was hatte es denn schon zu sagen, daß eine verwirrend lebensechte männliche Gestalt rechts an ihm vorbeigeschoben wurde, und auch die Wärme, die von den beiden weißen Rundungen wenige Zentimeter neben seiner Wange ausging, hatte nichts zu bedeuten. Es war alles nur Einbildung. Schließlich würde Sergeant Cribb, trotz seines herrischen Wesens, nie einen Mann einer solchen Erniedrigung aussetzen.

»Anhalten, Kumpel!« ermahnte ihn eine Stimme an seinem Ellbogen. »Wenn du jetzt nicht gleich die Bremse ziehst, schiebst du die Dame noch durch die Wand.«
Sobald der Karren stand, gab Miss Tring ihre Pose auf und hüpfte direkt vor Thackeray vom Sockel; sie präsentierte dabei eine so körperhafte Erscheinung, daß jeder andere von ihrer Existenz vollkommen überzeugt war. Natürlich hatte Thackeray am Biertisch von Dingen gehört, die auf der anderen Seite des Kanals passierten, von *poses plastiques* und *tableaux vivants* in Pariser Theatern. Und das war sicher auch schuld daran, daß seine Einbildung ihm diese Illusion vorgegaukelt hatte. Er brauchte sich nur selbst in den Arm zu zwicken, oder besser noch, Daumen und Zeigefinger nach Miss Tring ausstrecken, und sie würde verschwinden. Aber etwas hielt ihn davon zurück, und nun ließ sich die Erscheinung auch schon einen Mantel geben und ging zu den Garderoben.
Über der Bühne beendete Alberts Mutter eben den Schlußrefrain ihres Ballonliedes, der Vorhang senkte sich und mit ihm sie selbst und ihre Bulldogge, wobei ein anderer an der Winde mithalf. Doch für Thackeray gab es keine Ruhepause. »Trag das in die Bühnenmitte«, befahl man ihm, »und stell es auf den blauen Punkt.« Plötzlich hatte er einen Schirmständer aus glänzendem Chrom in der Hand, in dem eine beachtliche Sammlung von Schwertern steckte. »Für den Illusionisten«, erfuhr er. »Aber jetzt beweg dich endlich!«
Schwerter! Blitzschnell fiel ihm der unglückliche Zauberer wieder ein, der nun in Newgate schmach-

tete, und sein mißglückter Trick mit dem Mädchen in der Kiste. Würde der Urheber dieser »Unfälle« (falls es ihn gab) es wagen, eine solche Niederträchtigkeit hier zu wiederholen? Doch dann dachte er an Cribbs Worte: »Führen Sie die Befehle aus ...«
Er ging zur Bühnenmitte und entdeckte den blauen Punkt. Die Schwerter hatten wenigstens eine positive Wirkung auf ihn: Sie verscheuchten die Einbildungen und machten ihm die Gefahren der augenblicklichen Situation bewußt. Ein neuer Befehl wurde ihm zugerufen: »Jetzt den Tisch. Auf das gelbe Quadrat.« Der sah Gott sei Dank harmlos aus. Ein Kartentisch mit einem Tischtuch aus Seide und darauf das Handwerkszeug eines Zauberers: Seidenhut, Zauberstab, Handschuhe und ein Glas mit einer roten Flüssigkeit.
Der Vorhang ging hoch, noch bevor Thackeray ganz in der Seitenkulisse verschwunden war, und von der anderen Seite her betrat der Künstler in weißer Fliege und Frack die Bühne. Thackeray erkannte in ihm sofort einen der Gäste aus Philbeach House, und gleich darauf wurde auch klar, warum er dort gewesen war. Der Mann nahm eins der Schwerter, warf den Kopf zurück, öffnete weit den Mund und schob langsam das Schwert hinein, bis das Heft nur noch fünfzehn Zentimeter von seinen Zähnen entfernt war. Der Schwertschlucker!
Er zog die Klinge wieder heraus und wiederholte, begleitet von Trommelwirbel, die Übung noch zweimal, jedesmal mit einem breiteren Schwert. Thackeray atmete immer erleichtert auf, wenn die Waffen so sauber und glänzend, wie sie im Hals verschwunden waren, wieder zum Vorschein kamen.

Doch die Erleichterung hielt nicht lange an. Als wäre das Schwertschlucken noch nicht spektakulär genug, zog der Artist nun eine Schachtel Streichhölzer hervor, zündete eins an und demonstrierte die Kunst des Feuerschluckens. Wirklich! Hatten solche Leute überhaupt Polizeischutz verdient?

»Verehrte Lords, Ladies und Gentlemen, nun zum Höhepunkt«, verkündete der Schwertschlucker, als er das Feuerschlucken glücklich beendet hatte. »Und zu Ihrem Vergnügen möchte ich Ihnen nun meine reizende Assistentin vorstellen. Miss Lola!«

Sie lief an Thackeray vorbei auf die Bühne und streifte ihn dabei mit ihrem Umhang. Lola Pinkus hatte, wie Miss Tring, in ihrem Gewerbe eine neue Beschäftigung gefunden. Sie verbeugte sich höchst anmutig und warf beim Aufrichten ihre blonden Haare in den Nacken. Wie erfrischend war es doch, wenigstens eine junge Frau zu sehen, die vom Hals bis zu den Zehen anständig bekleidet war.

»Ausziehen!« rief ein Philister aus dem Publikum.

»Bitte etwas Geduld, Sir«, protestierte der Schwertschlucker. »Sie mögen glauben, meine Freunde, daß Sie bisher noch viel zu wenig von Miss Lola gesehen haben. Aber bald werden Sie noch weniger sehen. Denn sie wird vor Ihren Augen verschwinden.« Er hob das Glas. »Hier drinnen befindet sich die erstaunlichste Flüssigkeit der ganzen Welt —«

»Gin«, rief jemand.

»Nein, Sir. Nicht einmal Gin besitzt die Eigenschaften dieses ganz besonderen Gebräus. Trinken Sie nur einen Schluck davon, und Sie sind in Sekundenschnelle vollkommen verschwunden. Ich fühle mich jedoch verpflichtet, darauf hinzuweisen, daß es nach der Vorstellung nicht käuflich zu erwerben ist, etwa von Gentlemen, die es bei ihrer Schwiegermutter ausprobieren möchten. Nun, Miss Lola, würden Sie mir bitte Ihren Umhang reichen. Unsere Freunde im Publikum wollen sich doch versichern, daß Sie wirklich aus Fleisch und Blut sind und nicht nur eine Illusion.«

Sogar bei dieser Vorführung! Thackeray bemerkte eine deprimierende Gleichförmigkeit der Unterhaltung. Jeder Programmpunkt schien nur ein einziges Ziel zu haben: die Darstellung des schönen Geschlechts in verschiedenen Stadien der Unzucht. Lola Pinkus war etwas züchtiger bedeckt, aber immer noch nicht züchtig genug, um etwa in einem Schwimmbad für Damen auftreten zu können. Das Verhalten des Publikums war unerträglich, die Leute pfiffen und riefen, als hätten sie noch nie eine halb ausgezogene Frau gesehen. Vielleicht hatten sie es wirklich nicht. Thackeray rümpfte die Nase. Die niedere Herkunft hatte eben auch ihre Vorteile.

»Ich werde nun Miss Lola bitten, dieses Glas magische Flüssigkeit zu trinken«, verkündete der Schwertschlucker, als man ihn wieder zu Wort kommen ließ. »Und dann sehen Sie genau hin, denn sehen heißt glauben!«

Lola kam zu ihm und stellte sich sehr umständlich in Position. Thackeray sah aufmerksam zu. Er hatte bereits eine Vorstellung, wie man das Mädchen verschwinden lassen würde. Der Trommelwirbel setzte ein. Der Schwertschlucker machte einige spektakuläre Bewegungen mit dem Umhang. Die Rampen- und Seitenbeleuchtung wurde gedämpft, bis nur noch ein einziger Scheinwerfer aus der Galerie die Darstellenden erhellte. Lola hielt das Glas in die Höhe, senkte es dann wieder und trank, während der Schwertschlucker sie mit erhobenem Umhang vor den Blicken des Publikums schützte. Mit einem sehr überzeugenden Schrei fiel sie durch die Falltür, auf der sie gestanden hatte. Das Licht ging wieder an. Der Mantel wurde beiseite gezogen, um das Verschwinden offenbar zu machen. Erstauntes Raunen ging durch das Publikum.

»Sehen heißt glauben!« rief der Schwertschlucker.

»Und hier bin ich!« kam eine Stimme von hoch oben aus der Galerie. Jedermann drehte sich nach ihr um. Da stand sie in ihrem Flitter und sonst kaum etwas und winkte. Donnernder Applaus begrüßte sie. Nur wenige der Anwesenden konnten, wie Thackeray, bemerkt haben, daß sie nicht Lola Pinkus sahen, sondern ihre Schwester Bella.

Der Schwertschlucker streckte die Hand nach der Galerie aus, verbeugte sich, trat einen Schritt zurück und verbeugte sich erneut. Dann fiel der Vorhang. Während er in die Seitenkulisse ging, kam ein Bühnenarbeiter auf ihn zugelaufen. Der Schwertschlucker schien vorauszuahnen, was gleich kommen würde. »Dieser Schrei ...«

»Ja, Sir«, erwiderte der Bühnenarbeiter. »Wir haben ihn unten auch gehört, einen Augenblick, bevor sie durch die Falltür fiel. Sie war schon nicht mehr bei Bewußtsein, als sie auf der Matratze auftraf. Sie zuckte noch ein paarmal und wurde dann ganz still.«

11

Die Nachricht aus dem Bühnenuntergeschoß hatte auf Thackeray eine eigenartige Wirkung. Natürlich war er entsetzt über den plötzlichen Tod einer so jungen und charmanten Artistin. Aber so traurig Lola Pinkus' Abgang auch war, hob er dennoch Thackerays Stimmung ganz bedeutend. Nun hatte seine Anwesenheit auf der Bühne eine wirkliche Berechtigung, und er konnte wieder denken und handeln wie ein gewöhnlicher Polizist. Was für eine Erleichterung das war! Seine entsetzlichen Erlebnisse als Kulissenschieber erschienen ihm nun als Teil eines komplizierten Plans. Sogar die qualvolle Reise über die Bühne mit Miss Tring erhielt eine gewisse heroische Qualität. Ja, er konnte sich bereits vorstellen, wie er im Gerichtssaal Nummer eins stand und der Lord Oberrichter sagte: *Es sollte nicht unerwähnt bleiben, daß dieser Fall nie vor Gericht gelangt wäre ohne die auch unter den unvorstellbarsten Umständen nicht nachlassende Pflichterfüllung eines gewissen Constable ...*

Nachdem er sich persönlich von Lolas Tod überzeugt hatte — und ihrem Gesichtsausdruck und der Körperhaltung zum Todeszeitpunkt nach mußte es ein außergewöhnlich gewaltsamer gewesen sein — erkannte er, daß es ihm nun doch nicht möglich sein würde, seine Pflicht als gewöhnlicher Polizist zu erfüllen. *Nach Entdeckung der Leiche*, so die Polizeivorschrift (die jeder anständige Polizist auswendig kannte) *muß der Leichenbeschauer in angemessener Form benachrichtigt werden.* Das war ja schön und gut für die gelegentliche Leiche, die man nach einer ungewöhnlich kalten Nacht am Flußufer fand, aber es entsprach nicht ganz der augenblicklichen Lage. Er blätterte im Geiste durch das Handbuch und suchte nach einer angemesseneren Stelle. *Wenn eine Leiche entdeckt wird und kein Zweifel mehr am Tod besteht* ... Er sah sich Lolas sterbliche Hülle sehr genau an — ... *darf sie bis zum Eintreffen eines Constables nicht mehr berührt werden, der sich daraufhin das Aussehen der Leiche und die Beschaffenheit der Umgebung sorgfältig notiert.* Thackeray griff sich an die Stelle, wo sonst sein Notizbuch steckte. Doch kein Grund zur Panik, er würde sich alle Einzelheiten einprägen. *Gesicht bläulich und mit unmißverständlichen Anzeichen des Schmerzes. Augen weit aufgerissen. Zähne zusammengebissen und entblößt. Körper verdreht, Beine als Folge des Sturzes unnatürlich verrenkt. Arme ausgestreckt, aber Finger verkrallt. Leiche wurde auf einer Strohmatratze unter Falltür entdeckt. Glassplitter in der Umgebung verstreut.* Das genügte für den Augenblick. Die Zeit war zu wertvoll, um sie mit Kleinigkeiten zu vergeuden. Was nun? *Wenn der Constable den Verdacht hat, daß ein gewaltsamer Tod vorliegt, darf bis zum Eintreffen eines Inspektors, der über einen Boten zu benachrichtigen ist, weder die Leiche bewegt noch Kleidungsstücke oder andere Gegenstände in der näheren Umgebung berührt oder entfernt werden.* Vertrackte Situation. Cribb konnte natürlich den Inspektor ersetzen. Schließlich erzählte er bei jeder Gelegenheit, er trage die ganze Verantwortlichkeit, nur ohne den Titel. Aber einen Boten nach ihm zu schicken war praktisch unmöglich; dem Bühnenarbeiter, der Lolas Leiche entdeckt hatte, war übel geworden, und er hatte sich entfernt, Thackeray war also allein mit der Leiche. Was konnte er allein schon tun? Das Programm unterbrechen und fragen: »Ist ein Polizist anwesend?« Eine solche Frage würde in diesem Theater wahrscheinlich einen Massenansturm auf den Ausgang auslösen.

Also beschloß Thackeray, den Boten auszulassen und Cribb selbst zu holen. Das hieß zwar, daß er die Leiche für kurze Zeit unbeobachtet lassen mußte, aber er hatte keine andere Wahl. Was ihm mehr Sorgen machte, war sein Auftritt im Publikum in seiner gelben Livree.

Er öffnete eine Tür, die zur Kantine führte. Die lärmende Fröhlichkeit zeigte, daß die Nachricht von Lolas Tod noch nicht bis hierher durchgedrungen war. Die Ballettmädchen saßen wie immer auf den Knien der Offiziere, ein Glas Gin in der einen Hand, die Finger der anderen in einem leibgardlichen Backenbart. Thackeray bahnte sich einen Weg durch die Menge, wobei er jeden Augenblick befürchtete, daß die rothaarige Miss, die ihm beim Szenenaufbau geholfen hatte, sich ihm an den Hals warf. Aber er erreichte ohne Belästigung die andere Seite und stieg die Treppe zum Zuschauerraum empor.

Glücklicherweise hatte im Augenblick das Geschehen auf der Bühne die ungeteilte Aufmerksamkeit des Publikums. Eine junge Frau, die er nicht kannte, hatte sich als Mann verkleidet und sang. Das Lied an sich war ziemlich harmlos, Thackeray selbst hatte die Melodie bei Streifengängen in Bermondsey oft genug gepfiffen. Doch die Betonung, die der weibliche Sänger gewissen Worten gab, verdrehte die Ursprungsbedeutung, was wiederum die Zuhörer freute, da sie inzwischen bereit waren, in allem und jedem Anzüglichkeiten zu entdecken. Thackeray konnte nicht hoffen, in seinem Satin gänzlich unbemerkt an den Tischen vorbeihuschen zu können, aber die Unterhaltung auf der Bühne zog wenigstens einen Großteil der Augen auf sich. Seine größte Sorge war nun, ob Cribb vielleicht zu sehr in die Aufführung vertieft war, um ihn zu bemerken.

Er war schon fast an der Hälfte der Tische vorbei, als er einen der Zuschauer erkannte. Der kahle Kopf, das Adlerprofil, der buschige Backenbart; ja, ein Gesicht, das er von irgendwoher kannte, aber er kam nicht auf die Verbindung. Keiner seiner Freunde konnte sich Champagner in Magnumflaschen und diamantenbehängte Begleiterinnen leisten. Da er nicht unhöflich erscheinen wollte, sah er weg — und entdeckte ein weiteres Gesicht, das ihm bekannt vorkam. Noch zwei andere am Tisch waren ihm vertraut, jedoch nicht ihre weibliche Begleitung. Nun fiel ihm ein, daß er alle vier Männer noch aus seiner Zeit in der B-Division in Westminster kannte. Er wollte lieber gar nicht darüber nachdenken, was sie alle hierhergebracht hatte, denn sie waren ehrenwerte Mitglieder eines ganz anderen Hauses, in dem man die Varietés als Lasterhöhlen bezeichnete.

Als er die Promenade erreichte, wartete Cribb schon auf ihn. Er hatte die Hände in die Hüfte gestemmt, und in seinen Augen funkelte der Zorn eines Offiziers, der im Krieg einen Deserteur stellt.
»Sarge, Sie haben Ihren Fall«, platzte Thackeray heraus, »und ich glaube, es ist ein Mord.«
Eine Minute später betraten sie die Versenkung unter der Falltür, wo sich jemand über Lolas Leiche beugte. Über ihren Köpfen dröhnten die Bretter im Rhythmus des Cancan.
»Bitte treten Sie zur Seite, Mr. Plunkett. Wir sind Polizeibeamte.«
Der Direktor war so überrascht, daß er bald selbst auf die Matratze gefallen wäre. »Was sind Sie?«
»Wenn Sie unsere Ausweise sehen wollen, so möchte ich Sie bitten, damit zu warten, bis wir diese unglückliche junge Frau untersucht haben. Haben Sie irgend etwas angerührt?« Ohne auf eine Antwort zu warten, brachte Cribb sein Gesicht nahe an Lolas und roch an ihrem Mund.
»Ich habe nur die Glasscherben weggeräumt«, sagte Plunkett.
»Glas?«
»Ja. Sie muß das Gefäß noch in der Hand gehabt haben, als sie durch die Falltür stürzte. Es lag zerbrochen am Boden.«
Cribb fuhr ihn an: »Und wo sind die Scherben?«
»Ich habe sie in Zeitungspapier eingewickelt und da auf den Sims gelegt, damit sie in Sicherheit sind.«
»Thackeray, bitte«, sagte Cribb.
Der Constable brachte ihm das Päckchen. Cribb wickelte es vorsichtig aus, ohne die Scherben zu

berühren. Er roch mehrmals an dem runden Stück, das der Boden des Glases gewesen war. »Man wird dies analysieren müssen. Die Zauberflüssigkeit — was war es?«
»Wasser, mit einem Spritzer Koschenille, wegen der Farbwirkung«, antwortete Plunkett.
Cribb roch noch einmal. »Für Koschenille riecht das aber sehr süß.«
Plunkett wollte mit dem Finger über das Glas fahren. Cribb stieß ihn weg. »Das würde ich nicht tun, Sir.«
»Und warum nicht?«
»Ich bin kein Wissenschaftler, Mr. Plunkett, aber wenn ich eine gesunde Frau innerhalb von wenigen Sekunden sterben sehe und nirgends ein Einschußloch entdecken kann, dann denke ich an Gift. Und wenn ich vergrößerte Pupillen und bläuliche Wangen wie in diesem Fall hier sehe, dann lasse ich mir die Liste möglicher Gifte und ihrer Symptome durch den Kopf gehen und komme auf Blausäure. Und wenn es das wirklich ist und Sie etwas auf den Finger bekommen und daran lecken, dann haben wir morgen zwei Leichen zur Obduktion und nicht nur eine.«
Der Direktor war sichtlich beeindruckt und steckte hastig die Hände in die Taschen. »Aber ich kenne Sie«, sagte er zu Cribb, »und Ihren Freund. Sie sind doch gestern bei der Probe in meinem Theater herumgeschlichen, Sie beide. Ich habe Sie dann zum Kartenschalter geschickt, aber wegen Karten für die erste Vorstellung, nicht für diese. Warum, zum Teufel, sind Sie dann jetzt hier? Und was macht der da in der Uniform meines Personals?«

»Freiwilliger, unbezahlter Kulissenschieber«, erklärte Cribb. »Wenn er nicht hiergewesen wäre, wie hätte ich dann erfahren können, was hier vor sich geht? Ihre Zuschauer da draußen wissen ja noch nicht, daß Miss Pinkus tot ist.«
Plunketts Verhalten änderte sich schlagartig. Er legte Cribb die Hand auf die Schulter. »Ist ja auch nicht notwendig, daß sie es je erfahren, hm? Wir können doch die ganze Angelegenheit diskret behandeln, unter uns, nicht wahr?« Er zog seine Brieftasche. »Verdammt, es muß ja nicht unbedingt zu einer polizeilichen Angelegenheit werden, oder?«
»Wenn Sie vorschlagen wollen, was ich glaube«, sagte Cribb, »muß ich Sie warnen: Das ist ein Verbrechen. Wir müssen unsere Pflicht erfüllen, und wir haben jedes Recht, Sie um Ihre Mitarbeit zu bitten. Das muß nicht heißen, daß wir die Vorgänge auf der Bühne unterbinden werden, wobei ich allerdings ernsthafte Zweifel bezüglich der Vorführungen habe.«
»Also kommen Sie«, erwiderte Plunkett. »Das ist eine Privatvorstellung. Außerdem gibt es hier nichts, das man nicht auch in anderen Varietés sehen könnte.« Seinem Blick verletzter Unschuld nach hätte er ebensogut ein Konzert für den Mäßigungsverein veranstalten können.
Cribb nickte. »Das gebe ich gern zu, Sir. Solche Vorstellungen sieht man manchmal in billigen Schuppen in den Nebenstraßen von Kairo. Aber ich bin nicht hier, um in Erinnerungen zu schwelgen. Wo ist der Zauberer, mit dem das Mädchen arbeitete?«
»Professor Virgo? Ich ließ ihn in seine Garderobe

bringen. Er ist natürlich sehr erregt, und ich wollte hinter der Bühne keine Panik. Im Augenblick wissen nur sehr wenige Leute davon.«
»Und wer alles?«
»Nun, die zwei Arbeiter an der Falltür, Sie beide, Professor Virgo und ich.«
»Was ist mit der Schwester der Toten?«
»Bella? O Gott, die habe ich ja ganz vergessen. Niemand hat es ihr gesagt. Aber Sie wird jeden Augenblick hier sein, um nachzusehen —«
Cribb reagierte schnell. »Das Tuch da, Thackeray. Sie wird erschüttert genug sein über die Nachricht, auch ohne die Leiche zu sehen. Werden Sie es ihr sagen, Mr. Plunkett, oder soll ich es?«
»Es wäre mir lieber, wenn Sie es täten, wenn Sie nichts dagegen haben.«
»Gut. Und Sie befragen wohl besser Virgo, Thackeray. Finden Sie soviel wie möglich über den Mann selbst heraus, und dann gehen Sie mit ihm Schritt für Schritt seine Aufführung durch.« Nur für den Fall, daß dem Constable die Verantwortung zu Kopf stieg, fügte er hinzu: »Und ziehen Sie sich wieder Ihren Anzug an. Sie sehen lächerlich aus.«
Trotzdem klopfte Thackeray mit einem gerechtfertigten Gefühl der Wichtigkeit wenige Minuten später an Professor Virgos Tür. Constables, die fähig waren, wichtige Verhöre zu führen, waren bei der städtischen Polizei nicht eben dicht gesät.
Der Professor saß an einem schmalen Schminktischchen, einem ehemaligen Teewagen, eine Flasche Whisky in der einen Hand und in der anderen seinen Zauberstab, mit dem er trübsinnig auf ein fettes, weißes Kaninchen in seinem Käfig ein-

stocherte. Thackeray räusperte sich geschäftsmäßig. Er kannte sich aus mit Verdächtigenverhören. Man mußte von Anfang an die Kontrolle haben, seinen offiziellen Status deutlich machen, und die Fragen mußten kommen wie aus der Pistole geschossen. »Constable Thackeray, Sir, von Scotland Yard. Ich muß Ihnen einige Fragen stellen.«

»Fragen?« Professor Virgo fuhr überrascht zusammen. Der Hase ebenso.

»Würden Sie mir wohl freundlicherweise sagen, wie lange Sie schon im Paragon auftreten, Sir?«

Eine gute Eröffnungsfrage, da sie als Antwort eine Feststellung von Tatsachen verlangte. Man mußte sie nur dazu bringen, immer Tatsachen zu wiederholen, dann hatten sie es später mit Ausflüchten um so schwerer.

Es gab eine längere Pause.

»Haben Sie mich verstanden, Sir?«

Nach einigen weiteren Sekunden setzte Virgo an: »W-wenn ich n-nervös bin, entw-wickle ich eine B-be-be —«

»— hinderung, Sir?« O Gott, was für ein Pech. Sein erstes größeres Verhör, und er traf auf einen Stotterer.

»Seit e-etwa sechs Wo-wo —«

»Soviel ich weiß, sind Sie Schwertschlucker?«

Virgo nickte.

»Und Sie hatten einen Unfall?«

»Im Ti-ti —«

»Tivoli Garden. Was ist passiert, Sir?«

»Ha-ha-hals —«

»— entzündung. Ja, das kann ich Ihnen glauben, Sir. Man brachte Sie nach Philbeach House, nicht

wahr?« Dem Betreffenden die Worte in den Mund zu legen war nicht eben die empfohlene Vorgehensweise, aber das Verhör würde die ganze Nacht dauern, wenn er es nicht täte.
Wieder ein Nicken.
»Jemand bot Ihnen ein Engagement im Paragon an. Habe ich recht? Gut. Wer war es?«
»Mrs. B-b-b —«
»Body. Danke. Und wo sind Sie den Pinkus-Schwestern zum erstenmal begegnet — in Philbeach House? Gut. Stammte der Vorschlag, mit Ihnen zusammenzuarbeiten, von den beiden oder von Ihnen?«
»Von den b-beiden.«
»Verstehe. Und wann traten Sie zum erstenmal mit ihnen im Paragon auf?«
Virgo hob drei Finger hoch. »D-d-dr —«
»Vor drei Tagen? Nein? Drei Wochen. Gut. Sind Sie noch immer nervös? Wie heißt Ihr Hase? Macht nichts. Sehen Sie, Professor, ich benötige von Ihnen einen Bericht über die Vorgänge heute abend, von dem Augenblick an, da Sie das Theater betraten. Werden Sie das schaffen? Trinken Sie einen Schluck Whisky. Für mich nicht, danke. Ich bin im Dienst.«
Nach einem kräftigen Schluck aus der Flasche schien Virgo etwas von seinem Selbstvertrauen zurückgewonnen zu haben. Er sah eigentlich recht anständig aus, mit regelmäßigen Gesichtszügen, aber entsetzlich dünn. In Newgate würde er nicht lange überleben, dachte Thackeray.
»K-kam etwa gegen elf. Sie wollen uns nicht hier, s-solange die andere V-v-vo —«
»Vorstellung noch läuft.«

»Ich war nicht die erste Nummer und hatte also noch Zeit, um meine Sachen vorzubereiten. Ich stellte sie vor die Tür, damit der R-re-requisiteur sie nach unten bringt.«

»Das wären also ihre Schwerter«, erinnerte sich Thackeray, »und ihr Tisch mit dem Zauberstab, dem Hut, den Handschuhen und dem Glas Zauberflüssigkeit. Was war in der Flüssigkeit, Sir?«

»W-wasser und ein bißchen Farbstoff.« Virgo brachte eine kleine Flasche mit Koschenille zum Vorschein.

»Darf ich sie haben, Sir? Ich werde dafür sorgen, daß Sie sie zurückerhalten. Nun, wann wurden Ihre Requisiten zur Bühne gebracht?«

»Während des M-m-mo —«

»— nologs. Ich verstehe. Wissen Sie, von wem?«

Virgo schüttelte den Kopf.

»Dann standen sie also ungefähr zwanzig Minuten in den Seitenkulissen. Das ist eine lange Zeit. Machen sich die Leute denn nie an Zaubererrequisiten zu schaffen, wenn sie so offen herumliegen, Sir?«

»Doch. Es gibt viele Spaßvögel im Theater. Das war ja auch so mit meinen Schwertern im Ti-ti —«

»Tivoli Garden. Ja, Sir. Warum ließen Sie es dann zu, daß Ihre Requisiten so lange vor Ihnen zur Bühne gebracht wurden?«

Virgo winkte vertraulich mit dem Finger. »Mit diesen paar Sachen konnte man ja nicht viel anstellen. Man konnte höchsten was in die Zauberflüssigkeit schütten, und dieses Risiko kann man auf sich nehmen. Einmal trank meine Assistentin das Glas und merkte erst später, daß es mit K-k-ka —«

»— Kaskara gemischt war.« Beide Männer lächelten. Über Verstopfung hatte das arme Mädchen danach wohl nicht mehr geklagt. »Also kamen Sie während der Verwandlungsszene in die Seitenkulisse«, fuhr Thackeray fort, »und warteten auf der einen Seite der Bühne, während Ihr Tisch auf der anderen Seite stand und später von einem —äh, Requisiteur auf die Bühne getragen wurde.«
»Ja. Ich begann wie gewöhnlich mit meiner Nummer. Die Schwerter und das Feuerschlucken. Dann stellte ich Miss Lola vor. Es ist komisch, wissen Sie. Ich st-sto-stottere nie während der Vo-vo-vor —«
»— stellung«, ergänzte Thackeray. »Passierte dann irgend etwas Ungewöhnliches?«
»Eigentlich nicht. Ich gab ihr das Glas, nachdem sie den Umhang ausgezogen hatte. Dann sorgte ich dafür, daß sie — kennen Sie den Trick?«
»Sie stand auf der Falltür«, sagte Thackeray wissend.
»Ja. Sie trank das Wasser, ich hielt ihr den Umhang vor, und sie fiel wie gewöhnlich durch die Falltür.«
»Aber sie schrie«, bemerkte Thackeray.
»Ja. Da hatte sie wahrscheinlich ihren Herzanfall, das arme Kind. Wahrscheinlich war sie entsetzlich aufgeregt. Ich glaube, ich habe auch selbst noch nie vor einem so vornehmen Publikum gespielt.«
»Was passierte dann?«
»Ich beendete die Vorstellung, und als ich von der Bühne kam, sagte mir der Mann von der Falltür, daß sie tot sei. Ich war sprachlos.«
»Das glaube ich Ihnen gern«, versicherte ihm Thackeray. »Eine sehr tragische Sache, Sir.«
»Eine Katastrophe«, entgegnete Virgo. »Jetzt

muß ich meine Nummer ändern. Ohne Zwillingsschwestern funktioniert der Trick nicht. Und mit Sch-schwertschlucken allein macht man ein Publikum wie dieses nicht glücklich. Die sind erst zufrieden, wenn die Mädchen auf der Bühne viel B-b-be —«

»Bein zeigen?« fragte Thackeray.

Virgo nickte. »Sehen Sie, mit Miss Bella alleine kann ich nicht auf die Bühne.« Er tippte sich mit dem Zauberstab an die Stirn. »Vielleicht könnte ich sie zersä-sä-sä —«

»Würde ich nicht tun«, warf Thackeray hastig dazwischen. »Diese Art von Trick hat keine große Zukunft mehr, Sir. Nun, ich danke Ihnen für Ihre Antworten auf meine Fragen. Ich muß nun zurück zu meinem Sergeanten. Falls er noch mit Ihnen sprechen will, wo kann man Sie finden, Sir?«

»Ich bin noch mindestens eine Stunde hier«, sagte Virgo mit einer Spur Selbstmitleid in der Stimme. »Ich muß auf den Privatbus warten, der uns alle nach Philbeach H-hou —«

»Vielen Dank, Sir.«

Die Versenkung war bereits verlassen, und Thackeray fand seinen Vorgesetzten schließlich im Schnellumkleideraum. Einer der Kulissenschieber stand an der Tür, um Eindringlinge abzuwehren. Für den Rest des Abends mußten schnelle Kostümwechsel in den Seitenkulissen stattfinden, doch es war unwahrscheinlich, daß das im Paragon irgend jemanden inkommodierte. Thackeray wies sich aus, indem er sein Notizbuch hervorzog — was für eine Erleichterung, es endlich wieder bei sich zu haben —, und wurde eingelassen.

»Da sind Sie ja, Constable«, sagte Cribb. »Ich fragte mich schon, ob Sie sich in den Garderoben verlaufen haben.«

Thackeray erwiderte den scharfen Blick. »Das Verhör dauerte länger als angenommen, Sergeant. Der Professor leidet an einem Sprachfehler.«

»Das überrascht mich nicht. Wenn Sie für Ihren Lebensunterhalt Schwerter schlucken müßten, würde auch Ihre Sprechfähigkeit Schaden nehmen.«

»Dieses Risiko will ich auch gar nicht erst eingehen, Sarge«, erwiderte Thackeray bestimmt, da er nun vor möglichen neuen Vorschlägen Cribbs auf der Hut war. Er wiederholte Virgos Geschichte, wobei er immer nur kurz seine Notizen zu Hilfe nahm. »Ich kann also nicht glauben, daß er Miss Pinkus absichtlich vergiften würde«, schloß er schließlich, »denn er kannte das Mädchen ja erst drei Wochen. Außerdem brauchte er sie und Bella für den Trick. Es wird nicht einfach für ihn sein, einen Ersatz zu finden. Und für den Fall, daß Ihnen der Gedanke kommen sollte, Sarge«, fügte er grinsend, aber immer noch auf der Hut, hinzu, »ich habe keinen Zwillingsbruder.«

»Auch wenn Sie einen hätten, Thackeray, kann ich ihn mir nicht in Strumpfhosen und Flitter vorstellen«, erwiderte Cribb beschwichtigend. »Nein, nach dem, was ich von unserem Freund Plunkett erfahren habe, ist es unwahrscheinlich, daß der Professor sich einen Ersatz suchen wird. Er ist ein reinrassiger Schwert- und Feuerschlucker. Den Trick mit dem Verschwinden nahm er nur auf Drängen der Theaterleitung mit dazu. Dem Publikum hier gefällt keine Vorführung, gleichgültig, wie außergewöhnlich, ohne eine angemessene Menge nackten weiblichen Fleisches. Aber Virgo nahm die Verschwindensnummer nur unter Protest auf. Wenn man sich Schwerter in den Hals steckt, um das Publikum zu beeindrucken, läßt man sich nicht gern von irgendwelchen Zaubertricks den Erfolg stehlen, wie ich von Plunkett erfahren habe.«

»Das wirft natürlich ein ganz anderes Licht auf die Sache, Sarge. Da Sie es erwähnen, er schien wirklich nicht besonders traurig darüber zu sein, daß er den Trick nun nicht mehr zeigen kann, aber das schien mir nicht sehr bedeutsam. Ich glaube, ich war zu sehr damit beschäftigt, ihn vom Stottern abzubringen. Ich fürchte, ich habe bei Verdächtigenverhören noch etwas zuwenig Erfahrung.«

Nun war es an Cribb, zu grinsen. »Dem werden wir schon abhelfen, Constable. Ich muß jetzt gehen, um Miss Pinkus' Tod bei den entsprechenden Stellen zu melden, aber ich will, daß Sie hierbleiben und von jedem, der heute abend bis zu Lolas Tod auf der Bühne war, eine Aussage aufnehmen. Sie können ihnen sagen, daß Sie von der Polizei sind. Und sagen Sie ihnen, daß Sie nach Miss Pinkus' plötzlichem Tod Routineermittlungen durchführen. Es wird fast die ganze Nacht dauern, aber lassen Sie niemanden gehen, bevor Sie nicht seine Aussage haben. Das wird Ihnen schon einige Erfahrungen vermitteln. Ach ja, und besorgen Sie sich doch bitte auch die Aussagen vom Orchester.«

12

Thackeray untersuchte einen schwachen blauen Fleck auf der Kaffeetasse in seiner Hand. Die Wärme der Tasse hatte geschafft, was minutenlanges Schrubben mit Karbolseife nicht erreicht hatte: etwas von der Tinte auf seinem Daumen und seinem Zeigefinger zu entfernen. Nun war der Beweis für zwei Tage mühseliges Abschreiben von Aussagen dem Porzellan des großen Scotland Yard für immer eingeprägt, denn er und Cribb saßen auf ledergepolsterten Stühlen und wurden von Inspektor Jowett mit ungewohnter Gastfreundschaft behandelt.

»In meiner Position hier im Hauptquartier muß man immer auf der Hut sein, daß man nicht den Kontakt verliert mit den — wenn Sie mir den Ausdruck verzeihen — bescheidenen Suchern nach Spuren, den Spürhunden der Truppe, in Kürze, mit Ihnen, Gentlemen. Noch ein Verdauungsbiskuit, Sergeant?«

Im Verlauf von Jowetts gönnerhafter Rede war Cribbs Nacken unübersehbar immer rosiger geworden. Er schüttelte den Kopf. Auch Thackeray spürte eine gewisse Hitze am Kragen und ein gewisses Rumoren im Bauch. Nach dieser Unterredung würden sie beide etwas Stärkeres als Biskuits für ihre Verdauung brauchen. Beide erinnerten sich noch sehr gut an die Zeit, als Jowett im Rang eines Sergeant haarscharf und sehr geschickt allen

Schwierigkeiten ausgewichen war. Diese Fähigkeit und gewisse familiäre Verbindungen hatten angeblich seine Beförderung unausweichlich gemacht. Wenn Cribb und Thackeray Spürhunde waren, dann war Jowett ein Hase mit Stammbaum und im Yard deshalb besser angesehen. Beim Gespräch zuckte seine Nase auf eine sehr störende Weise.
»Wir im Hauptquartier«, fuhr er nun fort, »beneiden Sie Stammgäste in der Unterwelt oft, müssen Sie wissen. Aber leider braucht eine wirkungsvolle Kriminalpolizei ihre Planer, Koordinatoren und Intelligenzler. So bleiben wir an unsere Stühle gefesselt und leiten die Arbeit so würdiger Bobbys, wie Sie es sind, während der Polizist in uns sich nichts sehnlicher wünscht, als bei Ihnen zu sein. So habe ich zum Beispiel mit Interesse Ihren Bericht, Gentlemen, über den Tod der jungen Frau am letzten Dienstag in diesem Varieté gelesen.«
»Im Paragon, Sir.«
»Ja. Ein entsetzliches Unglück. Aber was für eine hervorragende Gelegenheit für eine Ermittlung! Ich nehme an, Sie haben auch schon andere Varietés besucht?«
»Nur das Grampian in der Blackfriars Road, Sir«, antwortete Cribb. Und weil er neugierig war, worauf Jowett hinauswollte, fügte er hinzu: »Sind Sie selbst auch am Varieté interessiert?«
»Nein, nein. Das ist ganz und gar nicht meine Art der Entspannung. Habe kaum je einen Fuß in so ein Haus gesetzt. Operetten sind mehr nach meinem Geschmack.«
»Wenn es etwas für die Polizei zu tun gibt, nicht wahr, Sir?« fragte Cribb.

»Wie bitte?«

»*Die Piraten von Penzance*, Sir.«

»Ach ja, natürlich.« Die Anspielung hatte Inspektor Jowett offensichtlich nicht verstanden. »Ich nehme auch gerne an Geländejagden teil.« Er stellte die Tasse ab und suchte in der Tasche nach seinem Tabak. »Doch Ihr Besuch im Paragon interessiert mich. Erzählen Sie mir alles, was Sie wissen.«

»Ich glaube, wir haben ein ziemlich klares Bild von den dortigen Vorgängen, Sir. Wir haben es selbst gesehen und das Vorgefallene in über dreißig Aussageprotokollen festgehalten.«

»Bitte klären Sie mich auf.«

»Nun, Sir, für beinahe die ganze Welt ist das ein ganz gewöhnliches Varieté, ein bißchen teurer als die anderen, aber mit der gleichen Art von Unterhaltung wie hundert andere. Es hat natürlich eine Promenade, und dort gibt es auch eine gewisse Freizügigkeit, aber ansonsten ist dort alles hübsch und ordentlich — sofern man Varietés mag.«

»Ich kann Ihnen versichern, daß das bei mir nicht der Fall ist, aber fahren Sie fort.«

»Der Besitzer des Paragon ist der Gin-Magnat Sir Douglas Butterleigh. Er ist offensichtlich ein Gönner der Varietés. In Kensington hat er ein Heim für in Not geratene Artisten eröffnet, das Philbeach House. Vielleicht haben Sie schon davon gehört. Seine Idee war es, Künstler, die krank wurden oder einen Unfall hatten, vor dem Armenhaus zu bewahren und deswegen bei einer gewissen Mrs. Body in Philbeach House in Pflege zu geben. Wenn sie dann wiederhergestellt sind, können sie im Paragon auf die Bühne zurückkehren. Der Direktor dort ist ein gewisser Mr. Plunkett, und von ihm habe ich einen Bericht über das Paragon erhalten. Dieser Plunkett ist ein hartgesottener Geschäftsmann und sah natürlich sofort, daß er mit Butterleighs Idee alleine das Theater nie an drei Abenden pro Woche füllen würde.«

»Philanthropen betrachten ihre wohltätigen Werke selten unter kommerziellen Aspekten«, bemerkte Jowett aus einer Rauchwolke heraus.

»Nun, Plunkett machte noch ein paar Monate so weiter, aber er brachte einfach kein vernünftiges Programm auf die Beine. Zwei Drittel der Gäste in Philbeach House waren Sänger — und noch dazu schlechte. Aber nur mit Sängern kann man keine Varietétruppe aufstellen. Also wurden andere hinzugezogen, und bald funktionierte das Paragon wie jedes andere Varieté und zog auch ein entsprechendes Publikum an. Sir Douglas Butterleigh wußte nichts davon, denn er war krank und kümmerte sich nicht mehr um die Geschäfte. Vermutlich aus Gewissensbissen beschloß nun Plunkett, sich etwas auszudenken, um den künstlerischen Bodensatz aus Philbeach House zu beschäftigen.«

»Zusätzlich zu den regulären Vorstellungen?«

»Genau. Aber diese waren an ein ganz anderes Publikum gerichtet. Plunkett machte deutlich, daß es sich um Wohltätigkeitsveranstaltungen handelte. Er verlangte hohe Preise für die Karten, setzte Sir Douglas' Namen darauf und machte damit die Runde in der Londoner Gesellschaft. Er versprach eine Mitternachtsvorstellung ausschließlich für einen guten Zweck, und innerhalb einer Woche waren die Karten verkauft.«

»Wirklich? Ich kann es kaum glauben.«
»Ich ebensowenig, Sir, bis Plunkett mir verriet, was er seinen Kunden versprochen hatte: Da sie Karten für eine Privatveranstaltung kauften, durften sie auch eine ganz besondere Art von Unterhaltung erwarten. Und zu diesem Zweck überredete er zwei der Sängerinnen, sich auf der Bühne mehr oder weniger so zu zeigen, wie Gott sie erschaffen hatte.«
»Bei meiner Seele, eine wirklich außerordentliche Idee.«
»Ganz meine Meinung, wobei hier der Geschmack außer acht bleibt. Plunkett berichtete mir nun, die Nummer sei ein überwältigender Erfolg gewesen. Das Publikum wollte keine andere Darbietung sehen, bis die beiden nicht mindestens ein dutzendmal über die Bühne geschoben worden waren wie die Lieblingsbilder in einer Laterna Magica. Nach Ende der Vorstellung wurde er mit Bitten um Karten für die nächste förmlich bombardiert. Er erkannte, daß er auf eine Goldader gestoßen war. Ein privates Varieté für die Reichen, mit gewissen besonderen Attraktionen.«
»Sehr einfallsreich, wirklich.«
»Ja, Sir«, sagte Cribb. »Aber Plunkett kannte sich im Varieté zu gut aus, um zu glauben, daß es lange so weitergehen würde. Auch wenn er alle weiblichen Bewohner von Philbeach House überredete, lebende Statuen zu spielen — und die meisten standen nahe genug am Abgrund des Elends, um es zu tun —, würde diese Unterhaltung seinen Kunden bald langweilig werden. Wie jedes andere Programm brauchten auch seine Mitternachtsvorstel-

lungen Abwechslung. Aber er konnte aus einem Sänger nicht über Nacht einen Schwertschlucker machen. Und er wollte auch seine Artisten nicht auf dem üblichen Weg engagieren, über deren Agenten nämlich. Das hätte seinem Vorhaben gefährlich werden können. Nein, die Truppe für die Mitternachtsvorstellung mußte aus Philbeach House kommen. Wenn ein Darsteller erst einmal tief genug im Unglück steckte, um auf Wohltätigkeit angewiesen zu sein, würde er nicht lange fragen, welche Art von Arbeit man ihm anbot. Plunketts Problem war nur, daß auf Mrs. Bodys Gästeliste nicht die Art von Artisten standen, die er brauchte. So war kein einziger Seiltänzer oder Trapezkünstler unter ihnen.«

»Ein außergewöhnliches Pech«, bemerkte Jowett. »Darf ich Ihnen noch Kaffee anbieten, meine Herren?«

»Wir trinken nie mehr als eine Tasse, Sir. Es ist nun etwa drei Wochen her, daß mein Interesse auf eine verblüffende Serie von Unfällen mit Varietékünstlern fiel — ein Schwertschlucker, eine Trapeznummer, ein Komödiant, ein Zauberer und so weiter. Wahrscheinlich hätte ich gar nicht weiter nachgeforscht, wenn mich nicht jemand vor einem bevorstehenden Unfall in einem gewissen Theater — dem Grampian in der Blackfriars Road — gewarnt hätte. Natürlich wurde dabei etwas übertrieben. ›Sensationelle Tragödie‹ hieß es in der Nachricht, und dabei handelte es sich im Endeffekt nur um einen starken Mann, der von einer Bulldogge gebissen wurde, aber es brachte mich dazu, Fragen zu stellen, Sir. Ich begann, nach Ähnlichkeiten in den

Unfällen zu suchen. War da nur ein Witzbold am Werk, oder steckte mehr dahinter? Thackeray, berichten Sie dem Inspektor, was wir in bezug auf die Unfälle beschlossen.«

Der Constable schrak aus seinem Stuhl hoch. »Die Unfälle. Natürlich, Sarge. Nun, Sir, wir konnten feststellen, daß sie alle in verschiedenen Theatern passierten. Und daß alle Opfer, wenn ich sie so nennen darf, dadurch ihre Arbeit verloren. Es waren auch immer ganz unterschiedliche Nummern. Später erfuhren wir dann, daß sie alle nach Philbeach House gebracht wurden.«

»Und noch eins«, sagte Cribb mit bedeutsamer Miene. »Die Art der Unfälle machte es bei jedem Betroffenen unwahrscheinlich, daß er in nächster Zeit wieder engagiert werden würde. Die Lächerlichkeit war der gemeinsame Faktor bei allen, Sir. Die unglücklichen Leute wurden alle zu Zielscheiben des Spotts — der Komödiant mit den falschen Zeilen auf seinem Textblatt, der Schwertschlucker, der husten mußte, das Trapezmädchen, das mit dem anderen zusammenstieß, der Faßtänzer, der sich nicht auf seinen Fässern halten konnte, der starke Mann, der gebissen wurde und durch sein Podest krachte, und das unglückliche Mädchen auf der Schaukel.«

»Was geschah mit ihr?« wollte Jowett wissen.

»Mir fehlen die Worte, Sir. Wie alle anderen auch ist sie als Künstlerin am Ende, außer wenn sie ihren Namen und ihre Darbietung ändert. Und das ist nicht einfach.«

Jowett zog heftig an seiner Pfeife und atmete dann langsam den Rauch aus. »Habe ich Sie richtig verstanden, Sergeant? Sie deuten also an, daß Mr. Plunkett all diese Unfälle inszeniert hat, um die Leute nach Philbeach House zu bringen?«

»Ich kann es noch nicht sicher sagen, Sir. Zugeben wollte er es vor mir nicht. Aber sechs dieser Unglücklichen traten an diesem Abend im Paragon auf, einschließlich der verstorbenen Miss Lola Pinkus.«

»Ich muß zugeben, daß Sie es sehr einleuchtend darstellen. Aber wie erklären Sie sich dann den Tod dieser jungen Frau? Ist das vielleicht ein weiterer inszenierter Unfall, der aber schiefging?«

»Mit Sicherheit nicht, Sir. Ich habe den Obduktionsbericht. Sie starb an einer Blausäurevergiftung. Innerhalb von Sekunden. Das war kein Unfall.«

»In der Tat!« Jowetts Augen verengten sich zu Schlitzen, die Fältchen in den Augenwinkeln wurden zu tiefen Furchen. Alles deutete darauf hin, daß er gleich eine grundlegende Erklärung abgeben würde. »Dann war es Selbstmord. Sie brachte sich selber um. Was für ein glücklicher Zufall, daß der Zaubertrick sie im kritischen Augenblick von der Bühne verschwinden ließ. Der plötzliche Tod eines Künstlers hätte doch im Publikum für beträchtliche Unruhe gesorgt.«

»Sie schrie, Sir«, entgegnete Cribb, »aber das war bei dem Trommelwirbel wohl kaum zu hören. Das Publikum weiß bis heute nicht, was passiert ist. Die meisten ließen sich von dem Trick täuschen und glaubten Lola zu sehen, als Bella in der Galerie auftauchte. Und auch falls jemand das Geheimnis gekannt hatte, so wußte er doch nicht, daß Lola bereits im Sterben lag, als sie auf der Matratze unter der Bühne auftraf.«

»Gott sei Dank. Sagen Sie, Sergeant, wie reagierte Miss Bella Pinkus darauf?«
»Sie wußte nichts davon, bis sie anfing, nach Lola zu suchen. Ich selbst überbrachte ihr die Nachricht. Zunächst wollte sie mir einfach nicht glauben. Konnte nicht verstehen, wie der Trick hatte so perfekt funktionieren können, wenn er sie tötete. Ich mußte ihr die Leiche zeigen, um sie zu überzeugen. Und dann trug sie es mit Fassung. Die Leute vom Theater denken sehr pragmatisch. Sie haben eine gewisse Zähigkeit an sich, die ich gern auch bei unseren Beamten sehen würde, Sir.« Cribb sagte das so beiläufig, daß Jowett sich darüber kaum in eine Diskussion einlassen konnte. Aber dennoch stand der Inspektor auf und stellte sich auf das Tigerfell vor dem Kamin. Auf dem Sims stand ein sepiabraunes Photo von ihm selbst in Jagdausrüstung. Ziemlich unbarmherzig dachte Thackeray darüber nach, daß der Stuhl auf dem Photo derselbe war, den er in einem Studio in Bayswater gesehen hatte.
»Nur eins ist mir noch nicht ganz klar, Sergeant. Sie deuteten an, die Stammgäste bei diesen mitternächtlichen Vorstellungen seien wohlhabende und einflußreiche Mitglieder der Londoner Gesellschaft.«
»Die Wandelgänge waren wie Rotten Row am Höhepunkt der Saison, Sir.«
»Dann erklären Sie mir doch bitte, wie sich zwei gewöhnliche Polizisten Zutritt verschaffen konnten.«
»Sie kannten Mr. Plunketts Tochter, Sir«, antwortete Cribb, als würde das alles erklären.

»Ich verstehe«, sagte Jowett und runzelte die Stirn. »Und Sie mischten sich bedenkenlos unter das Publikum? Sie beide?«
Thackerays Tasse klapperte unüberhörbar gegen die Untertasse in seiner Hand.
»Wir trennten uns, um keinen Verdacht zu erregen, Sir«, sagte Cribb. »Ich selbst saß im Parterre. Thackeray befand sich in einer — äh — prominenteren Position.«
»Das erklärt wohl, warum er nach Entdeckung von Miss Pinkus' Leiche als erster am Tatort war«, bemerkte Jowett.
Thackeray nickte heftig.
»Nun, Sergeant«, sagte Jowett und gab sich alle Mühe, gelöst zu wirken. »Ich bin zuversichtlich, daß Sie diese schmutzige kleine Geschichte schnell zu einem Abschluß bringen werden. Es dürfte ja nicht schwer sein, festzustellen, wo Miss Pinkus sich das Mittel zu ihrer Selbstzerstörung beschaffte. Es war Säure, sagten Sie?«
»Blausäure, Sir. So ziemlich die tödlichste, die es gibt. Und genug davon war auch vorhanden. Mehr als die Hälfte des Glasinhalts muß reine Säure gewesen sein.«
»Dann sollte es keine Schwierigkeiten geben. Kein Apotheker würde eine solche Menge Säure verkaufen, ohne es in seinem Giftjournal zu notieren.«
»Ich werde die übliche Überprüfung anordnen, Sir, aber ich bin nicht sehr optimistisch. Es ist schon zu viel von dem Zeug im Umlauf. Man verwendet es für Ratten, wie Sie wohl wissen. Die Eisenbahngesellschaft räuchert damit in regelmäßigen Abständen ihre Waggons aus. Auch in den Frachträumen

von Schiffen gibt es jede Menge Ratten. Gott weiß, wieviel Gift im Londoner Hafen verwendet wird. Sogar Plunkett glaubte, eine Flasche davon im Paragon zu haben, aber wir konnten sie nicht finden. Nach der Vorstellung vom Dienstag abend kann ich gut verstehen, daß das Theater regelmäßig ausgeräuchert werden muß, Sir.«

Jowett klopfte seine Pfeife am Kaminsims aus und stocherte dann mit einem Streichholz darin herum. »Nana, Sergeant, das klingt mir aber sehr nach den Zeitungsergüssen von ehemaligen Schullehrern, die mit ›Vater von drei Kindern‹ oder ›Einer, der reinen Herzens ist‹ unterzeichnen. Ich kann mir nicht vorstellen, daß sich hinter Ihrem Backenbart ein prüdes Hirn versteckt.«

Cribb Prüderie vorwerfen? Das gefiel dem Sergeant bestimmt nicht. Thackeray schloß die Augen und wartete auf die Explosion.

»Es liegt mir fern, Unzucht zu fördern«, fuhr der Inspektor fort, »aber bei Gott, Mann, es gibt Schlimmeres in London als ein paar leichtbekleidete Mädchen. Sie sind doch alt genug, um in einschlägigen Lokalitäten Ihre Erfahrungen gemacht zu haben.«

Irgendwie schaffte es Cribb, sich zu beherrschen. »Aber ich verstehe nicht, was das mit den Darbietungen im Paragon zu tun hat. Schließlich befanden sich Personen im Publikum, deren Namen im ganzen Land geachtet sind. Die saßen da in aller Öffentlichkeit mit Frauen lockerer Moral — teure Kurtisanen, das muß ich zugeben, aber dennoch meiner Meinung nach keinen Deut besser — und sahen sich Unanständigkeiten an, für die kein Theaterdirektor je eine offizielle Lizenz erhalten würde. Ich bin fest entschlossen, dafür zu sorgen, daß Plunkett erhält, was er verdient, unabhängig von Miss Pinkus' Tod.«

»Es war eine anstößige Vorstellung«, bekräftigte Thackeray. »Wir können ihn nach dem Gesetz belangen.«

»Und er wird dann zu vierzig Shilling Strafe verurteilt, weil er zuließ, daß in Hörweite eines Constables ein unzüchtiges Lied gesungen wurde?« entgegnete Jowett spöttisch. »Damit tun Sie Plunkett nicht weh. Ich will Ihnen einen Rat geben, Gentlemen. Am Dienstag abend haben Sie sich Einlaß verschafft zu einer Vorstellung, die eigens für eine Klasse von Zuschauern arrangiert wurde, die es gewohnt ist, sich in privatem Rahmen zu vergnügen. Man wird Ihnen verzeihen, daß Sie irrtümlich annahmen, diese Darbietungen hätten eine verderbliche Wirkung auf diese Personen. Aber Sie waren nicht in der Position, um ein Urteil abzugeben, und Sie sollten sich auch nicht zum Richter aufschwingen. Diese Leute leben in einer anderen Welt als Sie, Gentlemen, und auch als ich.«

»Wollen Sie damit sagen, daß sie über dem Gesetz stehen, Sir?«

»Ach, du meine Güte, nein, Sergeant. Aber das Gesetz trägt den Umständen Rechnung, und die Umstände, in die Sie sich am Dienstag einschlichen, gingen über Ihren Erfahrungshorizont. Solche Privatvorstellungen sind in London nicht unbekannt. Die Stammgäste wissen, was sie erwartet, und wir haben noch nie Klagen über die Art der Unterhaltung erhalten. Wenn man beim Yard etwas über die Ausübung des Gesetzes lernt, dann ist es die Be-

deutung der Diskretion. Diskretion, meine Herren, Diskretion in allen Dingen.«
Das war nun wieder typisch Jowett. Cribb warf Thackeray einen wissenden Blick zu, fast schon ein Blinzeln. »Dann wollen Sie also, daß wir unsere Ermittlungen auf den Tod von Miss Pinkus konzentrieren und bezüglich der Mitternachtsvorstellung Diskretion walten lassen?«
Der Inspektor nickte zufrieden. »Exakt, Sergeant. Konzentrieren Sie sich auf das wirkliche Problem. Es dürfte ja nicht lange dauern, bis Sie herausgefunden haben, warum sie sich tötete. In Kensington haben Sie ein ganzes Haus voller Plappermäuler, die Ihnen nur zu gern Informationen geben. Klatsch ist ein Teil der Varietétradition. Die Aussagen aus dem Paragon haben Sie ja bereits. Dann brauchen Sie dort wohl keine Zeit mehr zu verschwenden, oder?«
Cribb schüttelte den Kopf. »Tut mir leid, Sir. Das ist der Ort des Todes. Wir werden mit Sicherheit dorthin zurückkehren.«
»Sergeant, Sergeant«, drohte Jowett und winkte mit der Pfeife. »Wo bleibt die vereinbarte Diskretion? Mr. Plunkett hat einen Ruf zu verteidigen. Er kann keine Polizisten gebrauchen, die auf seiner Bühne herumpfuschen.«
Cribb stand entschlossen auf. »Wenn Sie so über unsere Arbeit denken, Sir ...«
»Um Himmels willen, Sergeant! So seien Sie doch nicht gleich beleidigt! Wir sind doch alle bei derselben Truppe. Und wir sind doch nicht so verdammt empfindlich, daß wir ein paar offene Worte nicht vertragen. Ich will doch nur vorschlagen,

daß Sie Ihre Ermittlungen auf Philbeach House beschränken und Mr. Plunkett gestatten —«

»Seine wohltätige Arbeit fortzusetzen, Sir? Ja, Sir, ich habe Sie verstanden«, sagte Cribb, »und wenn Sie mir den Befehl geben, Mr. Plunkett in Ruhe zu lassen, werde ich mich dem nicht widersetzen. Aber ich wäre Ihnen verbunden, wenn Sie es wirklich als Befehl äußern könnten, denn ich neige dazu, Vorschläge als das zu behandeln, was sie sind, und sie zu übergehen, wenn ich keine Logik darin sehe.«

Jowett seufzte. »Sie sind ein schwieriger Mensch, Cribb. Aber gut. Ich befehle Ihnen, das Paragon ohne vorherige Rücksprache mit mir nicht mehr zu betreten.«

»Vielen Dank, Sir. Und weil wir gerade dabei sind, offen miteinander zu reden, möchte ich nur klarstellen, daß ›herumpfuschen‹ keine korrekte Beschreibung des Verhaltens unserer Beamten ist. Ich bin mir nicht sicher, was Sie zu dieser Bemerkung veranlaßte, Sir, aber wenn es um Constable Thackerays Rolle in der Vorstellung vom Dienstag geht, möchte ich Ihnen mitteilen, daß ich dafür die volle Verantwortung übernehme. Es war makellose Detektivarbeit, so diskret, wie Sie es nur wünschen könnten, und der höchsten Auszeichnungen würdig. So wird es auch in meinem Bericht stehen, Sir.«

»Ich freue mich schon auf die Lektüre, Sergeant«, erwiderte Jowett eisig. »Der Begriff, den ich verwendete, war doch nur eine Frage der Wortwahl. Ich versuchte mich nur in Mr. Plunketts Lage zu versetzen. Es war nicht persönlich gemeint. Mehr habe ich im Augenblick nicht zu sagen.« Er deutete an, daß das Gespräch beendet sei, indem er zum Fenster ging und hinaussah.

»Da ist noch eine andere Angelegenheit, Sir.« Cribb blieb beharrlich. »Woolston, ein Gefangener in Newgate. Illusionist. Stieß seiner Assistentin ein Schwert durchs Bein, falls Sie sich noch an den Fall erinnern.«

»Schwach«, antwortete Jowett, ohne sich umzudrehen.

»Er ist unschuldig, Sir, falls unsere Hypothesen zutreffen. Man sollte die Anklage fallenlassen. Er war mit an Sicherheit grenzender Wahrscheinlichkeit auch für Philbeach House und das Paragon bestimmt. Ich zweifle nicht daran, daß Mr. Plunkett —«

»Ich werde mich damit befassen. Guten Tag, Gentlemen.«

Draußen in der wohltuenden Frische eines leichten Oktoberregens mußte Thackeray seiner Rührung Ausdruck geben und Cribb danken. »Das war sehr nett von Ihnen, Sarge.«

»Was?«

»Daß Sie so für mich eingetreten sind. Makellose Detektivarbeit und all das. Ich selbst hab es ja nicht für was Besonderes gehalten.«

»Ich auch nicht«, sagte Cribb. »Aber ich bin doch nicht so verrückt, mich von Typen wie Jowett beleidigen zu lassen.«

Schweigend betraten sie Whitehall und verließen es schnellen Schrittes wieder, in ihren Melonen nicht zu unterscheiden von den Staatsdienern, die aus der Admiralität zu den Pubs am Charing Cross eilten, um sich dort ein frühes Mittagessen zu sichern.

»Glauben Sie wirklich, daß es Selbstmord war, Sarge?« fragte Thackeray nach einer Weile.

»Nein«, antwortete Cribb. »Das habe ich auch nie gesagt.«

»Aber der Inspektor, und Sie haben ihm nicht widersprochen. Seine Entscheidung schien ja bereits festzustehen.«

»Und er muß an dieser Entscheidung festhalten«, sagte Cribb. »Ein Mord ist in seiner Situation undenkbar.«

»Und warum das, Sarge?«

»Wir haben in ein Wespennest gestochen, Constable, und da sind einige ziemlich dicke Exemplare drin.«

»Parlamentsmitglieder?«

»Ja, und andere. An dem Abend im Paragon bemerkte ich einige Gesichter, die ich um alles in der Welt nicht einordnen konnte. Schwergewichtige Kerle mit kurzgeschnittenen Haaren und preußischen Schnurrbärten, die da in ihren Logen saßen und ihre Schätzchen mit Austern fütterten. Ich habe eine schlaflose Nacht damit zugebracht, mir zu überlegen, wo ich die schon gesehen hatte. Heute morgen fiel es mir dann plötzlich ein — im Direktorenbüro im Yard.«

»Gütiger Himmel!«

»Ein Mordfall würde dem Paragon eine Menge ungewollter Werbung bringen, wenn die Presse davon Wind bekäme. Und für Jowetts Karriere wäre es auch nicht gerade ein Vorteil, wenn die Namen der Zuschauer vom Dienstag abend bekannt würden. Denken Sie nur an das ganze Gerede über Diskretion. So ist es wahrscheinlich am besten, wenn

Jowett weiter Lolas Tod für einen Selbstmord hält. Wenn ich Mord nur erwähne, gerät wahrscheinlich jemand in Panik. Und dann kann es durchaus sein, daß wir beide wieder Streife gehen.«

»Da erstarrt einem ja das Blut zu Eis, Sarge.«

An diesem Punkt hielten es nun beide Polizisten für notwendig, ihren Kreislauf mit zwei oder drei Pints Ale wieder in Schwung zu bringen. »Besuchen wir nun Philbeach House, wie es der Inspektor vorgeschlagen hat, Sarge?« fragte Thackeray, als er den Eindruck hatte, Cribb sei nun wieder bereit, über den Fall zu reden.

»Ich hätte das sowieso getan. Ich muß noch mehr über die Pinkus-Schwestern herausfinden und was die anderen Gäste über sie dachten. Genaugenommen will ich erfahren, was in Philbeach House wirklich vor sich geht.«

»Aber das dauert Tage, Sarge, wenn Sie alle Gäste befragen wollen.«

»Es gibt eine Abkürzung«, erwiderte Cribb. »Wissen Sie noch, ich habe doch eine Einladung zu einem privaten Besuch erhalten?«

»Mrs. Body!«

»Niemand ist in einer besseren Position, um mir alles zu erzählen, was ich wissen will. Das ist der kürzeste Weg, Thackeray. Ich werde Mrs. Bodys Einladung annehmen und mir die Loge aus dem alten Alhambra ansehen.«

»Ihr privates Zimmer? Sie wird Sie kompromittieren. Daran dürfen Sie nicht einmal denken, Sarge. Das ist moralischer Selbstmord. Der Yard hat kein Recht, das von Ihnen zu erwarten. Ich bin mir verdammt sicher, daß Inspektor Jowett nicht hingehen würde.«

»Jowett hat ja auch keine Einladung erhalten«, sagte Cribb. »Der Yard hat damit nichts zu tun. Das ist ganz und gar meine Entscheidung. Um die Wahrheit zu sagen, ich freue mich sogar darauf.«
Das war also der Mann, den Jowett als prüde bezeichnet hatte... Thackeray ging zur Bar und bestellte einen doppelten Whisky.

13

Cribbs Initiative erlitt noch am gleichen Nachmittag einen zeitweiligen Rückschlag. Derselbe kampferprobte Diener, der ihnen schon beim ersten Besuch die Tür geöffnet hatte, erklärte mit sehr endgültiger Miene, die Mistress sei beschäftigt. Sie dürfe nicht gestört werden. Und der Besucher solle es doch an einem anderen Nachmittag versuchen. An diesem Punkt wäre das Rendezvous beinahe schon zu Ende gewesen, bevor es begonnen hatte, hätte Cribb nicht entschlossen den Fuß in die Tür gestellt. Ob er denn wenigstens eine Visitenkarte habe? Er hatte keine Karte, aber sein Polizeiausweis diente als Beweis seiner Ehrbarkeit. Ob das ein offizieller Besuch sei? Nein, ein privater: Mrs. Body habe ihn eingeladen. In diesem Fall könne er im Haus warten, aber es sei nicht sicher, ob sie ihn empfangen würde. Vor dem Tee dürfe man sie auf keinen Fall stören.

So führte man ihn in ein kleines Vorzimmer mit hochlehnigen Stühlen, einem Tisch und einer Etagère, auf der sich Theaterzeitschriften stapelten. Eine große, marmorne Uhr auf dem Kaminsims tickte mit einer Lautstärke, die der Größe des Zimmers nicht ganz angemessen war. Er setzte sich auf einen Stuhl mit dem Rücken zur Uhr und blätterte durch *The Bill of the Play* für das Jahr 1880. So wie die Zeitschriften in ärztlichen Wartezimmern immer mit Reklame für die entsetzlichsten Quacksal-

bereien vollgestopft waren, prangten in Mrs. Bodys Literatur üppige Illustrationen von sich umarmenden Schauspielern und Schauspielerinnen. Als Cribb zu einer Reklame für Korsetts kam, schloß er die Zeitschrift.
Man konnte kaum den Diener dafür verantwortlich machen, daß er Cribb bei dessen Ankunft in Philbeach House nicht gleich erkannt hatte. Denn er war nicht nur ohne seinen unvergeßlichen Assistenten (der sich währenddessen im Polizeirevier in der Paradise Street auf die Nägel biß) gekommen, er war auch insgesamt viel extravaganter gekleidet: eine purpurrote Krawatte mit passendem Brusttuch, ein karierter Norfolk-Anzug und als Abschluß ein Glengarry-Hut. Dazu eine gelbe Rose im Revers. Wie die Etikette es verlangte, behielt er Hut und Regenschirm bei sich.
Kurze Zeit später klingelte ein weiterer Besucher. Der Diener schlurfte zur Tür. Eine Frauenstimme. Vertraut. Cribb ging zur Tür und horchte. Näherkommende Schritte und das Geraschel von Röcken ließen ihm kaum Zeit, zurückzutreten, bevor die Tür geöffnet wurde. Die Dame wurde ohne viel Umstände ins Zimmer geführt und dort mit Cribb allein gelassen.
»Wie geht es Ihnen, Miss Blake?«
»Sergeant! Was für eine angenehme Überraschung.« Ihr regenfeuchtes Gesicht leuchtete rosig unter ihrem Samthäubchen.
»Ganz meinerseits, Miss. Ich darf wohl annehmen, daß Sie Albert besuchen wollen.«
»Ja. Es ist schon ein eigenartiger Zustand, wenn eine Lady ihren jungen Mann besucht, nicht wahr?

Aber Sie kennen ja die Umstände hier. Bis auf die Smee-Brüder darf keiner der Gäste das Haus verlassen.«
»Die Leichenbestatter?«
»Ja. Und sie gehören eher zum Personal als zu den Gästen. Wenn ich also Albert sehen will, muß ich ihn besuchen. Ich darf mich mit ihm im Salon unterhalten. Mrs. Body spielt für gewöhnlich die Anstandsdame.«
»Sehr anständig, Miss. Wie geht es Albert?«
Ellen Blakes Augen bekamen einen feuchten Glanz. »Er scheint sich hier sehr gut eingelebt zu haben. Er beklagt sich nicht.«
»Soweit ich sehe, ist das ja ein richtiges Luxusleben, Miss. Er wird es sicher eine Zeitlang genießen, nach seiner Unterkunft in Lambeth. Aber es wird ihm bestimmt langweilig werden, sobald er wieder gesund genug ist, um aufzutreten.«
»Ich hoffe, daß Sie recht behalten, Sergeant. Gewisse Dinge an diesem Haus und einige Leute hier lassen mich um Albert fürchten. Warum sind Sie hier? Hat es etwas mit dem tragischen Unfall im Theater meines Vaters zu tun?«
Cribb hob die Schultern. »Ein privater Besuch, Miss. Mrs. Body lud mich ein, einige ihrer architektonischen Schmuckstücke zu betrachten.« Er zwinkerte. »Als Anstandsdame wird sie für Sie heute keine Zeit haben.«
»Sie waren Dienstag nacht im Theater, nicht wahr, Sergeant? Sie blieben zur zweiten Vorstellung? Ich weiß es von meinem Vater. Er erlaubt mir nicht, bei den Wohltätigkeitsveranstaltungen anwesend zu sein, aber ich kann mir ungefähr vorstellen, was da

vor sich geht. Die Polizei wird aber doch jetzt sicher einen Riegel vorschieben, oder?«
»Das weiß ich nicht, Miss. Es fällt nicht in meine Verantwortlichkeit.«
Die Tür wurde aufgestoßen. Der Diener streckte sein häßliches Gesicht herein. »Mistress hat sich eben über die Sprechröhre gemeldet. Sie ist jetzt frei, sagt sie. Sie können hinaufgehen.«
Cribb nahm Hut und Regenschirm in die Hand. »Grüßen Sie Albert von mir, Miss. Ich glaube, er ist bald wieder kräftig genug, um dieses Haus verlassen zu können.« Er verbeugte sich leicht und begab sich zu seinem Rendezvous mit Mrs. Body mit der Würde eines elisabethanischen Adligen, den man zum Henkersblock führt.
»Da entlang«, grunzte der Diener und schlurfte voraus. Er wiederum gab einen sehr überzeugenden Henkersknecht ab. Sie durchquerten das Foyer und kamen durch eine Tür mit der Aufschrift *Privat* in einen schmalen, mit Teppichen ausgelegten Gang. An dessen Ende stieg eine Wendeltreppe in die Höhe.
»Die Treppen hoch, Bulle. Ihr Zimmer ist da oben.« Bei diesen Worten kehrte Cribbs Begleitung um und schlug die Tür zu.
Cribb stieg langsam die Treppe hoch, wobei er seinen Schirm wie ein Schwert packte und sich eng an der gewundenen Wand hielt, weil dort die Stufen am breitesten waren. Er befand sich nun im Inneren eines turmähnlichen Anbaus, der von der Zufahrt aus eben noch sichtbar war. Bleiverglaste Fenster ließen wenig Licht herein. Der Teppich auf den Stufen dämpfte seine Schritte.

Auf etwas mehr als halber Höhe blieb er stehen. Ein dumpfes, rhythmisches Geräusch über ihm deutete an, daß jemand die Treppe herunterkam. Für eine Frau klang der Schritt viel zu fest. Ein Mann in Mrs. Bodys Privatgemächern! Cribb stieg vier Stufen hinunter und stellte sich in den Schatten an der Wand, von wo aus er einen guten Ausblick hatte auf den Lichtstreifen, der durch das Fenster in der gegenüberliegenden Wand gute zwei Meter über ihm in das Treppenhaus fiel. Vermutlich wußte der Mann, daß Cribb auf dem Weg nach oben war, aber er konnte nicht wissen, wo genau er sich befand. Wenn der Diener blieb, wo er war, hatte Cribb für den Augenblick einen Vorteil. Die Schritte kamen näher, wenngleich auch nun etwas unregelmäßiger. Cribb beobachtete wie ein Naturforscher eine im Lichtkegel gefangene Motte.
Dann tauchten das Gesicht und die Gestalt auf, in einem fast gespenstischen Weiß, ein bleiches Gesicht mit durchdringenden blauen Augen. Und ein grauer Haarschopf, der widerspenstig vom Kopf abstand.
»Mein Gott, Major Chick!« rief Cribb und lief auf ihn zu.
»Scotland Yard ist wieder mal an Ort und Stelle, wie ich sehe«, murmelte der Major. Sein Atem roch nach Gin. Er trug einen zerknitterten weißen Anzug mit den Überresten einer roten Nelke im Knopfloch. Seine Krawatte war gelöst. Die Schnürsenkel ebenso. »Muß vorausdenken bei dem verdammten Job, Sergeant. Bringt doch nichts, Hunderte von Giftjournalen zu wälzen.« Er klopfte sich an die Stirn. »Intelligenz fängt den Kriminellen.«

Cribb hielt ihn an der Schulter fest und überlegte sich, ob er ihn ohne Hilfe sicher weitergehen lassen könnte.
»Was is 'n das?« wollte der Major wissen und tippte Cribb ans Revers. »Ich würd sie abnehmen, wenn ich Sie wäre, Sergeant. Seh'n Se, was mit meiner passiert ist. Die is nich interessiert an der Verzierung. Die will den Kuchen.« Damit schob er Cribb beiseite und stieg selbstbewußt die Treppe hinunter.
Der Sergeant schüttelte mißbilligend den Kopf und sah dem Major nach, bis er verschwunden war. Dann blickte er wieder nach oben. Er stieg zwei Stufen höher, runzelte die Stirn und zog schließlich die Rose aus dem Knopfloch und steckte sie in die Tasche, bevor er weiterging.
Der kleine Messingtürklopfer vor Mrs. Bodys Suite hatte die Form eines Champagnerkorkens.
»Das klingt aber verdächtig nach der Kriminalpolizei«, rief Mrs. Body von drinnen. Sie öffnete die Tür. Obwohl Cribb zwei Stufen unter ihr stand, überragte er sie. »Was für eine angenehme Überraschung, Mr. Cribb. Ich freue mich ja so, daß Sie meine Einladung ernst genommen haben. Willkommen in meinem Nest.«
»Sehr erfreut, Madam.«
Er betrat ein nicht übermäßig großes, kreisrundes Zimmer, das von Gasleuchten erhellt wurde. Zwei Drittel der Wände waren von dunkelroten, vom Boden bis zur Decke reichenden Vorhängen verdeckt. Zu seiner Rechten, als Anbau an der noch freien Wand, stand die Loge aus dem Alhambra, eine großartige Holz- und Stuckkonstruktion im Barockstil,

mit vergoldeten Musen, die einen Baldachin aus Puttenengeln stützten. Schwere, goldene Seidenvorhänge begrenzten in üppigen Falten die Seiten.
»Nimmt einem den Atem«, sagte Cribb.
»Aber ich hoffe doch, nicht für lange«, entgegnete Mrs. Body. »Sehen Sie sich das Innere an.« Sie führte ihn hinter einer der Musen vorbei in die Loge. Die Einrichtung war authentisch bis ins Kleinste: zwei hochlehnige Sessel mit gestreiften Satinbezügen, ein kleiner Tisch für Getränke, rotgoldene Mustertapeten.
Cribb entdeckte hinter dem Sessel eine lackierte Tür. »Wo führt die hin — ins Foyer?« fragte er humorvoll.
»Nein«, antwortete Mrs. Body. »In mein Schlafzimmer. Aber ich muß Sie warnen, dahinter ist eine steile Treppe.«
»Ich werde daran denken, Madam.«
»Bitten setzen Sie sich doch und legen Sie ab. Ich kann die Vorhänge zuziehen, wenn Sie es gemütlicher finden. Bevor ich sie kaufte, wurden sie wahrscheinlich nie zugezogen. Was kann ich Ihnen zu trinken anbieten?«
Cribb sah nirgends Karaffen stehen. Etwas verwundert bat er um Gin.
»White Satin?« fragte Mrs. Body. »Davon haben wir genug. Natürlich von Butterleigh.«
»Natürlich.«
Sie schob den Vorhang ein Stück zur Seite und hielt sich ein Sprechrohr an den Mund: »Zwei Gin, bitte.« Dann wandte sie sich wieder Cribb zu und fragte: »Sind Sie auf der Treppe dem Konteradmiral begegnet?«

Cribb nickte. »Ach, das ist er also.«
»Ein persönlicher Freund von Sir Douglas. Schon eigenartig für einen Seemann, daß er keinen Alkohol verträgt. Vielleicht hätte ich ihm Rum anbieten sollen.« Von irgendwoher kam ein Maschinengeräusch. »Oh, das werden unsere Getränke sein.« Sie stand auf und öffnete eine kleine Tür, die perfekt im raffinierten Wandschmuck verborgen war. Auf einem Servierlift standen zwei Gläser. »Sehen Sie, ich bin mit jedem in Verbindung, aber sicher vor Eindringlingen. Wollen Sie auch meine anderen Vorrichtungen sehen?«
Cribb zögerte und schielte aus den Augenwinkeln auf die Tür hinter seinem Stuhl.
»Sie sind doch nicht nervös, Mr. Cribb?« Sie zog an einer Kordel zu ihrer Linken, die Vorhänge an der gegenüberliegenden Wand teilten sich und enthüllten einen etwa zwei Meter breiten weißgetünchten Wandausschnitt. »Wenn Sie nun bitte das Gaslicht über Ihrem Kopf zurückdrehen wollen. Vielen Dank. Sehen Sie!«
Das Licht war gedämpft bis auf eine kleine blaue Flamme, und nun zeigte sich auf der gegenüberliegenden Wand ein einzigartiges Bild, ein farbiges Panorama mit schwankenden Bäumen und winzigen Gestalten auf grünem Rasen.
»Die Kensington Gardens wie in Natur!« rief Cribb aus.
»Eine Camera obscura«, erklärte Mrs. Body. »Sie ist auf dem Dach des Turms montiert. Das Bild wird über eine Anordnung von Spiegeln und Linsen auf die Wand geworfen. Mit einem Hebel kann ich die Kamera drehen, so daß sie die ganze Aussicht vom

Turm erfaßt, einschließlich der Häuser und Gärten meiner Nachbarn. Das ist manchmal eine recht vergnügliche Unterhaltung.«
»Das glaube ich Ihnen gern«, sagte Cribb. »Ich wunderte mich schon, wie Sie, hier in dieser Loge und mit einer leeren Wand vor sich, Ihre ganze Zeit zubringen. Höchst einfallsreich. Scotland Yard könnte einige davon brauchen, auf gewissen höheren Gebäuden der Stadt.«
»Ach ja. Nur schade, daß Mr. Body sich der Mehrheit auf der anderen Seite angeschlossen hat. Er hätte für Scotland Yard wahre Wunder wirken können. Sie müssen wissen, er war ein Mann der Wissenschaft. Ich habe eine Schwäche für Männer mit Erfindungsgabe. Im Erdgeschoß habe ich ein ganzes Zimmer mit Vorrichtungen und Chemikalien. Ich besitze eine Laterna magica, die er konstruierte. Die Bilder werfe ich immer auf diese Wand. Es sind Bilderfolgen mit Melodramen und einige sehr zierliche Körperstudien, die Sie sich vielleicht später, nach ein oder zwei Gläschen, ansehen wollen. Die Gentlemen, die mich besuchen, sind für gewöhnlich —«
»Würde es Ihnen etwas ausmachen, wenn ich mich auf sehr persönliche Art an Sie wende, Madam?« fragte Cribb plötzlich.
»Aber ganz und gar nicht, mein Lieber.« Mrs. Body rückte ihren Stuhl näher an Cribbs heran. Sie trug eine schwarze Satinrobe, die bei jeder Bewegung raschelte.
»Da Sie so freundlich waren, mir Ihr Boudoir zu zeigen, Madam —«
»Es ist mir eine Freude, Mr. Cribb.«

Cribb verschluckte sich an seinem Gin. »Ganz meinerseits. Ich hielt es für richtig, Sie zu warnen, daß aus einem Vorfall im Paragon am letzten Dienstag gewisse Komplikationen entstehen könnten.«

»Lola Pinkus' Unfall.«

»Kein Unfall, Madam. Mit ziemlicher Sicherheit Mord. Der dortige Direktor, Mr. Plunkett, könnte in große Schwierigkeiten kommen. In seiner Aussage vor der Polizei erwähnte er eine Verbindung mit Ihnen —«

»Unerhört! Mein Ruf ist über jeden Tadel erhaben.«

»Nichts Anstößiges, Madam«, fügte Cribb eilig hinzu. »Niemand würde es wagen, etwas Ähnliches auch nur anzudeuten. Darf ich das Licht wieder etwas höherdrehen? Nein, die fragliche Verbindung ist rein geschäftlicher Art, Madam. Soviel ich weiß, werden die Artisten von Mr. Plunketts Mitternachtsvorstellung in einem Privatbus vom Paragon nach Philbeach House gebracht.«

»Aber natürlich, ja.« Mrs. Body nahm einen großen Fächer und fächelte sich erregt Luft zu. »Es ist die einzige Gelegenheit, bei der sie das Haus verlassen. Sie haben alle versprochen, keinen Schritt vor die Tür zu tun. Hier haben sie alles, was sie brauchen.«

»Und was passiert, wenn sich jemand nicht daran hält, Madam?«

»Man würde ihn bitten, das Haus zu verlassen. Aber meine Gäste sind ja nicht dumm, Mr. Cribb. Sie sind hier, weil sie nicht mehr zu vermitteln sind. Sie würden verhungern, wenn sie das Haus verließen.«

»Sie haben also keine andere Wahl.«
Mrs. Body rief in die Sprechröhre: »Noch Gin, bitte. Die ganze Flasche.«
»Das klingt sehr einschränkend, Madam — für einen Außenseiter, meine ich.«
»Ganz und gar nicht. Die Gäste kommen aus freiem Entschluß hierher. Ich werde dafür bezahlt, damit ich mich um sie kümmere und damit es keine Klagen gibt. Mr. Plunkett gibt ihnen Arbeit. Ich gestatte sogar Besucher, wenn es ehrbare Leute sind. Ach, da ist der Gin. Lassen Sie mich Ihnen nachschenken.«
»Ich nehme an, Sie wissen nicht viel über diese Wohltätigkeitsveranstaltungen im Paragon?« sagte Cribb.
»Überhaupt nichts, Mr. Cribb, außer dem, was ich bei den Proben mitbekomme. Ist irgend etwas vorschriftswidrig an diesen Vorstellungen?«
»Darüber möchte ich mich lieber nicht auslassen, Madam. Sie haben also noch nie eine Vorstellung gesehen, Madam?«
»Meine Pflichten fesseln mich ans Haus. George und Bertie, die Leichenbestatter, begleiten die Künstler zum Paragon. Ich weiß wirklich nicht, was dort vor sich geht.«
»Dann haben Sie nichts zu befürchten, Mrs. Body. Aber Sie können mir dennoch helfen. Erzählen Sie mir, was für ein Mädchen die junge Lola Pinkus war. Verstand sie sich gut mit den anderen Gästen? Würden Sie sagen, daß sie ein geselliges Wesen war?«
Mrs. Body kicherte leicht. »Verzeihen Sie meine Belustigung, Mr. Cribb. Aber Lolas Geselligkeit war unerreicht.«

»Wollen Sie damit sagen, daß sie ...«

»Unverschämt flirtete, Mr. Cribb. Man soll ja nicht schlecht über Verstorbene sprechen, aber offen gesagt, die Vertreter des anderen Geschlechts waren für Lola wie Applausvorhänge im Theater: jeder einzelne eine neue, freudige Überraschung. Sam Fagan, Bellotti, Professor Virgo, fast das gesamte Orchester des Paragon. Es hat da einiges an bösem Blut gegeben, das kann ich Ihnen versichern. Sie und ihre Schwester hatten Bellotti versprochen, ihm bei seiner Faßnummer zu assistieren. Sie können sich die Enttäuschung des armen Jungen vorstellen, als Lola sich statt dessen mit dem Professor einließ.«

»Ach«, bemerkte Cribb. »Dann war er also eifersüchtig.«

»Es hat Bellottis Nummer ruiniert. Ein Mann auf Fässern ist ohne hübsche Assistentin keine besondere Attraktion. Soviel ich weiß, wurde er im Paragon mit Orangenschalen beworfen.«

»Hatte er wegen der Mädchen Streit mit Virgo?«

»Nein, nein«, sagte Mrs. Body. »Bellotti wußte, daß der Professor ihm die Mädchen nicht weggenommen hatte. Ich will gar nicht darüber nachdenken, wie sich die Mädchen bei dem Professor einschmeichelten, aber die Nummer, zu der sie ihn schließlich überredeten, hatte mit seiner übrigen Darbietung nichts zu tun. Er ist ein reinrassiger Schwert- und Feuerschlucker, kein Zauberer. Der arme Mann war wirklich sehr traurig darüber, aber Lola hatte sicher Mittel und Wege gefunden, um ihn zur Mitarbeit zu bewegen.«

»Sind Sie sicher, daß es nicht Bella war, die ihn überredete?«

Mrs. Body schüttelte sehr nachdrücklich den Kopf. »Bella besaß überhaupt keine Eigeninitiative. Sie ließ sich vollkommen von ihrer Schwester beherrschen. Oh, es gab genug Streit zwischen den beiden, und nicht gerade zahmen. Die Ausdrücke, die sie gebrauchten, Mr. Cribb! Aber Lola hatte immer das letzte Wort. Nur ein einziges Mal fand sie ihren Meister, und das war letzten Montag.«

»Wie das?«

»Sie kennen doch meine neuen Gäste, Albert, den starken Mann, und seine Mutter? Sie trafen am Sonntag ein und brachten ihre Bulldogge mit. Normalerweise erlaube ich keine Haustiere, aber da Beaconsfield auf den Brettern gestanden hatte wie wir alle und ein aktives Mitglied der Truppe war, machte ich eine Ausnahme. Die Dame hängt sehr an dem Tier, müssen Sie wissen, und sie fragte mich, ob der Hund sich beim Dinner am Montagabend unter dem Tisch zu ihren Füßen legen dürfe. Ich selbst hatte nichts dagegen, da es ja ein zahmes Tier zu sein schien, aber ich sagte ihr natürlich, Beaconsfield müsse den Speisesaal verlassen, falls einer von den Gästen daran Anstoß nehmen sollte. Ich dachte dabei an Professor Virgo, einen Mann höchster Sensibilität.«

»Ich verstehe.«

»Nun, ich sorgte dafür, daß Beaconsfield unter dem Tisch verstaut war, bevor ich den Gong ertönen ließ. Eins mußte man diesem Hund lassen, er gab keinen Ton von sich. Wahrscheinlich war er eingeschlafen. Der Professor nahm seinen Platz ein — natürlich hatte Lola ihm neben sich einen Stuhl reserviert —, und alles ging gut bis zum Dessert, den Früchten und den Baisers. Nun schien Lola plötzlich einen Muskelkrampf bekommen zu haben, denn ihr Baiser sprang ihr vom Teller und rollte unter den Tisch. ›Oh!‹ rief sie. ›Mein Baiser!‹ Professor Virgo — ein Gentleman vom Scheitel bis zur Sohle — bückte sich unter den Tisch, um es wiederzuholen. Das alles geschah, bevor wir überhaupt einen klaren Gedanken fassen konnten. Wir hörten nur ein Jaulen von dem Hund und einen Ausdruck des Erstaunens vom Professor, gefolgt von einem dumpfen Schlag, als er aufzustehen versuchte. Mann und Hund waren unglaublich erregt, Mr. Cribb, und Lola lachte wie ein Kind im Kasperltheater.«

»Höchst bedauerlich.«

»Aber Alberts Mutter war noch inkommodierter als alle anderen. Sie glaubte, Lola habe das Baiser absichtlich in Beaconsfields Richtung rollen lassen. Wenn man nicht einmal ein braves Haustier mit in den Speisesaal bringen könne, ohne daß ein hinterhältiges Mädchen es mit Baisers bewarf, so sagte sie, dann wolle sie in Zukunft ihre Mahlzeiten in ihrem Zimmer einnehmen und rate allen anderen, es ebenso zu tun. Worauf Lola erwiderte, ein Speisesaal sei kein Ort für ein — verzeihen Sie, Mr. Cribb — stinkendes Vieh. In diesem Fall, darauf Alberts Mutter, müsse Lola selbst den Raum verlassen, da zumindest Beaconsfield alle vierzehn Tage bade. Es war das einzige Mal, daß ich Lola je sprachlos sah. Irgendwie wußte man, daß sie, gleichgültig, was sie sagte, immer von Alberts Mutter übertrumpft würde.«

»Eine erstaunliche Dame«, bemerkte Cribb zustimmend. »Ich glaube nicht, daß in diesem Ballonkorb im Paragon alle ihre Fähigkeiten zum Tragen kommen. Als Britannia bei Alberts Hantelnummer ist sie wirklich ein vorzüglicher Anblick.«

»Da habe ich gute Nachrichten für Sie, Mr. Cribb. Sie wird in Kürze ihren Sohn bei einer Reihe von Auftritten im Paragon begleiten. Dank einiger Whiskyeinreibungen hat sich sein Bein unerwartet schnell gebessert, er trainiert bereits wieder. Am kommenden Dienstag kann er sicherlich schon auftreten.«

»Dienstag?« fragte Cribb.

Mrs. Body legte Cribb eine Hand aufs Knie. »Scotland Yard ist heute nachmittag aber etwas langsam. Die nächste Wohltätigkeitsveranstaltung im Paragon, Sie begriffsstutziger Detektiv! Das müssen Sie doch wissen!«

Cribb blieb der Mund offen. »Wollen Sie damit sagen, daß diese Veranstaltungen fortgeführt werden, Madam?«

Sie lachte lauf auf. »Nun, es würde etwas schwierig werden, die Vorstellung abzusagen, glauben Sie nicht?«

Cribb stand auf. »Ich weiß nicht, was Sie damit meinen, Madam. Da wird eine junge Frau auf der Bühne ermordet, und man plant schon kaltblütig die nächste Vorstellung! Für mich ist das gefühlskalt.«

»Vielleicht wirkt das auf Sie so, Mr. Cribb, aber es gibt eigentlich keine andere Wahl. Die Vorstellung wurde vor Lolas so frühzeitigem Tod angesetzt. Nach meinen Informationen erwartet das Paragon an diesem Dienstag einen höchst vornehmen Gast. Man darf ihn auf keinen Fall enttäuschen. Genaugenommen wurde diese Vorstellung sogar befohlen.«

Cribb wurde blaß. »Mein Gott! Nicht der ...«

»Er ist alt genug, um zu wissen, was er will. Wenn er beliebt, sich für das Paragon zu interessieren, dann dürfen wir ihn nicht enttäuschen. Deshalb gibt sich auch Albert alle Mühe, wieder auf die Beine zu kommen. Die Ehre, Sie verstehen. Aber was tun Sie denn, Mr. Cribb?«

»Ich klettere über die Brüstung Ihrer Loge, Madam. Ich fürchte, ich kann nicht bleiben. Höchst dringende Geschäfte!«

»Noch eine Flasche Gin«, rief Mrs. Body traurig in das Sprechrohr, als Cribbs Schritte verklungen waren.

14

Am Sonntag vormittag saßen Cribb und Thackeray in einem Omnibus zur Kensington High Street. Es war eine trübsinnige Fahrt. Der erste Winternebel verhüllte die Sicht auf die belebten Bürgersteige. Die Fahrgäste sahen nur, was sich nahe an den Fenstern abspielte: die ruckenden Köpfe der Droschkenpferde, die flackernden Kutschenlaternen und die schreiende Werbung für Kakao und Streichhölzer auf den entgegenkommenden Bussen. Thackeray saß vornübergebeugt, die Ellbogen auf die Knie gestützt, und spielte mit einer Zigarettenschachtel auf dem strohbedeckten Boden. Da er sehr genau wußte, wann ein Gespräch mit Cribb nicht ratsam war, ließ er Cribb mit seinem Monolog fortfahren und warf nur hin und wieder eine höfliche Frage ein.

»Ich verlang ja nicht viel, Thackeray. Ich beklage mich weder über die Arbeitsstunden noch über die Fälle, die ich bekomme, und auch nicht über die Mitarbeiter, mit denen ich mich abplagen muß. Ich bin doch ein umgänglicher Mensch, oder? Es gibt viele Unzufriedene in der Truppe, aber ich zähle mich nicht dazu, obwohl ich eigentlich mehr Grund zum Klagen hätte als die meisten. Aber ein Beamter hat doch das Recht, seine Vorgesetzten um Beistand zu bitten, oder nicht? Vorgesetzte, daß ich nicht lache. Wissen Sie, wo ich ihn schließlich fand, nachdem ich eineinhalb Stunden damit zugebracht hatte, den halben Scotland Yard davon zu überzeugen, daß die Sache wichtig genug sei, um ihn in seiner Freizeit zu stören? Was glauben Sie?«

»Ich weiß nicht, Sarge. In seinem Club?«

»Im Westminster-Aquarium, wo er in so ein verdammtes Fischbecken hineinglotzte. ›Oh‹, sagte er zu mir, ›ich wußte gar nicht, daß sie Ichtyologe sind, Sergeant.‹ Wir beide laufen durch die Stadt wie die Verrückten und versuchen, eine nationale Katastrophe zu verhindern, während Inspektor Jowett das Verhalten der Goldfische studiert! ›Tut mir schrecklich leid, Sie privat stören zu müssen‹, sagte ich, ›aber es ist von höchster Wichtigkeit, daß wir die nächste Vorstellung im Paragon verhindern.‹ Ich erzählte ihm, was ich von Mrs. Body erfahren habe, und was glauben Sie, was er darauf antwortete? ›Ach‹, sagte er und drückte weiter seine Nase an die Scheibe, ›das weiß ich schon längst. Kein Grund zur Aufregung, Sergeant. Befragen Sie nur weiter Ihre Ballettmädchen und überlassen Sie die Staatsangelegenheiten den Leuten, die etwas davon verstehen.‹ Thackeray, ich glaube nicht, daß er die Absicht hat, die Vorstellung zu verhindern.«

»Aber Sie haben Ihre Pflicht getan, Sarge. Mehr können Sie nicht tun, außer wenn Sie Plunkett noch vor Dienstag einen Mord vorwerfen.«

»Vielleicht werde ich langsam zum Zyniker«, sagte Cribb, »aber ich habe das Gefühl, daß es wenig hilft, Plunkett irgend etwas vorzuwerfen. Er ist einer von den größeren Fischen, auf die Jowett ein Auge geworfen hat. Man kann sicher einiges gegen Plunkett vorbringen. Als Direktor hatte er jede Gelegenheit, um Lola Pinkus zu vergiften. Kein Mensch würde sich darum kümmern, wenn er hinter der Bühne auftaucht oder sich an den Requisiten zu schaffen macht. Er kannte die Reihenfolge der Darbietungen auswendig, und auch Virgos Nummer. Das Gift war im Haus verfügbar. Und der Mord selbst war verdammt professionell ausgeführt, oder? Hat die Vorführung in keinster Weise gestört. Außerdem, er war einer der ersten am Tatort.«

»Aber warum sollte er das Mädchen vergiften wollen, Sarge?«

»Plunkett hat eine Menge Geld und eine Menge Dinge, die er gern für sich behalten würde. Vielleicht hatte Lola versucht, ihn zu erpressen. Ein Mann wie er läßt doch nicht zu, daß ihm ein so lächerlicher Fratz in die Quere kommt. Also bringt er sie so unauffällig wie möglich auf die Seite. Wenn wir nicht zur Stelle gewesen wären, hätte er die ganze Sache als Herzversagen ausgegeben, und das Mädchen wäre tags darauf beerdigt worden.«

»Ungeheuerlich!«

»Aber das ist natürlich nur Theorie. Wir müßten uns über das Motiv ganz sicher sein. Doch solange wir den Befehl haben, Plunkett in Ruhe zu lassen, werden wir das wohl kaum schaffen, was?«

»Man kommt sich so machtlos dabei vor, Sarge.«

Zum erstenmal an diesem Vormittag hellten sich Cribbs Augen auf. »Nun, so schlimm hat's mich auch wieder nicht getroffen, Constable. Mir ist noch eine Möglichkeit eingefallen, nur eine Möglichkeit. Wenn sich das Gesetz nicht mit Plunkett

befassen kann, heißt das doch nicht, daß es ein Privatdetektiv ebensowenig könnte.«
»Major Chick? Deshalb besuchen wir ihn also!«
»Das ist nur ein Grund, Thackeray. Da sind noch verschiedene Dinge, die ich gern vom Major erfahren möchte. Außerdem habe ich noch nie einen Privatdetektiv zu Hause gesehen. Sie etwa?«
Major Chicks Wohnung lag etwa zwei Minuten von der Bushaltestelle entfernt, eine Zimmerflucht im ersten Stock eines großen Hauses am Holland Park. Eine Haushälterin öffnete ihnen und führte sie nach oben, wobei sie ziemlich nervös fragte: »Werden Sie erwartet?«, bevor sie an Chicks Tür klopfte. Sie wurde sehr forsch geöffnet.
»Gütiger Himmel! Ich hätte ja nie erwartet... Kommen Sie doch herein, meine Herren!« sagte Major Chick. Er war in Weste und Hemdsärmeln, und Thackeray fiel auf, daß es das erste Mal war, daß sie ihn ohne Verkleidung sahen.
War diesmal nicht das Erscheinungsbild des Majors Gegenstand des Interesses, so um so mehr sein Wohnzimmer. Beim Eintreten mußte man sich um einen riesigen, quadratischen Tisch mit beinahe drei Meter Kantenlänge herumdrücken. Er war vollständig bedeckt von einem Londoner Stadtplan, über den sich, blaugefärbt und an Stellen über fünfzehn Zentimeter breit, die Themse schlängelte wie eine Boa Constrictor. Schachfiguren markierten die wichtigsten Punkte: eine Königin den Buckingham Palace, Läufer die Westminster Abbey und St. Paul's, ein Springer das Quartier der Horse Guards und (etwas unglücklich) Bauern den Scotland Yard und die verschiedenen Reviere.

Außerdem waren noch fast hundert Sektkorken zu sehen, alle ordentlich zugeschnitten, damit sie besser standen.
»Varietés«, sagte der Major als Antwort auf Thackerays Stirnrunzeln.
»Spricht Bände über Ihren Lebensstandard«, bemerkte Cribb mit unverhülltem Neid.
Am anderen Ende des Zimmers befanden sich ein Kamin, ein unglaublich aufgeräumter Schreibtisch, der im rechten Winkel zur Wand stand, und davor in gerader Reihe drei Stühle. Über dem Kaminsims hing ein Porträt Ihrer Majestät, eingerahmt vom Union Jack und (vermutlich) der Fahne des Achten Husarenregiments.
»Schlafquartier hier durch«, sagte der Major und wies auf eine Tür neben dem Schreibtisch, »und sanitäre Einrichtungen dort links. Nicht gerade, was ich früher gewohnt war, aber es genügt. Ich arbeitete eben an meinem Tagebuch, als Sie klopften. Ich habe hier leider keine Ordonnanz. Meine Haushälterin putzt jeden Tag mein Schlafquartier, und damit erschöpft sich die Bedienung. Bitte setzen Sie sich und erzählen Sie mir, was Sie zu mir führt.« Er ließ den Drehstuhl hinter seinem Schreibtisch herumwirbeln und setzte sich mit verschränkten Armen und übereinandergeschlagenen Beinen seinen Besuchern gegenüber.
»Sie sehen sehr frisch aus, wenn ich so sagen darf«, begann Cribb. »Ich glaubte, Sie würden nach Mrs. Bodys Gastfreundschaft heute morgen etwas unpäßlich sein.«
»Ganz und gar nicht«, erwiderte der Major. »Ich hatte noch nie Probleme mit dem Alkohol. Ich ken-

ne ein ausgezeichnetes Katermittel, zwei Teile Brandy, ein Teil Cayennepfeffer. Sehr zu empfehlen.«

»Ich werde es mir merken. Trotzdem sehr freundlich von Ihnen, uns so überraschend zu empfangen. Major, Sie sind kein Mann der langen Reden und ich ebensowenig. Darf ich Ihnen einige unverblümte Fragen stellen?«

»Wenn Sie nichts gegen unverblümte Antworten haben.«

»Sehr schön. Seit unserem ersten Zusammentreffen im Grampian am Abend von Alberts Unfall haben Thackeray und ich Sie noch bei vier weiteren Gelegenheiten gesehen. Im Grampian gaben Sie uns zu verstehen, daß der dortige Direktor, Mr. Goodly, Ihre Dienste in Anspruch genommen hatte. War das korrekt?«

»Absolut.«

»Ihre Anwesenheit war eine Vorsichtsmaßnahme, zusätzlich zu den üblichen Polizeipatrouillen?«

»Ja.«

»Und Sie untersuchten die Umstände von Alberts Unfall und folgten seiner Spur bis Philbeach House?«

»Ja.«

»Was geschah danach, Sir?«

»Ich wurde entlassen. Ich erzählte Goodly von meinen Beobachtungen in Philbeach House, aber sobald der Gauner merkte, daß ein weiterer Unfall im Grampian unwahrscheinlich war, brauchte er meine Dienste nicht mehr. Ich wurde schneller aus dem Verkehr gezogen als ein Kuli mit Cholera.«

»Aber Sie interessieren sich weiterhin für den

Fall«, sagte Cribb. »Hat Sie jemand anders engagiert?«
»Leider nicht«, antwortete der Major. »Aber wenn der Yard Hilfe braucht, so bin ich für jedes Angebot offen.«
Cribb lächelte. »Wenn Sie niemand bezahlt, was haben Sie dann von der Fortführung Ihrer Nachforschungen?«
»Mein Gott, denken Sie immer nur ans Geld, Sergeant? Werfen Sie mal einen Blick in die Ecke hinter Ihnen.«
Cribb drehte sich um. Auf einem Tisch lagen zwei Stapel penibel zusammengefalteter Zeitungen, beide fast einen Meter hoch.
»*The Times* und *The Morning Post*«, sagte der Major. »Ich bin ein sehr methodischer Mensch, und bevor ich mein Detektivbüro eröffnete, besuchte ich einen alten Armeekollegen, der eine Studie über Detektivmethoden verfaßt hatte. ›Wie soll ich anfangen?‹ fragte ich ihn. ›Lies dir jeden Tag die Kleinanzeigen durch‹, antwortete er. Und das habe ich acht Monate lang getan. Jetzt kenne ich jedes Heilmittel gegen Rheumatismus. Ich kann Ihnen sagen, wann Ihr Ehemaligenverein seine Jahresversammlung abhält. Interessante Informationen, aber bis jetzt bringen sie mir noch nichts ein.«
»Dann hatten Sie also nicht viele Fälle?«
»Zwei. Im ersten ging es um den Verbleib eines Zeitungsjungen, der aber dann nur mit Mumps im Bett lag. Der zweite war Mr. Goodlys Auftrag. Verstehen Sie jetzt, warum ich den Fall so ungern aufgebe? Ich habe genug von den Zeitungen. Ich brauche etwas zu tun. Und bei Gott, bei diesem Fall

scheint es etwas zu tun zu geben! Als ich hier meine Einsatzzentrale aufschlug, ging ich noch nicht von einer Mordermittlung aus.«

»Nun, aber jetzt haben wir eine, Sir, und eine sehr dringende noch dazu, wie Sie zweifellos erkennen werden.«

»Aber natürlich! Was wird denn am nächsten Dienstag abend im Paragon passieren, wenn da noch ein Mörder frei herumläuft? Das könnte ja entsetzliche Folgen haben. Verdammt, Sergeant, ich habe doch ein Offizierspatent... Fahneneid und so weiter. Bis vor kurzem war ich ja noch entschlossen, den Fall alleine zu lösen, aber ich kenne meine Pflicht. Ich stehe zur Ihrer Verfügung, meine Herren.«

»Außergewöhnlich großzügig, Major«, entgegnete Cribb, der sich nun ganz auf den Ton des Angebots einstellte. »Sollen wir unsere Strategie am Tisch besprechen?«

Thackeray sah ungläubig zu, wie der Sergeant einen Zeigestock vom Kaminsims nahm und sehr geschäftsmäßig zum Londoner Stadtplan ging. Wollte er wirklich mit dem Major Soldat spielen? Karten und Strategiediskussionen waren für Cribbs Ermittlungsmethoden ungefähr so wichtig wie ein Benimmhandbuch.

Damit sie besser sehen konnten, zündete der Major die Paraffinlampe über dem Tisch an. Thackeray bezog Position bei Woolwich, wo die Themse das Ende der Karte erreichte.

»Wir brauchen etwas, um Philbeach House zu markieren«, sagte Cribb. »Thackeray, bitte den Korken der Flasche hinter Ihnen.«

Major Chick hob abwehrend die Hand. »Ein sehr passendes Symbol, Sergeant, aber ich glaube nicht, daß Blausäuredämpfe uns bei unseren Überlegungen sehr nützlich sein werden.«
»Blaus...?« Thackeray starrte entsetzt auf das Etikett der Flasche. »Das steht da drauf, Sarge.«
»Ist nicht mehr viel übrig«, sagte der Major, »aber genug, um drei vielversprechenden Karrieren ein Ende zu bereiten, wenn wir nur lange genug mit der geöffneten Flasche im selben Zimmer bleiben.«
»Wozu brauchen Sie denn das?« fragte Cribb so beiläufig, als würde er sich nach einem Haustier erkundigen.
Der Major schlug sich auf die Schenkel und lachte dröhnend. »Glauben Sie vielleicht, daß ich...? Gütiger Himmel, dann würde ich doch nicht die Flasche auf dem Regal stehenlassen. Nein, Sergeant, die habe ich gestern in Philbeach House gefunden. Der verstorbene Mr. Body war eine Art Wissenschaftler, müssen Sie wissen. Es gibt dort ein ganzes Zimmer mit seinen Gerätschaften, optischen Instrumenten, elektrischen Dynamos, Magneten, photographischen Apparaten und einigen Regalen voller Chemikalien. Darunter auch diese Flasche.«
»Für jeden Gast in Philbeach House zugänglich?« wollte Cribb wissen.
»Sehr leicht zugänglich. Das Zimmer war nicht verschlossen.« Der Major gab Cribb die Flasche. »Sehen Sie sich die Flasche einmal genau an, Sergeant. Sehen Sie die Ringe an der Innenseite, die den unterschiedlichen Stand der Flüssigkeit anzeigen. Sehen Sie, wie klar das Glas zwischen der letz-

ten Markierung und der restlichen Säure ist? Fast neun Zentimeter. Das deutet darauf hin, daß die letzte Person, die Säure entnahm, eine verdammt große Menge brauchte. Das ist möglicherweise ein wichtiges Beweisstück. Glauben Sie nicht auch?«

»Ein unschätzbarer Fund, Major«, antwortete Cribb, »und ich möchte Ihnen dafür danken, daß Sie es an die dafür zuständigen Stellen weitergeleitet haben. Wir werden unsere Theorien über die Verkrustungen an der Innenseite von einem Spezialisten im Yard überprüfen lassen. Sie haben doch eine große Manteltasche, Thackeray. Versuchen Sie, die Flasche da drin zu verstauen. Haben Sie noch andere Beweisstücke, Major?«

Falls der Major welche hatte, sagte er es nicht.

»Nun, dann wollen wir unsere Truppenaufstellung besprechen«, fuhr nun Cribb fort, nachdem er sein Ziel erreicht hatte. »Dieser Halfpenny ist Philbeach House. Meiner Ansicht nach sollten wir unsere Truppen an zwei Punkten konzentrieren.« Er klopfte auf den Halfpenny und auf einen der Champagnerkorken. »Mrs. Bodys Etablissement und Mr. Plunketts. Was denken Sie, Major?«

»Klingt vernünftig«, entgegnete der Major und rümpfte die Nase.

»Gut. Ich würde es nun für vernünftig halten, unsere Truppen nach der Einheitenstärke zu verteilen. Stimmen Sie mir zu, Major?«

Der Major nickte.

»Also konzentriert sich die größere Einheit auf das Objekt, wo der Feind stärker ist.« Cribb klopfte wieder auf den Halfpenny.

»Sie und der Constable gehen nach Philbeach

House. Und ich nehme mir das Paragon vor«, sagte der Major.

»Vielen Dank, Sir. Ein sehr freundliches Angebot«, erwiderte Cribb und steckte sich den Zeigestock unter die Achsel. »Dann sind wir ja einer Meinung. Noch Fragen, Gentlemen?«

»Ja«, sagte der Major. »Was soll ich Plunkett sagen?«

Cribb verschränkte die Hände hinter dem Rücken und ging auf seiner Seite des Tisches auf und ab, wobei er jeweils genau am Tischende die Richtung wechselte. Thackeray hatte den Eindruck, als würde Cribb seine Rolle ausgesprochen genießen. »Das genau ist das Problem des Auftrags, Major, aber ich glaube, Sie sind der einzige, der es lösen kann. Wir müssen herausfinden, ob Plunkett einen Grund gehabt haben könnte, um Miss Pinkus ermorden zu wollen. Erpressung dürfte das wahrscheinlichste Motiv sein, aber dazu brauchen wir Beweise. Leidenschaft können wir, glaube ich, ausschließen. Unerwiderte Liebe —«

»Aber glauben Sie, daß Plunkett den Mord selbst ausgeführt hat?« fragte der Major. »Es ist doch offensichtlich, wer Miss Pinkus auf dem Gewissen hat!«

»Und wer?«

»Mrs. Body. Verdammt, Sergeant, sie hatte die Giftflasche ihres Gatten zur Hand. Sie haßte Lola Pinkus; das Mädchen machte das Leben in Philbeach House unmöglich. Haben Sie denn nicht mit Mrs. Body gesprochen? Es gab entsetzliche Szenen. Teilweise offene Kämpfe. Lola machte Schwierigkeiten, wo sie nur konnte, sie beleidigte die Damen und flirtete mit den Männern. Aus reiner Böswilligkeit versuchte sie sogar, den armen alten Virgo zu verführen — Sie wissen doch, daß Mrs. Body es auf Virgo abgesehen hat, nicht?«

»Nein«, sagte Cribb. »Ich hatte nicht den Eindruck, daß Mrs. Body irgendeinen Mann einem anderen vorzieht.«

»Nun, es gibt einen gewissen Typ, für den sie eine Vorliebe hat«, erwiderte der Major bestätigend. »Sie sucht sich immer die Männer mit einer offensichtlichen Schwäche aus, so wie eine alte Löwin am Wasserloch nach einem lahmen Büffel sucht.«

Cribb warf Thackeray einen drohenden Blick zu, so als würde er ihn davor warnen, aus der letzten Bemerkung des Majors irgend etwas zu schließen. »Vermutlich meinen Sie, daß ihr verstorbener Gatte ohne Brille nichts sehen konnte und Virgo stottert.«

»Genau«, sagte Major Chick. »An mir war sie nicht sehr interessiert, als ich mich ihr gestern nachmittag auf die sentimentale Art zu nähern suchte. Mußte mich erst fast bis zur Besinnungslosigkeit betrinken, bevor sie mich überhaupt in ihre verdammte Loge ließ. Die Dame steht auf Schwächlinge, das kann ich Ihnen sagen.«

»Sie wollten uns erzählen, warum Sie sie verdächtigen«, erinnerte ihn Cribb eisig. »Sie glauben, sie war eifersüchtig auf Lolas Freundschaft mit Professor Virgo.«

»Lola tat das natürlich aus reiner Bosheit«, sagte der Major. »Sie war an Virgo nicht im geringsten interessiert. Für ein Mädchen wie die war doch der junge Bellotti viel attraktiver, aber es machte ihr eben ein teuflisches Vergnügen, ihn wegen eines älteren Mannes sitzenzulassen. So quälte sie Bellotti und Mrs. Body gleichzeitig. Ein Flittchen wie die hat von mir kein großes Mitleid zu erwarten, wenn ihr jemand Gift ins Glas schüttet.«

»Aber wie konnte Mrs. Body das Gift überhaupt ins Glas schütten, wenn sie gar nicht im Paragon war?« fragte Cribb.

»Woher wissen Sie, daß sie nicht dort war, Sergeant? Sie haben doch nur ihr Wort. Alle anderen waren dort, also gibt es niemanden, der für ihr Alibi in Philbeach House bürgen könnte. Ich glaube, sie ließ die anderen im Bus vorausfahren und kam dann selbst mit einer Droschke nach. Sie kannte die Reihenfolge der Darbietungen so gut wie Plunkett selbst, und so konnte sie ganz leicht den passenden Moment abwarten, um das Gift ins Glas zu schütten. Gift ist typisch für eine Frau, Sergeant.«

»Ich könnte Ihnen mindestens ein Dutzend Männer nennen, die es ebenso verwendet haben, Major«, entgegnete Cribb.

»Na, das ist zumindest meine Meinung, Punktum. Verbrechen aus Leidenschaft. Sie können schließlich nicht leugnen, daß gerade Virgos Nummer für den Mord ausgesucht wurde. Ich halte das für bedeutsam. So als würde man genau im Augenblick der Untreue Rache nehmen. Diese Theaterleute achten bei allem, was sie tun, auch auf den dramatischen Effekt, müssen Sie wissen. Das ist deren Schwäche.«

Einen Augenblick lang sah Cribb den Major an, wie er über die Karte gebeugt stand, seine Züge vom Lampenschein betont, fast wie Wellington am Vorabend von Waterloo. Er erwiderte nichts.

»Also gut, Sergeant, trotz aller meiner Theorien wollen Sie dennoch, daß ich Plunkett befrage«, sagte der Major resigniert.

»Sie können ja Gedanken lesen, Sir. Sie haben die Vorwürfe gegen Mrs. Body sehr überzeugend vorgetragen, und Sie können sicher sein, daß Thackeray und ich der Dame einige sehr unbequeme Fragen stellen werden. Aber ich will trotzdem alles über eine mögliche Verbindung zwischen Plunkett und Miss Pinkus wissen. Sie müssen natürlich sehr behutsam vorgehen.«

»Ich werde mein Bestes tun. Soll ich sagen, daß ich vom Yard komme? Er kennt mich ja noch nicht.«

»Besser nicht, Sir«, erwiderte Cribb hastig. »Es ist nie gut, sich als Polizist auszugeben. Ich glaube, er wird sehr gesprächig werden, wenn Sie ihn glauben lassen, Sie seien in anwaltlicher Funktion tätig und wollen Miss Pinkus' Erben ermitteln.«

»Gibt es ein Erbe?«

»Ich wage es zu bezweifeln, Sir, aber bei der Erwähnung von Geld wird Mr. Plunkett sicher gesprächig. Er wird Ihnen glauben, daß sie ein Vermögen hinterlassen hat, wenn Sie es nur andeuten.«

»Sie sind ein gerissener alter Bursche, Sergeant.«

»Vielen Dank, Major. Aber es ist Zeit, daß wir uns an die Arbeit machen. Sollen wir uns um zwei wieder hier treffen? Vielen Dank. Thackeray, geben Sie das Signal zum Aufbruch!«

15

Thackeray war verblüfft. Nicht von dem Täuschungsmanöver, das Cribb Major Chick vorgespielt hatte; schließlich war offensichtlich (für einen Mann von Thackerays Scharfblick), daß die ganze komplizierte Scharade im Zimmer des Majors nur dazu diente, den Major ins Paragon zu bringen. So kam es für ihn auch gar nicht überraschend, daß Cribb, nachdem der Major zu seiner Mission aufgebrochen und vom Nebel verschluckt worden war, ein Glas Ale im nächsten Pub vorschlug. Und ebensowenig unerwartet war schließlich Cribbs Ankündigung, daß er nicht die Absicht habe, den Rest des Vormittags in Philbeach House zu verbringen. Thackeray verzog auch keine Miene, als Cribb zu einer zweistündigen Analyse der ganzen Ermittlung ansetzte, die schließlich, nach einigen Gläsern, in einer Rekapitulation der Mordverdächtigen endete. Erst der Höhepunkt von Cribbs Rede brachte Thackeray außer Fassung. Forsch und entschlossen nahm sich der Sergeant alle Verdächtigen einen nach dem anderen vor, untersuchte ihren Fall und schloß sie schließlich aus dem Kreis der möglichen Täter aus, bis nur noch eine Person übrigblieb. Nur eine, die Lola Pinkus hätte ermorden können.

»Ich kann es nicht glauben, Sarge.«

»Wollen Sie damit sagen, daß ich meine Zeit vergeudet habe?«

»Bei Gott, nein, es klingt ja sehr einleuchtend. Konnte ja eigentlich von Anfang an niemand anderes dafür in Frage kommen, obwohl ich selbst nicht drauf gekommen bin. Aber die Kaltblütigkeit nimmt mir fast den Atem. Wenn man sich das vorstellt, daß man mit Lolas Tod ... Das ist ja abscheulich, Sarge!«
»Welcher Mord ist das nicht? Sie brauchen sich nicht aufzuregen, Constable. Wenn Sie sich über etwas den Kopf zerbrechen wollen, dann denken Sie mal darüber nach, wie wir die nächste Dienstagsvorstellung verhindern können. Zumindest die müßte zu verhindern sein, aber ich habe noch keinen blassen Schimmer, wie.«
»Der Yard wird nicht einschreiten, und wir riskieren unsere Stellung, wenn wir versuchen, die Vorstellung zu verhindern.«
Cribb sah auf die Uhr. »Es wird Zeit. Wir dürfen zum Major nicht zu spät kommen. Überlassen Sie das Reden dort mir, und machen Sie kein überraschtes Gesicht, gleichgültig, was ich vorschlage. Verstanden?«
Thackeray seufzte und folgte Cribb auf die Straße. War er wirklich so leicht zu durchschauen?
Als sie klopften, riß der Major die Tür so unvermittelt auf, als hätte er schon wartend dahintergestanden.
»Wir sind doch nicht etwa zu spät?« fragte Cribb.
»Zu spät? Nein, nein. Ich kam nur früher zurück. Hatte sogar noch Zeit, mich in Knightsbridge zu verköstigen.« Er zeigte ihnen die Stelle auf der Karte.
»Sehr gut. Dann konnten Sie Plunketts Verhör also sehr schnell zu Ende bringen?«
»Viel zu schnell. Genaugenommen hat er mir einen Strich durch die Rechnung gemacht. Der Kerl

war überhaupt nicht bereit zu reden. War viel zu besorgt wegen seiner Tochter. Könne sich auf nichts anderes konzentrieren, sagte er. Sie wollte gestern ihren Liebsten besuchen — meiner Meinung nach ein sehr eigenartiges Verhalten für ein Mädchen —, und seitdem ist sie verschwunden.«
»Miss Blake?«
»Nein, ich sagte doch Plunketts Tochter.«
»Aber das ist Miss Blake, Major. Ellen Blake, die Freundin von Albert, dem starken Mann. Sie wollte Albert in Philbeach House besuchen. Ich hab dort selbst mit ihr gesprochen. Wir müssen sofort dorthin. Das ist ja entsetzlich. Ich hoffe nur, daß es noch nicht zu spät ist.«
Daß sie in diesem Nebel eine Kutsche finden würden, war so unwahrscheinlich, daß sie sich zu Fuß auf den Weg nach Kensington Palace Gardens machten, wobei Cribb ein forsches Tempo vorlegte und der Major, der offensichtlich gut zu Fuß und durchtrainiert war, mühelos mit ihm Schritt hielt, während der dritte im Bunde sich abplagen mußte, um in Hörweite der beiden anderen zu bleiben, und insgeheim Cribbs flüssiges Mittagessen verfluchte. Aber dennoch war er nur knapp hinter ihnen, als sie schließlich mit vom gefrierenden Nebel überzuckerten Hüten, Mänteln und Augenbrauen bei Philbeach House eintrafen.
Cribbs Klopfen war gebieterisch. Sein Eintreten ebenso: Er knurrte nur »Polizei«, schob den häßlichen Diener beiseite und schritt, mit den anderen im Schlepptau, durch die Halle.
»Wer ist da?« Eine Frauenstimme aus dem Salon. Aber nicht Mrs. Bodys.

Sie betraten dieses Zimmer mit dem exzentrischen Gesichterschmuck. In Mrs. Bodys Sessel saß, wie ein monströser Kuckuck, Alberts Mutter.
»Was soll denn das — die Polizei?« rief sie so laut, daß Beaconsfield, der ihr zu Füßen lag, ein Auge öffnete. »Ich habe nicht nach der Polizei gerufen.«
»Wo ist die Dame des Hauses, Madam?« wollte Cribb wissen.
»Wollen Sie mich beleidigen?« fragte Alberts Mutter zurück und legte dem Hund die Hand auf den Nacken.
»Mrs. Body. Wir müssen Mrs. Body sehen.«
»Müssen?« wiederholte Alberts Mutter. »Das ist keine Art, um bei einer Dame vorzusprechen. Aber sie kann Sie sowieso nicht empfangen. Sie ist unpäßlich. Ich habe deshalb die Stelle der Haushälterin übernommen. Ich werde Sir Douglas schreiben —«
»Unpäßlich, sagen Sie? Was fehlt ihr denn?«
»Böse Dämpfe, wie man früher sagte. Sie ist schwermütig und wird ihr Zimmer nicht verlassen. Da jemand die Verantwortung übernehmen mußte, habe ich —«
»Dämpfe!«, sagte Cribb. »Da gehen Sie besser sofort hinauf, Major! Thackeray, läuten Sie den Gong. Ich will, daß alle ihr Zimmer verlassen und sich hier unten versammeln.« Er wandte sich wieder Alberts Mutter zu, der die Entrüstung über solche Dreistigkeiten ins Gesicht geschrieben stand. »Ihr Sohn, Madam. Ich hoffe doch, er ist im Haus. Ich muß ihn befragen.«
»Sie haben kein Recht —«
»Madam, ich ermittle in einem Mordfall und versuche, einen zweiten zu verhindern. Ich hoffe, Sie

werden mich nicht an der Erfüllung meiner Pflicht hindern. Wenn es um meine Berechtigung geht, dann möchte ich Sie daran erinnern, daß ich im Namen einer Dame handle, deren Rechts- und Weisungsbefugnis noch um einiges weiter reicht als Ihre oder die Mrs. Bodys — über ein ganzes Empire, um genau zu sein.«

»Sergeant«, erwiderte Alberts Mutter mit vor Rührung zitternder Stimme, »diese allerhöchste Dame hat keine treueren Untertanen als Dizzie«, — ihre Hand suchte den Beistand von Beaconsfields Zunge — »und mich selbst. Würden Sie sich auch nur ein bißchen im Varieté auskennen, dann würden Sie wissen, daß alle unsere Arbeit dem Rot-weiß-blauen gewidmet ist. Es ist nicht nötig, uns an unsere Pflichten zu erinnern.«

»Vielen Dank, Madam«, erwiderte Cribb knapp. »Dann werden Sie dieser Dame einen guten Dienst erweisen, indem Sie die Gäste des Hauses zur Mitarbeit inspirieren, sobald mein Constable —«

Thackeray hatte den Gong gefunden und sich ganz offensichtlich von der Eile seines Sergeanten anstecken lassen. Von überall kamen überraschte Gäste in den Salon gelaufen.

»Hierher bitte«, rief Cribb, als er sich schließlich verständlich machen konnte. »Fehlt heute jemand?« fragte er Alberts Mutter über die Köpfe der Hereinströmenden hinweg.

»Wir sind alle ständig zu Hause. Das gehört zur Hausordnung.«

Thackeray ging im Geiste die Anwesenheitsliste durch. Fast jeder, den er schon einmal gesehen hatte, befand sich nun im Salon, Mrs. Body ausgenommen. Albert, in einem Morgenmantel und gerötet vom Training, war einer der ersten; er blieb an der Tür stehen, so weit wie möglich von seiner Mutter entfernt. Professor Virgo spähte herein und wollte schon wieder davonstürzen, aber Cribb streckte die Hand nach ihm aus, in einer Geste, die halb Einladung und halb Zwang ausdrückte. Sam Fagan, Bellotti und die Leichenbestatter betraten gemeinsam und mit dem sicheren Auftreten gut angesehener Dauergäste den Salon. Bald war es unmöglich, noch den Überblick zu behalten, denn es strömten auch andere, vielleicht Ballett- oder Orchestermitglieder vom Paragon oder Bedienstete, zur zweiten Tür herein. Bella Pinkus, in schwarzem Trauerflor, war die letzte; sie wurde von Miss Tring gestützt, was ziemlich überflüssig schien, da Professor Virgo, der am ganzen Körper zitterte, sobald sein Blick den eines anderen kreuzte, dem Zusammenbruch viel näher war.

»Wir geben Mrs. Body noch fünf Minuten«, verkündete Cribb.

»Der können Sie den ganzen Tag und die nächste Woche noch dazugeben«, sagte Sam Fagan. »Ein Essensgong holt die nicht aus ihrem Nest, wenn sie sich ihr Essen im Lift hochbringen lassen kann. Die hat nicht die Absicht, herunterzukommen. Seit gestern nachmittag sitzt sie schon da oben und will mit uns nichts mehr zu tun haben. Was für ein Glück für uns alle, daß wir jetzt eine neue Hausfrau haben.«

Die neue Hausfrau schenkte Sam Fagan ein gnädiges Lächeln. Albert sah seine Mutter scharf an und dann länger und nachdenklicher Fagan. Thackeray hatte plötzlich Mitleid mit dem starken Mann.

Der Major tauchte kopfschüttelnd wieder auf. Mrs. Body wolle nicht erscheinen. »Bringe kein Wort aus der Frau heraus«, sagte er, »habe aber eine Bewegung gehört. Das Zimmer ist so abgeschottet, die könnte da drin eine Belagerung überstehen. Da müssen Sie schon den Hund im Speiselift nach oben schicken, wenn Sie sie herausholen wollen.«

Alberts Mutter hielt entsetzt den Atem an.

»Was für eine Schande!« rief Sam Fagan einen Bruchteil zu spät, um noch überzeugend zu klingen.

»Ladies und Gentlemen«, rief Cribb, der nun plötzlich auf dem Stuhl stand, auf dem W. G. Ross seine *Ballade von Sam Hall* gesungen hatte. »Ich bin Ihnen sehr zu Dank verpflichtet, daß Sie meiner Aufforderung so schnell gefolgt sind. Viele von Ihnen wissen, daß ich Beamter der Städtischen Kriminalpolizei bin. Meine Assistenten und ich ermitteln im Fall des plötzlichen Ablebens — wenn Sie mir verzeihen, Miss Pinkus — eines Ihrer Mitglieder. Da ich nicht die Absicht habe, Sie zu beunruhigen, würde ich es als besonderen Gefallen ansehen, wenn Sie sich ruhig anhören würden, was ich zu sagen habe. Wir haben Grund zu der Annahme, daß eine zweite junge Dame — aber keine aus Ihrer Mitte, das kann ich Ihnen versichern — in Gefahr schwebt.«

Unterdrücktes Stöhnen erhob sich im Salon.

»Die betroffene Dame ist Miss Blake, die Tochter von Mr. Sam Plunkett, den Sie wahrscheinlich alle als den Direktor des Paragon-Varietés kennen. Miss Blake besuchte gestern dieses Haus und wurde seitdem nicht mehr gesehen.«

Es gab eine kurze Unterbrechung, da Miss Tring,

die ohnmächtig geworden war, in einen Sessel gesetzt werden mußte.

»Sie können sich darauf verlassen, daß wir keine Mühe scheuen werden, um sie zu finden«, fuhr Cribb fort, »und ich hoffe, Sie werden die Notwendigkeit meines nächsten Schrittes einsehen — ich möchte nämlich jedes Zimmer dieses Hauses durchsuchen lassen. Während meine Assistenten diese Suche durchführen, muß ich darauf bestehen, daß Sie alle in diesem Salon hier oder im angrenzenden Probenraum bleiben. Ich möchte weiterhin darum bitten, daß jede Dame oder jeder Herr, die Miss Blake zu irgendeiner Zeit gestern oder heute vormittag gesehen haben, sich bei mir melden und mir einen genauen Bericht über die Umstände geben. Das ist im Augenblick alles. Seinen Sie versichert, daß meine Kollegen Ihr Eigentum mit dem äußersten Respekt behandeln werden. Ich hoffe, wir werden Sie nicht zu lange belästigen müssen.«

Der Eindruck, den Cribbs Rede gemacht hatte, zeigte sich deutlich an dem Lärm der erregten, beinahe hysterischen Gespräche, die entstanden, noch bevor der Sergeant von dem Stuhl heruntergestiegen war. Mehrere Damen drängten sich um ihn, aber nicht, um ihm etwas über Miss Blake mitzuteilen, sondern um von ihm etwas zu erfahren. Bei der ersten Gelegenheit löste er sich von der Gruppe, suchte die Leichenbestatter und bat sie, an den Türen Wache zu halten. Dann nahm er Albert beim Arm und führte ihn in das kleine Wartezimmer auf der gegenüberliegenden Seite der Diele.

»Ich habe Sie während meiner Ansprache beob-

achtet«, sagte Cribb, als sie zu beiden Seiten des Tisches saßen. »Sie haben die Nachricht von Miss Blakes Verschwinden sehr tapfer aufgenommen.«
»Nur weil ich schon davon wußte«, entgegnete Albert. »Mr. Plunkett war heute morgen vor dem Frühstück hier und fragte, ob wir sie gesehen hätten. Mama und ich waren zu dieser Zeit die einzigen, die bereits auf waren; wissen Sie, ich stehe wegen meinem Training früh auf, und Mama mußte sich um den Haushalt kümmern. Den anderen Gästen sagten wir nichts, weil sie nicht wissen, daß Ellen Mr. Plunketts Tochter ist. Man kennt sie hier nur als Miss Blake. Wenn sie wüßten, wer sie wirklich ist, könnten einige es vielleicht übel aufnehmen, bei der Position, die Mr. Plunkett hat, Sie verstehen schon.«
»Sie meinen, sie könnten eifersüchtig auf Sie sein, weil Sie mit der Tochter des Direktors gehen.«
»Ja, schon, nur daß gehen eben das einzige ist, was hier niemand tun kann.«
»Ach ja, die Hausordnung.« Cribb durchquerte das kleine Zimmer und stützte schließlich die Ellbogen auf den Stuhl, auf dem Ellen Blake am Nachmittag zuvor noch gesessen hatte. »Nun, dank meiner Ansprache kennen Sie nun alle ihre wahre Identität. Das war unvermeidlich. Es wird doch wohl kein böses Blut geben?«
»Daß man Ellen wiederfindet, ist wichtiger als das Pack Klatschmäuler.«
»Bin froh, daß Sie so denken, mein Junge. Dann wollen wir uns darauf konzentrieren. Glauben Sie, daß sie irgendwo im Haus ist?«
Albert schüttelte den Kopf. »Ich habe sie gestern

selbst um zehn nach vier zur Tür gebracht. Beim Tor wandte sie sich nach rechts, wie gewöhnlich, da sie immer zum Droschkenplatz an der Kensington High Street geht. Ich bin mir sicher, daß sie nicht mehr zurückgekommen ist, Sergeant.«

»Wie lange war sie bei Ihnen?«

»Etwa eine Dreiviertelstunde, glaube ich. Mama war als Anstandsdame dabei.«

»Können Sie sich noch an Ihre Unterhaltung mit Miss Blake erinnern?«

Albert spielte nachdenklich mit den Enden seines Schnurrbarts. »Wir sprachen von meiner Verletzung, und ich sagte ihr, daß ich schon wieder fast ganz gesund sei. Ich erzählte ihr von meinem Training und daß ich alles tue, um für den kommenden Dienstag in Form zu sein. Das will ich auf keinen Fall versäumen, Sergeant. Die Ehre, Sie verstehen schon.«

»Dann waren Sie letzten Dienstag also nicht im Paragon?«

»Warum fragen Sie das? Nein, das war ich nicht, Sergeant. Mama war mit Beaconsfield dort, aber ich blieb da und nahm heiße Bäder, um mein Bein wieder geschmeidig zu machen. Natürlich erfuhr ich dann die traurige Nachricht von Miss Lolas Tod, als sie alle wieder zurückkehrten.«

»Ich verstehe. Aber Sie sprachen eben von Miss Blake. Dann war sie also froh, Sie wieder in Form zu sehen, nehme ich an?«

»Weniger froh, als ich erwartet hätte«, erwiderte Albert mit einem Anflug von Trauer. »Ich bin ja bei den Damen immer gut angesehen, da ich einen so gut entwickelten Körper besitze, aber verstehen werde ich sie nie. Bei ihrem letzten Besuch war Ellen ganz außer sich wegen meiner Verletzung. Riet mir, ich solle heiß baden, und brachte mir sogar ein Mittel zum Einreiben. Aber als ich ihr dann gestern erzählte, daß ich nun wieder ganz gesund sei und bereits wieder Gewichte stemme, wollte sie es nicht glauben. Meinte, ich solle doch erst einen Arzt um Rat fragen. Ich glaube, sie will einfach nicht, daß ich noch einmal zu Schaden komme, aber ich sagte ihr doch, daß ich im Bein keine Schmerzen mehr habe.«

»Gingen Sie im Guten auseinander?«

»Aber natürlich. Da können Sie Mama fragen. Ellen versprach, am Freitag wiederzukommen. Deshalb bin ich mir auch sicher, daß sie nicht zurückgekehrt ist.« Er rutschte auf seinem Stuhl hin und her. »Wie soll ich es sagen? In meiner Freundschaft mit Ellen hat es noch nie Heimlichtuerei gegeben, Sergeant. Sie ist eine sehr aufrichtige junge Frau. Nicht die Sorte, die auf der Straße herumlungert und dann durch ein Fenster wieder ins Haus klettert, wenn es das ist, was Sie vermuten. Es ist undenkbar, daß sie eine Nacht nicht zu Haus verbracht haben sollte. Ich kann sehr gut verstehen, daß ihr Vater in einem solchen Zustand ist. Sie bleibt ja nicht einmal bei den Garderobenparties, weil sie Angst hat, ihren Vater zu sehr aufzuregen, wenn sie spät nach Hause kommt. Ich kann Ihnen versichern, es ist nur gut, daß sich die Polizei um die Angelegenheit kümmert.«

»Sie erwähnte also keine weitere Verabredung, als sie bei Ihnen war?«

»Ich ging davon aus, daß sie gleich nach Hause gehen wollte, Sergeant. Aber wenn sie auf den Ge-

danken kam, eine Tante oder eine Cousine in der Vorstadt zu besuchen, kann es natürlich sein, daß sie wegen des Nebels nicht mehr nach Hause zurückkehren konnte. Der war ja gestern bereits um zehn Uhr sehr dicht.«
»Ich glaube, daß sie sich dann schon vorher auf den Heimweg gemacht hätte«, sagte Cribb. »Wenn es sonst nichts mehr von Bedeutung gibt, wäre ich Ihnen zu Dank verpflichtet, wenn Sie zu den anderen zurückkehren würden. Ich möchte gern mit Ihrer Mutter sprechen, wenn Sie sie bitten könnten, zu mir zu kommen.«
Aber dem sollte nicht so sein. Die nächste Person, die das Zimmer betrat, in rauschenden Wogen schwarzer Spitze und blonder Locken, war Mrs. Body. Die bösen Dämpfe hatten ganz offensichtlich an Wirkung so zugenommen, daß ein Donnerwetter unmittelbar bevorstand. »Mr. Cribb. Bitte nehmen Sie meinen schärfsten Protest gegen die Art, wie ich behandelt werde, zur Kenntnis. Nicht genug, daß volle fünf Minuten gegen meine Tür gehämmert wird, Sie lassen sich herab zu den niedrigsten Listen, um mich, eine arme, schwache Frau, aus meinem Bett zu locken. Ein Bouquet, versicherte mir die Stimme, ein Dutzend roter Rosen, frisch vom Blumenstand vor dem Polizeirevier in der Paradise Street, mit Eilboten von einem Sergeanten, der anonym bleiben wolle. Aber als ich dann die Tür aufschloß und öffnete, wurde ich von Ihrem Begleiter, diesem bärtigen Barbaren, zur Seite gestoßen. Und keine einzige Rose! Als ich ihm dann sein unehrenhaftes Verhalten vorwarf, wissen Sie, was er darauf geantwortet hat?«

»Ich habe keine Ahnung, Madam.«
»Es tue ihm leid, aber es sei seine Aufgabe, mich *herauszulocken.* Nun, Mr. Cribb, man hat mich vielleicht herausgelockt, aber ich bin nicht die wehrlose Witwe, für die Sie mich halten. Der Innenminister wird von diesem Vorfall erfahren!«
»Das war wirklich unverzeihlich, Madam«, sagte Cribb. »Wollen Sie damit sagen, daß er die Rosen nicht geliefert hat? Dieser Constable wird sich dafür verantworten müssen.« Dann steckte er spontan die Hand in die Tasche und zog eine schon etwas welke gelbe Blüte heraus. »Wenn ich mir in der Zwischenzeit erlauben darf ...«
Mrs. Body schmolz dahin. »Mr. Cribb, ich wußte ja nicht. Nach dem gestrigen Nachmittag mußte ich annehmen ... oh, Sie Galan!«
Vermutlich hätte sich der Sergeant gleich in den Wogen schwarzer Spitze wiedergefunden, wenn nicht Alberts Mutter genau in diesem Augenblick eingetreten wäre.
»Was wollen Sie?« fragte Mrs. Body.
»Ich habe eine Verabredung mit dem Sergeanten. Sie scheinen sich ja ausgezeichnet erholt zu haben, meine Liebe. Soll ich mich zurückziehen?«
»Nein, nein«, antwortete Cribb eiligst. »Mrs. Body erkundigte sich nur nach der Durchsuchung. Aber da ihre Zimmer inzwischen untersucht sind, muß sie augenblicklich ins Bett zurückkehren. Bei diesen Dämpfen kann man kein Risiko eingehen.«
Mit einem Lächeln und einem Seufzer raffte sie ihr Negligé zusammen und zog sich zurück. Cribb schloß hinter ihr die Tür und lehnte sich einige Sekunden lang mit dem Rücken dagegen.

»Es ist ein Skandal«, bemerkte Alberts Mutter und legte Beaconsfield auf einen Stuhl.
»Was, Madam?«
»Nun, daß dieses unverschämte Flittchen sich als Haushälterin ausgibt. Sie hat keine Ahnung, wie man für Menschen mit Geschmack sorgen muß. Sie ist ein Scharlatan, Sergeant. Wenn der Besitzer dieses Hauses wüßte, was in seinem Namen alles vor sich geht, dann wäre sie bald wieder auf der Straße, wo sie hingehört. Die Dämpfe! Die sah wirklich nicht so aus, als würde ihr irgend etwas fehlen!«
»Ein klein wenig fiebrig vielleicht«, meinte Cribb.
»Nur zuviel Rouge. Die ist nicht mehr krank als Sie oder ich. Ihre Neugier übermannte sie einfach, als sie die ganze Unruhe im Erdgeschoß hörte. Jetzt, wo sie zufrieden ist, wird man sie wieder tagelang nicht mehr sehen. Und ich darf mich um ihre Aufgaben kümmern.«
»Das ist sehr freundlich von Ihnen, Madam. Die anderen Gäste werden das bestimmt zu schätzen wissen. Aber es ist sicher eine sehr hilfreiche Erfahrung, wenn ich so sagen darf.«
»Wie meinen Sie das?«
»Nun, Madam, ich dachte nur an den Fall, daß Mrs. Body aus irgendeinem Grund ihre Stellung verlieren sollte; und da Sie sie doch so hervorragend vertreten — wie Mr. Fagan offensichtlich andeuten wollte —, wäre es wohl nur klug von Sir Douglas Butterleigh, Ihnen diese Stellung anzubieten.«
»Wirklich?« Alberts Mutter strahlte Cribb uneigennützig an. »Darauf bin ich noch gar nicht gekommen. Aber natürlich wird auch für mich die

Zeit kommen, um ernsthaft an einen Rückzug von der Bühne zu denken. Als Witwe muß man schließlich für die Zukunft vorsorgen.«

»Natürlich«, sagte Cribb. »Weil wir gerade davon sprechen, vielleicht wird auch Mr. Plunkett ein Wort zu Ihren Gunsten einlegen. Natürlich nur, wenn seiner Tochter nichts geschehen ist. Soviel ich weiß, sahen Sie Miss Ellen Blake gestern, als sie Albert besuchte?«

Alberts Mutter blinzelte erstaunt über die plötzliche Wendung des Gesprächs. »Äh — ja.«

»Und es schien mit ihr alles in Ordnung zu sein?«

»Aber ja. Ich glaube, sie hängt sehr an meinem Albert.«

»Offensichtlich ja, Madam. Ich habe gehört, sie habe sich sehr um seine Verletzung gekümmert, ihm Einreibemittel gebracht und so weiter?«

»Das stimmt, Sergeant. Miss Blake wird eine sehr angenehme Ehefrau abgeben, glauben Sie nicht auch?«

»Sofern sie noch am Leben ist, Madam«, erwiderte Cribb. »Haben Sie sie irgend etwas sagen hören, das uns vielleicht helfen könnte, sie wiederzufinden — ob sie zum Beispiel noch einen anderen Besuch vorhatte?«

»Ich fürchte, da kann ich Ihnen überhaupt nicht helfen. Die jungen Leute trafen sich im Salon, und Sie wissen ja, wie groß der ist. Ich war anwesend als Anstandsdame — eine Vorschrift des Hauses —, aber ich saß am anderen Ende, außer Hörweite, und flickte eins von Alberts Trikots. Man versucht, den Anstand zu wahren, ohne sich einzumischen, wenn Sie wissen, was ich meine. Die einzigen Wor-

te, die ich von Miss Blake hörte, waren die Floskeln am Anfang und am Ende des Besuchs. Sie ging kurz nach vier Uhr. Aber Sie glauben doch nicht wirklich, daß dies mit dem Tod von Lola Pinkus in Verbindung steht, nicht wahr?«
»Warum sollte ich das nicht?«
»Lola war eine ganz andere Sorte Mensch, so schamlos wie kaum jemand, Sergeant. Als billige Figurantin erfüllte sie zweifellos eine nützliche Funktion, aber darüber hinaus war sie zu nichts zu gebrauchen. Ihr Verhalten hier war unverzeihlich. Das könntest du dem Sergeant bestätigen, nicht wahr, Dizzie?«
Beaconsfield, der auf seinem Stuhl rhythmisch keuchte, schien beinahe zu nicken.
»Ich nehme an, Sie beziehen sich auf den Vorfall mit dem Baiser, Madam?« fragte Cribb.
»Sie wissen davon? Sie war eine Intrigantin«, fuhr Alberts Mutter fort, die sich nun zu weiteren Schmähungen ermutigt fühlte, »eine Unruhestifterin und schamlose Spielerin mit der Zuneigung der Männer. Oh, ich habe wirklich Mitleid mit dem armen Wesen, das den Kapriolen dieser jungen Frau ein Ende gesetzt hat.«
Auf ein Klopfen an der Tür erhob sich Cribb. Thackeray und Major Chick standen davor. Dem Zustand ihrer Kleider nach zu urteilen, hatten sie bei der Suche nichts ausgelassen.
»Wir haben das ganze Haus abgesucht, Sarge. Vom Keller bis zum Dachboden, einschließlich Mrs. Bodys Zimmer.«
»Das habe ich bereits gehört.«
»Und die Nebengebäude. Wir haben niemanden

gefunden, Sir. Ich bin mir sicher, daß sie nicht hier ist.«

»Und auch kein Hinweis auf frische Grabungsarbeiten im Garten, soweit das in diesem verdammten Nebel zu sehen war«, ergänzte der Major wehmütig.

»Aber ich sagte Ihnen doch bereits, daß sie gestern nachmittag das Haus verlassen hat«, warf Alberts Mutter dazwischen. »Wenn Sie zugehört hätten ...«

Ein lautes Klopfen an der Haustür unterbrach sie.

»Öffnen Sie, Thackeray«, befahl Cribb. Und dem Major trug er auf, Alberts Mutter in den Salon zurückzubegleiten.

Der Besucher war Plunkett, das Gesicht aschfahl. Ohne den Mantel auszuziehen, ließ er sich auf einen Stuhl fallen.

»Was können wir für Sie tun, Sir?« fragte Cribb.

»Ich muß mit Albert sprechen, dem starken Mann — privat. Es ist sehr dringend.«

»Sehr dringend?« Cribb hakte die Daumen in die Taschen seiner Weste wie ein Bauer, der eine Herde Schafe begutachtet. »Worum handelt es sich denn — etwas, das mit dem Verschwinden Ihrer Tochter zu tun hat?«

»Das geht Sie nichts an.«

Cribb schüttelte langsam den Kopf. »Diesmal schon, Sir. Sie können mit Albert sprechen, wenn Sie wollen, aber ich werde anwesend sein und Constable Thackeray ebenfalls. Ich habe Grund zu der Annahme, daß das, was mit Ihrer Tochter passiert ist, in engem Zusammenhang steht mit dem Fall, in dem ich im Augenblick ermittle, mit dem Tod von Miss Lola Pinkus nämlich.«

Bei der Erwähnung des Namens fuhr Plunkett entsetzt hoch. »Was? Glauben Sie, daß der Mörder dieses Mädchens —«
»Ich glaube so sehr daran, Mr. Plunkett, daß ich sofort erfahren muß, was Sie Albert zu sagen haben, und dabei ist es mir gleichgültig, ob Sie bei meinem Inspektor oder dem Chief Superintendent oder dem Direktor selbst protestieren werden. Wohltätigkeitsschweinereien stehen vielleicht außerhalb der Reichweite des Gesetzes, aber Mord an jungen Frauen nicht. Holen Sie Albert«, sagte er zu Thackeray, »und halten Sie die anderen draußen, den Major eingeschlossen.«
Plunkett wirbelte herum, wie um Thackeray aufzuhalten, aber ihm fehlten die Worte. Statt dessen drehte er sich wieder dem Tisch zu, legte den Kopf darauf und zerraufte sich die Haare.
»Ich will offen sprechen«, sagte Cribb. »Ich habe wenig Mitleid für Sie übrig, Mr. Plunkett. Ich habe mir große Mühe gegeben, um herauszufinden, auf welche Art und Weise Sie sich Künstler für Ihr Varieté besorgen. Am Ende hatte ich genug, um die Wände des Paragon mit Anklageschriften zu tapezieren. Aber bei Gott, diese Wände stehen unter einem mächtigen Schutz. Der Lohn meiner Bemühungen war eine Strafpredigt im Scotland Yard. Aber wir leben in einer eigenartigen Welt. Ich werde Ihnen helfen, Ihre Tochter zu finden, ob Sie es nun wollen oder nicht. Das ist doch wirklich uneigennützig, nicht wahr? Doch nun vergeuden wir besser keine Zeit mehr. Sie haben einen Brief erhalten, nicht?«
Ein Murmeln von Plunkett bestätigte dies.

Thackeray kam nun mit Albert, den die Aussicht auf ein zweites Verhör sichtlich nervös machte. Er und Plunkett begrüßten sich nickend.

»Nun, Sir«, sagte Cribb.

Plunkett fluchte unflätig, doch mehr über seine Notlage als über Cribbs Unbeugsamkeit. Dann zog er einen Brief aus seiner Brusttasche. »Der kam heute mit der Post. Sie sollten ihn besser lesen.« Nach einer Pause fügte er hinzu: »Sie alle.«

Albert breitete die beiden Bögen Briefpapier auf dem Tisch aus, so daß alle mitlesen konnten:

Freitag

Mein liebster Papa,

Inzwischen wirst Du wissen, daß ich nach meinem Besuch bei Albert heute nachmittag nicht mehr nach Hause gekommen bin. Der Grund dafür ist, daß ich entführt wurde und gefangengehalten werde, bis die Bedingungen für meine Freilassung erfüllt sind. Ich kann Dir versichern, daß mir bis jetzt kein Leid zugefügt wurde und daß ich anständig behandelt werde. Als Beweis wurde mir erlaubt, diesen Brief an Dich zu schreiben, wobei mir ein Teil davon diktiert wird. Eine Locke meines Haares wird als weiterer Beweis meiner Identität beigefügt werden.

Meine Freilassung liegt in Deinen Händen. Wenn Du mich unverletzt wiedersehen willst, mußt Du genau die Anweisungen befolgen, die ich Dir jetzt gebe.

Du sollst fünfhundert Pfund in beliebigen Scheinen in einen Lederkoffer legen. Wenn das Paragon heute abend um Viertel vor zwölf leer ist, sollen die

Türen unverschlossen bleiben. Der Koffer soll von Albert (das ist mein Vorschlag, weil ich Angst um Dein Herz habe) zur Bühnenmitte getragen werden. Dazu muß Albert Philbeach House unter einem Vorwand verlassen. Ein Scheinwerfer soll die Stelle der Bühne beleuchten, wo Albert den Koffer abstellt, aber das restliche Theater muß dunkel sein, und *es darf auch niemand anders außer Albert im Theater sein.* Sobald er den Koffer abgestellt hat, soll er das Theater verlassen und nach Philbeach House zurückkehren. Das Geld wird abgeholt, fortgebracht und gezählt werden, und wenn alles in Ordnung ist, werde ich innerhalb einer Stunde freigelassen und Dich am Haupteingang des Paragon treffen. Jede Nichtbeachtung der Anweisungen und jeder Versuch, die Polizei zu informieren oder der Person, die das Geld abholt, zu folgen, wird die schlimmsten Konsequenzen haben. Ich wiederhole, daß kein Mensch außer dem Kurier (Albert) sich im Theater aufhalten darf. Der Nachtwächter soll die Türen um ein Uhr schließen, und zu dieser Zeit werde ich, so Gott es will, wieder bei Dir sein. Bitte enttäusche mich nicht, Papa. Ich stehe Todesängste aus.
Deine dich immer liebende Ellen

»Verstehen Sie jetzt, warum ich Ihnen nichts von dem Brief sagen konnte?« fragte Plunkett. »Jetzt habe ich meine Tochter zum Tode verurteilt. O Gott, habe ich das wirklich getan?«
»Das wage ich zu bezweifeln, Sir«, erwiderte Cribb. »Niemand außerhalb dieses Hause weiß, daß der Yard anwesend ist. Wir kamen zu Fuß durch den

Nebel. Wir vier in diesem Zimmer sind die einzigen, die von unserem Zusammentreffen wissen.«
»Und was soll ich jetzt tun?« fragte Plunkett flehend.
»Was hatten Sie vor zu tun, Sir?«
»Punkt für Punkt, was sie verlangen. Gütiger Himmel, meine Tochter ist mir doch fünfhundert Pfund wert! Ich wollte Albert nur sagen, welche Rolle ihm bei der Sache zugedacht ist.«
»Und, Albert«, fragte Cribb. »Spielen Sie mit?«
Der starke Mann streckte furchtlos das Kinn vor.
»Ich werde alles tun, um Ellen zu helfen, Sergeant.«
»Braver Mann. Haben Sie den Betrag bereit, Mr. Plunkett?«
»Ich habe einige Hundert im Safe. Nach der heutigen Vorstellung werden es genug sein.«
»Großartig. Ich werde für den Koffer sorgen«, sagte Cribb, »und dann haben wir alle einen Beitrag geleistet. Ach, und noch eins, Albert. Ich möchte mir Beaconsfield ausleihen. Es wird ihm nichts passieren, aber wir wollen Ihre Mutter nicht beunruhigen. Sagen Sie ihr, Mr. Plunkett braucht Sie und den Hund für eine geheime Probe für nächsten Dienstag.«
»Er ist kein sehr guter Wachhund, Sergeant.«
»Für meine Zwecke genügt er«, erwiderte Cribb.

16

Während sie an diesem Abend im Parterre des Paragon saßen, fragte sich Thackeray immer wieder, was sein Sergeant eigentlich vorhabe. War es für ihre Ermittlungen wirklich notwendig, sich drei Stunden lang das gesamte Programm anzusehen, einschließlich der Nummern, die sie bereits vom vergangenen Dienstag kannten? Im Bericht würde dann wahrscheinlich stehen: »Die Vorgänge wurden ununterbrochen beobachtet.« Das wäre dann Begründung genug für die eingehende Betrachtung der Ballettmädchen durch das Opernglas, aber es rechtfertigte nicht, warum Cribb so fröhlich den Refrain von *Hopplahopp, da sind wir wieder* mitsang.

Für Thackeray war der Abend eine Qual. Das Varieté hatte ihm noch nie sonderlich zugesagt, aber bis zu der augenblicklichen Ermittlung hatte er es wenigstens geschafft, ein gemischtes Programm aus Holzschuhtänzern, Schlangenmenschen, Buffosängern und tragikomischen Szenen ohne offene Anzeichen von Leiden über sich ergehen zu lassen. Aber an diesem Abend mußte er feststellen, daß gewisse Darbietungen, von Solisten wie vom Ballett, bei ihm ein Gefühl peinlichster Verlegenheit hervorriefen und er sich während des übrigen Programms in ängstlicher Erwartung eines neuen Unfalls an der Stuhlkante festklammerte. Es würde lange dauern, bis er je wieder freiwillig ein Varietétheater betrat.

Aber schließlich kam doch, kurz vor elf Uhr, der Augenblick, da sich die Besucher schwankend erhoben, um gemeinsam das letzte Lied des Abends, die Nationalhymne, zu singen und dann auf die Ausgänge und die Pubs zuzuströmen. Es war die Stunde, in der die Damen, sofern sie noch ohne Begleitung waren, sich verzweifelt die Hälse verrenkten und sich möglicherweise sogar mit einem Constable mittleren Alters mit allen Anzeichen nervöser Erschöpfung zufriedengegeben hätten. Er war deshalb froh, Cribbs zügigen Schritten ins Foyer folgen zu können. Wollte man sich hier mit Plunkett treffen, um einen geheimen Treffpunkt zur Beobachtung der Übergabe zu vereinbaren? Nein. Cribb wollte sich lediglich für einen Penny ein Textblatt von *Hopplahopp, da sind wir wieder* besorgen.

Plunkett hatten sie während der Vorstellung nicht gesehen, aber das war auch nicht verwunderlich. Moderne Theater wie das Paragon hatten den Conférencier im Publikum abgeschafft; denn er gehörte zur Tradition der Sandböden und Spucknäpfe, die bis vor kurzem das Varietépublikum auf die unteren Stände beschränkt hatte. Er saß statt dessen an deutlich sichtbarer Stelle im Foyer, neben einem Plakat der kommenden Dienstagsvorstellung, und er lüftete vor der Klasse von Gästen, die er gern empfing, eifrig seinen Seidenhut. Die kleine Armee von Pastetchen-, Nüssen-, Orangen- und Streichholzverkäufern hatte er überredet, ihren Angriff vor den Eingangsstufen vorzunehmen, so daß im Foyer selbst eine etwas gediegenere Atmosphäre herrschte.

»Kommen Sie«, sagte Cribb und steckte sich das Textblatt in die Tasche. »Wir wollen doch hier nicht alleine übrigbleiben.«
Thackeray runzelte die Stirn. Er hatte angenommen, sie hätten das Varieté besucht, um später, bei der Übergabe der fünfhundert Pfund, heimlich anwesend sein zu können. Mit einem Nicken in Plunketts Richtung folgte er Cribb zwischen den Gruppen der sich Verabschiedenden hindurch, an der Schlange der wartenden Droschken vorbei und hinein in den dichten Nebel. Im Gewühl des sich nur langsam verteilenden Publikums mußte er scharf aufpassen, um die Melone seines Sergeanten nicht aus den Augen zu verlieren. Er hoffte nur, daß Cribb eine Verhaftung im Inneren des Theaters plante. Bei diesen Bedingungen war eine Verfolgungsjagd durch die Straßen praktisch unmöglich. Er zog sich den Schal über den Mund und holte Cribb bei der nächsten Straßenlaterne ein.
In der Victoria Street betraten sie einen Pub, in dem der Tabakrauch fast so dicht war wie draußen der Nebel. Der Samstagabend wurde in der Nähe des Klaviers sehr stilvoll gefeiert, und offensichtlich auch in der Kegelbahn im Keller, denn die Erschütterungen drangen nach oben durch.
»Was trinken Sie?« fragte Cribb.
»Das gleiche wie immer, bitte, Sarge.«
»Drei Pints East India, Wirt. Ist mein Freund schon eingetroffen?«
»Wartet im Hinterzimmer, Chef. Dort hinter den Geldwechselmaschinen.«
Sie fanden Albert allein in der behaglichen Atmosphäre des Privatzimmers, wo er unter einem ge-

rahmten Text saß mit der Aufschrift: *Im Leben nur Frauen und Wein. Was gibt es Schöneres auf Erden?* Auf dem Tisch stand eine Vase mit Chrysanthemen.

»Sehr schön. Sind Sie bereit? Wo ist der Hund?« sagte Cribb in einem Atemzug und stellte die drei Gläser auf den Tisch.

»Beaconsfield? Ich habe ihn im Hof angebunden«, antwortete Albert. »Der Wirt wollte ihn nicht hereinlassen. Meinte, die Kunden mögen keine bellenden Hunde. Haben Sie Beaconsfield je bellen gehört, Sergeant? In der Bar sind mindestens zehn Gören, die so laut schreien, daß man taub werden könnte, und der arme alte Beaconsfield muß draußen im Nebel sitzen. Es gefällt ihm ganz und gar nicht, das kann ich Ihnen sagen. Ich hoffe nur, daß niemand über ihn stolpert.«

»Sind Sie noch immer bereit, die Sache durchzuführen?«

Die Frage schien Albert zu überraschen. »Natürlich. Ich habe doch mein Wort gegeben. Und es ist doch keine Gefahr dabei, oder? Sie werden es doch heimlich beobachten?«

»Nicht direkt«, entgegnete Cribb. »Wir können kein Risiko eingehen, solange Miss Blake in Gefahr ist. Am besten, Sie führen die Anordnungen Punkt für Punkt aus. Wir werden vor dem Theater warten.«

»Davor?«

»Im Nebel wird man uns nicht sehen können. Und Sie wissen ganz genau, was Sie zu tun haben?«

Eine halbe Stunde später holten sie den zitternden Hund und machten sich auf den Rückweg zum Paragon. Die Lampen vor dem Eingang und im Foyer

waren gelöscht. Auch die Straßenverkäufer waren verschwunden.
Plunkett erwartete sie mit dem Koffer in der Hand unter einer Ladentür auf der anderen Straßenseite. Die Maske der Gelassenheit, hinter der er sich noch vor einer Stunde versteckt hatte, war verschwunden, Angstfalten durchfurchten sein Gesicht.
»Großartige Vorstellung heute abend, Mr. Plunkett«, bemerkte Cribb mit der Herzlichkeit des echten Enthusiasten.
»Was? Oh, ja.«
»Das Geld ist vollständig im Koffer? Kein Irrtum?«
»Ich habe zweimal nachgezählt. Und ich habe den einzelnen Bühnenscheinwerfer angelassen.«
»Sehr gut, Sir. Lassen Sie uns die Uhren vergleichen. Nach meiner haben wir noch drei Minuten Zeit.«
Plunkett starrte angestrengt in den Nebel. »Wo sind denn die anderen?«
»Die anderen?« wiederholte Cribb.
»Die uniformierte Polizei? Ich dachte, Sie hätten das Theater umstellt.«
Cribb schüttelte den Kopf. »Das wäre nicht klug, Sir. Könnte unseren Entführer abschrecken. Nun möchte ich Sie noch um einen Gefallen bitten, Mr. Plunkett. Dieses arme Tier hat dringend einen Spaziergang nötig. Würden Sie so freundlich sein? Wenn Sie zurückkommen, sollte Albert seine Sache beendet haben, und wir werden nicht mehr lange auf Ihre Tochter warten müssen.«
Plunkett bekam nun Beaconsfields kurze Leine in die Hand gedrückt. Noch bevor der Theaterdirek-

tor protestieren konnte, wurde er schon in Richtung auf den nächsten Laternenpfosten davongezerrt.

»Den Koffer, Sir«, erinnerte ihn Cribb. Er ließ ihn fallen, bevor Beaconsfield ihn endgültig davonzerrte. Cribb hob ihn auf.

»Sechzehn Minuten bis Mitternacht, Albert«, sagte Cribb und gab ihm den Koffer.

»Und es sind wirklich keine Polizisten in der Gegend?«

»Thackeray und ich selbst. Wieviel wollen Sie denn noch? Wir müssen an Miss Blake denken, Albert. Wie hieß es gleich wieder in dem Brief? ›Schlimmste Folgen.‹ Klingt ziemlich häßlich. Also los dann, Junge.«

Der starke Mann nickte tapfer, holte tief Atem, überquerte die Straße und verschwand im Paragon.

»Wird ja nicht lange brauchen, was, Sarge?« fragte Thackeray, der schon wieder Mitleid mit dem jungen Mann hatte. Die Aussicht, das dunkle Theater betreten zu müssen, hätte sogar einen erfahrenen Constable zögern lassen.

»Zehn Minuten«, sagte Cribb. »Aber mir fiel gerade ein, daß Albert der einzige von uns ist, der das Paragon noch nie betreten hat. Es wäre eine Schande, wenn er sich verlaufen würde. Wir geben ihm fünfzehn Minuten, und dann folgen Sie ihm.«

Aber das war nicht nötig. Kurze Zeit später tauchte der starke Mann deutlich fröhlicher wieder auf. »Ich habe den Koffer genau in die Mitte gestellt«, berichtete er ihnen. »Jetzt werden wir doch Ellen bald wiedersehen?«

»Sehr bald, wenn man sich auf den Brief verlassen kann«, antwortete Cribb. »Haben Sie dort drin irgendwelche Geräusche gehört?«
»Nein. Alles war vollkommen still, aber ich hatte stark den Eindruck, nicht alleine zu sein.«
»Ich hoffe, daß Sie es nicht waren«, entgegnete Cribb, »sonst hätten wir alle nur unsere Zeit vergeudet.«
Dann schwiegen die drei, die ganze Aufmerksamkeit war nun auf die Flügeltüren auf der anderen Straßenseite gerichtet. Die Sicht wurde ihnen immer wieder von nächtlichem Verkehr versperrt, vorwiegend Droschken mit bimmelnden Glocken, einigen späten Omnibussen und einem Polizeiwagen, dessen Pferd von einem sicherheitsbewußten Constable mit einer Laterne an der Hand geführt wurde.
Cribb berührte Thackeray am Arm. »Diese Gestalt, die da von links kommt. Passen Sie auf.«
Es war verdammt schwierig, unter diesen Bedingungen überhaupt etwas zu erkennen. Thackeray kniff die Augen zusammen und suchte in der angegebenen Richtung nach einer Bewegung. Und tatsächlich ging eine bis über die Ohren vermummte Gestalt in einem langen Mantel am beleuchteten Schaufenster eines Konditors vorüber. War da wirklich ein verstohlenes Schleichen in diesem Gang, ein gewisses Hochziehen der Schultern, oder war das nur der Wunsch eines Constables, der die Verhaftung schnell hinter sich bringen und dann zu Kakao in die Paradise Street zurückkehren wollte? Ah! Daran war nicht zu zweifeln: Der Kerl war die Treppen zum Paragon hochgestiegen und rüttelte nun am Türgriff.

»Schnappen Sie ihn, Thackeray!«
Endlich eine konkrete Handlung! Keine Zeit, um auf den Verkehr zu achten. Wie ein Blitz über die Straße, die Arme wie Maschinenkolben, die Schritte gedämpft vom Nebel.
Der Verdächtige hatte nicht die geringste Chance. In der einen Sekunde betrat er noch behutsam das dunkle Foyer, in der nächsten wurde er schon wieder herausgezerrt, den Arm schmerzhaft auf den Rücken gebogen, ein Bart wie Stahlwolle an seiner Wange.
»Dann wollen wir dich doch mal ansehen«, keuchte Thackeray und riß ihm den Schal weg. »Verdammt! Doch nicht Sie!«
»Bei meinem ganz legalen Handwerk«, ächzte Major Chick. »Lassen Sie los, Mann. Sie brechen mir ja den Arm!«
»Erst wenn ich Sie sicher über der Straße habe.«
»Saubere Arbeit, Constable«, sagte Cribb, als Thackeray den Gefangenen zum Ladeneingang brachte. »Aber jetzt lassen Sie besser los. Nun, Major, was tun Sie denn hier bei so einem Wetter?«
Der Major massierte seinen Arm. »Einen Verdächtigen verfolgen, verdammt noch mal. Bin dem Gauner von Kensington bis hier gefolgt und habe ihn dort oben an der Straße verloren. Aber ich mußte nicht lange schlußfolgern, um zu wissen, daß er ins Paragon wollte. Wie ich sehe, haben Sie ihn gefaßt, Sergeant.«
Cribb rümpfte verächtlich die Nase. »Albert? Er hilft uns. Und Sie hätten unsere Falle beinahe platzen lassen, Major. Ich hätte wissen müssen, daß wir Sie nicht so einfach abschütteln können.«

»Ich glaube, er hat eine Schußwaffe in der Tasche, Sarge«, warnte Thackeray. »Ich spürte sie, als wir die Straße überquerten.«
»Das sagen Sie mir etwas spät«, bellte Cribb. »Er hätte uns alle drei mit Blei vollpumpen können, wenn er gewollt hätte.«
»Aber Sarge, Sie sagten doch, daß Sie den Major nicht verdächtigen...«
»Das ist unwichtig. Ich hätte mich ja auch täuschen können. Ich muß Sie trotzdem um die Waffe bitten, Major. Das Wetter ist nichts für Schießübungen.«
Major Chick steckte die Hand in die Tasche. »Nur ein Opernglas, Sergeant. Ein Geschenk von Mrs. Body. Sie können es ruhig haben, aber in diesem verdammten Nebel wird es Ihnen wenig nützen.«
Cribb warf Thackeray einen bösen Blick zu, wirbelte aber sofort herum, als er Schritte und einen entsetzlich rasselnden Atem hörte. Beaconsfield hatte Mr. Plunkett zurückgebracht.
»Waren Sie drin?« fragte der Theaterdirektor besorgt Albert.
»Ja, Sir, ich habe alles getan wie befohlen.«
Plunkett wandte sich an Cribb. »Und nun? Können wir hineingehen?«
Cribb schüttelte den Kopf. »Das wäre nicht gut, Sir. Wir halten uns genau an den Brief, falls Sie das vergessen haben. Lassen Sie mich jetzt den Hund nehmen, und Sie können auf der anderen Straßenseite auf Ihre Tochter warten. Aber gehen Sie nicht hinein. Wir werden Sie von hier aus beobachten.«
Plunkett gehorchte, und Cribb mußte seine ganze Kraft aufbringen, um Beaconsfield davon abzuhal-

ten, ihm zu folgen. Das Tier schien das bevorstehende Drama zu spüren.
Über fünfzehn Minuten lang ging Plunkett vor dem Eingang des Theaters auf und ab. Sogar der Verkehr war zum Stillstand gekommen.
Dann blieb er stehen, rieb am Glas einer der Türen und drückte sein Gesicht dagegen. Schließlich öffnete er die Tür, jemand kam heraus und fiel weinend in seine Arme. Ein Schopf blonder Locken kräuselte sich auf seiner Schulter.
»Ellen!« rief Albert und lief über die Straße. Die anderen folgten ihm.
»Bist du wirklich unverletzt?« fragte ihr Vater. »Bist du in Ordnung, Ellen?«
»Jetzt schon, lieber Papa.« Sie hob ihr Gesicht, die Spuren ihres Leidens waren darin deutlich zu sehen. Unter Tränen lächelte sie Albert zu. »Als sie das Geld gezählt hatten, verschwanden sie durch das Fenster der Requisitenkammer. Sie hatten dort eine Kutsche stehen.«
»Entwischt!« rief der Major.
»Wie sahen sie aus?« fragte Cribb.
»Ich weiß es nicht. Ein Mann und eine Frau. Sie hielten mich die ganze Zeit im Dunkeln und verbanden mir die Augen, wenn sie mich an einen anderen Ort brachten. Ich bekam ein Licht, um den Brief zu schreiben, das war alles. Und dabei standen sie hinter mir, damit ich sie nicht sehen konnte.«
»Sie haben keine Vorstellung, wo Sie gefangengehalten wurden?«
»Es kann nicht mehr als eine Meile von hier entfernt gewesen sein, nach der Fahrzeit zu urteilen. Ich glaube, ich war in einem Keller. Ich wurde nicht

schlecht behandelt, aber ich hatte entsetzliche Angst, Papa. Bitte bring mich jetzt nach Hause.«
»Versuch doch, dem Sergeant zu helfen, Ellen«, flehte Plunkett. »Hast du ihre Stimmen erkannt?«
»Nein, Papa, nur daß eine Frau dabei war.«
»Sergeant«, sagte plötzlich der Major, »hören Sie etwas?«
»Was meinen Sie?«
»Aus dem Theater.« Der Major öffnete die Tür. »Und ein komischer Geruch. Ich werde mich mal umsehen.«
»Gehen Sie mit ihm, Thackeray.«
Sie durchquerten das Foyer. Das Geräusch war hier deutlicher zu hören und kam unmißverständlich aus dem Theater selbst. Für Thackeray klang es, als versuchte jemand, ein kleines Geschenk in ein riesiges Packpapier einzuwickeln. Er öffnete die Tür zum Theaterraum. Rauch quoll heraus.
»Mein Gott! Es brennt!«
Wie das monströse Werk eines wahnsinnigen Bühnenbildners brannte die Bühne auf der ganzen Breite. Riesige gelbe Flammen leckten bis zur Decke des Proszeniums hoch und verbreiteten eine Helligkeit, wie sie die Gas- und Kalklichter nie erreichen konnten. Einer der Hauptvorhänge stürzte in einem Funkenregen zu Boden.
»Mein Theater!« rief Plunkett, der nun plötzlich bei ihnen stand.
»Der Major läuft schon zum Feuermelder an der Ecke«, sagte Cribb von hinten. »Gegen ein solches Feuer können wir nichts tun, Sir. Das ist eine Aufgabe für Captain Shaw und seine Männer. Albert räumt bereits die angrenzenden Häuser. Kommen

Sie, Sir. Wir werden an der Tür auf die Feuerwehr warten.«

Sie überredeten den Direktor, sich auf die Marmorstufen zu setzen und sich von Ellen trösten zu lassen. »Der nächste Dienstag wäre die größte Ehre meines Lebens gewesen«, jammerte er. »Und so wird es mir genommen — es ist unerträglich. Wer hat mir das nur angetan?«

»Wahrscheinlich war es der Scheinwerfer, Papa. Er war ja so lange unbeaufsichtigt. Du hast doch immer gesagt, daß sie gefährlich sind. Wahrscheinlich ist der Kalkbehälter explodiert.«

Albert kam wieder zu ihnen. »In den angrenzenden Häusern ist niemand, Sergeant. Todesfälle dürfte es keine geben, aber einen großen Sachschaden. Sind Sie ganz sicher, daß niemand im Paragon ist, Mr. Plunkett? Es ist ein großes Gebäude und —« Er unterbrach sich und wandte sich an Cribb. »Was ist mit Beaconsfield passiert?«

Der Sergeant ließ die Leine gedankenabwesend von der Hand baumeln. »Der Hund?« Er sah in das rauchgefüllte Foyer. »Der kommt bald wieder.«

Albert sah Cribb entsetzt an. »Soll das heißen, daß er da drin ist? Sie haben ihn in das Inferno gelassen?«

»Das war, bevor ich von dem Feuer wußte — genaugenommen, als Miss Blake herauskam. Er war neugierig, und ich habe ihn von der Leine gelassen.«

»Das klingt für mich aber gar nicht nach Beaconsfield«, erwiderte Albert bitter. »Das arme Tier ist bestimmt bei lebendigem Leib verbrannt. Wie soll ich das Mama beibringen? Sie wird Sie verfluchen.«

»Sie können ihr sagen, er half der Polizei bei der Erfüllung ihrer Pflicht«, entgegnete Cribb steif. »Einen Augenblick. Sehen Sie, dort.«
Er riß die Tür auf. Durch den erstickenden Rauch, der sich abscheulich durch das Foyer wälzte, konnten sie gerade noch etwas Kleines und Weißes mit zuckelnden Bewegungen auf sie zukommen sehen. Beaconsfield. Er hatte etwas im Maul und zerrte es heroisch hinter sich her. Cribb lief auf ihn zu, um ihm zu helfen. Mann und Hund packten den Koffer und brachten ihn nach draußen.
»Gut gemacht, Beaconsfield! Ein bißchen versengt an den Ohren und reif für die Badewanne, aber ansonsten wohlbehalten.« Cribb öffnete den Koffer, nahm etwas heraus und gab es dem dankbaren Hund. »Anissamen. Unwiderstehlich für jeden Hund, sogar für ein lethargisches altes Vieh wie den da. Und was haben wir da sonst noch im Koffer? Ihre fünfhundert Pfund, Mister Plunkett.«
Plunkett schüttelte verwirrt den Kopf. »Aber ich dachte, Ellens Entführer hätten es mitgenommen.«
Cribb klopfte Beaconsfield auf den Rücken. »Ohne die Hilfe meines leicht angesengten Assistenten hier hätte ich das Gegenteil kaum beweisen können.«
»Aber warum machten sie sich dann die ganze Mühe, wenn sie das Geld doch nicht nahmen?«
Cribb breitete die Hände aus wie ein Zauberer am Ende seiner Vorführung. »Weil sie nie existierten. Ihre Tochter, Miss Blake, hat sie nur erfunden, nicht wahr, Miss? Kein Mensch hat Sie entführt. In den vergangenen vierundzwanzig Stunden war sie

so frei wie Sie und ich. Und schrieb den Brief in einer gemütlichen Pension, würde ich sagen.«
Ellen Blake schlug die Hände vors Gesicht.
»Das ist eine infame Unterstellung!« schrie Plunkett Cribb an. »Warum sollte Ellen mir so etwas antun?«
»Diese Frage kann nur die junge Dame hier beantworten, Sir, aber ich vermute, daß es etwas mit Albert zu tun hat.«
»Mit mir, Sergeant?«
»Sehen Sie nur, was sie erreicht hat, Gentlemen: das Paragon in Flammen und wahrscheinlich in Schutt und Asche, wenn die Feuerwehr nicht bald eintrifft, die Dienstagsvorstellung verhindert und Alberts Ehre gerettet. Wenn ich sie jetzt nicht verhaften würde, dann würde sie Sie wahrscheinlich heiraten wollen, Albert.«
»Ellen verhaften? Aber aus welchem Grund denn?«
»Das können Sie sich aussuchen, Sir. Erschleichung von Geld unter Vorschützung falscher Tatsachen. Brandstiftung. Mord. Mord an Miss Lola Pinkus mit Hilfe von Gift. Am Ende der Straße wartet ein Polizeiwagen, Miss, und ich wäre Ihnen sehr zu Dank verpflichtet, wenn Sie mich zum nächsten Polizeirevier begleiten würden.«
Plunkett hielt schützend den Arm vor seine Tochter. »Das ist doch Wahnsinn, Sergeant. Ich werde dafür sorgen, daß man Sie entläßt. Ich habe Freunde bei Scotland Yard, wie Sie wissen. Sie können doch nicht solche Behauptungen aufstellen, ohne —«
Nun sprach zum erstenmal Ellen, mit mühsam beherrschter Stimme. »Vater, tu mir wenigstens den

Gefallen und laß mich in Würde das ertragen, was jetzt auf mich zukommt. Verstehst du denn nicht, daß mich erst deine Intrigen dazu gebracht haben? Ich habe genug von ihnen. Bleib hier und sieh zu, wie dein Theater brennt. Und bete, daß die Flammen deine Seele reinigen mögen. Albert, mein Lieber, mein armer, unschuldiger Albert, falls du je so weit kommen solltest zu verstehen, was ich getan habe, dann glaub mir, daß du nichts hättest tun können, um es zu ändern. Du wirst mich doch besuchen, wenn sie es dir erlauben, nicht wahr? Ich höre die Feuerwehrsirene, Sergeant. Wir können gehen.«

»Ich habe Ihren Bericht gelesen, Sergeant«, sagte Inspektor Jowett am folgenden Montag in Scotland Yard. »Miss Blake hat also ein volles Geständnis abgelegt?«
»Das ist korrekt, Sir. Anhang eins.«
»Ah ja. Was glauben Sie, was treibt eine junge Frau zu einer solchen Untat?«
»Ein starker Hang zum Puritanismus«, antwortete Cribb. »Und die Liebe zu einem jungen Mann. Eine kraftvolle Verbindung.«
»Puritanismus bei einer Varietésängerin?«
»Ihre Lieder waren alle sehr anständig, Sir. Sie verabscheute die Liedchen, die in den Mitternachtsvorstellungen gesungen wurden. Und ebenso die Methoden ihres Vaters zur Beschaffung von Artisten.«
»Die Unfälle?«
»Ja. Als für das Theater, in dem Albert auftrat, ein Unfall geplant wurde, wurde sie sehr wütend. Wis-

sen Sie, sie wollte nicht, daß dem jungen Mann, den sie liebte, etwas zustoße, und deshalb schickte sie uns eine anonyme Botschaft.«

»Weil sie glaubte, daß die Polizei den Unfall verhindern würde?«

»Möglich, Sir. Wir würden auf der Bühne sein, sobald etwas passierte, und das waren wir ja auch. Bei dieser Gelegenheit haben wir die junge Frau kennengelernt. Als wir dann später Albert zu Philbeach House folgten und die Verbindung mit dem Paragon entdeckten, tat sie etwas sehr Eigenartiges.«

»Und was?«

»Sie wußte, daß wir Polizisten waren, als sie uns die Karten verkaufte — für die normale Vorstellung, nicht für die um Mitternacht. Aber ihrem Vater sagte sie nicht, wer wir waren. Sie bot uns sogar an, uns hinter die Bühne zu führen, und ließ uns dann alleine, um zu ihrer Vorführung ins Grampian zu gehen. Das war ja fast schon ein Wink mit dem Zaunpfahl. Natürlich sahen wir uns ein bißchen um und entdeckten Bellottis Fässer, die zweite eindeutige Verbindung mit Philbeach House. Als wir die Karten kauften, sahen wir, daß Beaconsfields Korb eintraf, wenn Sie sich noch erinnern. Zu diesem Zeitpunkt fiel mein Verdacht zum erstenmal auf Miss Blake. Im Gespräch mit ihr an diesem Abend wurde deutlich, daß sie das Verhalten ihres Vaters ablehnte.«

»Aber zu diesem Zeitpunkt erkannten Sie vermutlich noch nicht, daß sie zur Mitternachtsvorstellung ins Paragon zurückkehren und Miss Pinkus vergiften würde.«

»Nein, Sir«, erwiderte Cribb. »Aber sie hatte genug Zeit dafür. Im Paragon konnte sie sich unbemerkt aufhalten, solange sie nur ihrem Vater aus dem Weg ging. Sie nahm die Säure, die zum Ausräuchern des Theaters verwendet wird, und kippte genug davon ins Glas, um Lola zu töten.«

»Aber aus welchem Grund? Was war das Motiv, Sergeant?«

»Lola bedeutete Ellen Blake nichts, das stimmt, höchstens vielleicht als mögliche Rivalin um Alberts Zuneigung, da sie ja wußte, daß Lola sehr gern flirtete. Ich glaube, Miss Blake war zu diesem Zeitpunkt zu allem bereit, um Alberts Ruf zu retten. Es war vielleicht für sie die letzte Möglichkeit, um etwas zu tun, damit das Theater geschlossen würde. Ein plötzlicher Tod — ob man nun einen Unfall, Selbstmord oder sogar Mord feststellte — schien für sie das beste zu sein. Das tödliche Gift war verfügbar und brachte sie auf den Gedanken. Es gab nur eine Nummer, bei der sie es verwenden konnte, und zwar die des Zauberers. Also wurde Lola zum Opfer. Eiskalte Logik. Das ist die Zielstrebigkeit einer Mörderin, Sir. Der Tod eines vulgären kleinen Revuemädchens war nichts im Vergleich mit der Gefahr, die Alberts Ruf drohte. Ich glaube, Ellen Blake war eine Fanatikerin. Sie mußte Plunkett von der Fortführung seiner Mitternachtsvorstellungen abschrecken, und Gewalt erschien ihr dazu als das beste Mittel. Was sie natürlich nicht bedacht hatte, war der — äh — überragende Grund, warum die nächste Dienstagsvorstellung stattfinden mußte.«

»Lassen wir das«, sagte Jowett und rutschte auf seinem Stuhl hin und her. »Soweit ich mich erinnere, schickte ich Sie nach Philbeach House, um in dem Todesfall zu ermitteln. Was haben Sie dort herausgefunden?«

»Genug, um einige Verdächtige aus dem Kreis der möglichen Täter auszuschließen, Sir. Ich wußte, daß Alberts Mutter das Gift nicht ins Glas geschüttet haben konnte, weil sie bereits oben im Ballon schwebte, als der Tisch des Zauberers in die Seitenkulisse gebracht wurde. Albert und Mrs. Body leisteten sich an diesem Abend gegenseitig in Philbeach House Gesellschaft, deshalb bezweifelte ich, daß einer der beiden sich nach Victoria hätte schleichen können. Der Major spielte im Orchester, wo ich ihn immer im Auge hatte. So blieben nur Plunkett und Miss Blake, und ich konnte mir nicht vorstellen, daß Plunkett das Mädchen in seinem eigenen Theater umbringen würde, auch wenn er ein Motiv gehabt hätte. Er hätte damit alles in Gefahr gebracht.«

»Also schlossen Sie, daß Miss Blake die Mörderin war.«

»Daran bestand kein Zweifel, Sir. Aber ich brauchte noch Beweise, und die konnte ich nicht bekommen, ohne ins Paragon zu gehen und sie zu verhören. Aber das hätte ja Ihren Befehlen widersprochen, Sir. Und ich bin kein Narr.«

»Das weiß ich, Sergeant.«

»Ich ging also davon aus, daß Miss Blake, sobald sie merkte, daß man ihr auf die Spur gekommen war, zu einem Befreiungsschlag ausholen würde. Zehn zu eins, daß sie zuerst zu Albert laufen würde, und ich wollte deshalb in Philbeach House auf sie warten.«

»Und darum schickten Sie den Major zu Plunkett, um ihn zu befragen — nur um seine Tochter so in Panik zu versetzen, daß sie in Ihre Falle laufen würde?«

»Genau, Sir, aber sie war bereits verschwunden, als er dort eintraf. Hatte uns ein Schnippchen geschlagen. Ich befürchtete zunächst, daß sie mit dem Nachtzug nach Dover und dann nach Frankreich entwischt sei. Ich konnte nun nur noch nach Philbeach House eilen und nachsehen, ob Albert noch dort war. Komischerweise war er es, aber die junge Frau hatte sich bei ihm nicht sehen lassen. Ich war wirklich erleichtert, als Plunkett mit diesem Erpresserbrief eintraf, das kann ich Ihnen sagen. Sobald ich ihn sah, wußte ich, daß es nur ein Trick war, um den Verdacht von sich abzulenken. Gleichzeitig machte sie Albert zum Werkzeug ihrer Befreiung und damit zu einem Helden in den Augen ihres Vaters. Sie hatte vor, das Lösegeld im Paragon zu verstecken und es später Albert zu geben, damit er Philbeach House verlassen und sie heiraten konnte.«

»Deshalb beschlossen Sie, die Übergabe des Geldes zuzulassen.«

»Ja, Sir. Aber ich präparierte den Koffer mit Anissamen und ließ Beaconsfield daran schnuppern. Doch das Feuer hatte ich nicht einkalkuliert, Sir.«

»Setzte sie das Theater mit Absicht in Brand?«

»Ja, Sir. Das Feuer im Paragon nutzte ihren Zielen mehr als der ursprüngliche Plan. Albert hätte an diesem Dienstag nicht auftreten müssen, der Koffer wäre in den Flammen zerstört worden, so daß sie später hätte behaupten können, die Entführer hätten ihn genommen, und den vulgären Vorstel-

lungen ihres Vaters wäre ein Ende gesetzt worden. Fünfhundert Pfund von seinem Geld waren nicht viel, um im Namen der Anständigkeit in Rauch aufzugehen. Glücklicherweise machte der Hund seine Sache gut und rettete das Geld. Dieser Beaconsfield ist wirklich ein lächerliches Tier, aber in gewisser Weise schätze ich ihn. Als ich den Rauch im Theater bemerkte, war ich um den Hund fast mehr besorgt als um die Beweismittel.«
Jowett erhob sich, kam um den Tisch herum und legte Cribb die Hand auf den Arm, ein für ihn höchst untypisches Zeichen von Herzlichkeit. Da konnte man nur argwöhnisch werden. »Ich glaube, im Herzen sind Sie ein sentimentaler Kerl, Sergeant. Aber Sie haben gute Arbeit geleistet. Eine erstklassige Ermittlung. Das wird nicht vergessen werden.«
»Vielen Dank, Sir.«
»Aber eins muß ich noch erwähnen. Ein Fall wie dieser schlägt auch andernorts Wellen. Diese kleinen Belustigungen im Paragon hatten in gewissen Kreisen einige Anhänger.«
»Das weiß ich, Sir.«
»Großartig. Dann werden Sie auch die Enttäuschung über die Verhinderung der nächsten Dienstagsvorstellung verstehen. Ah« — Inspektor Jowett hob die Hand, um Cribb das Wort abzuschneiden. »Ich weiß, daß das Feuer im Paragon nicht Ihr Verschulden war. Wie hätten Sie auch eine solche Katastrophe voraussehen können? Aber ich fürchte dennoch, daß gewisse Stammgäste dieser Mitternachtsvorstellungen, wenn sie die Zeitung lesen, irrtümlich glauben werden, Sie hätten untätig zugesehen, wie das Theater niederbrannte.«

»Ich habe sofort nach der Feuerwehr geschickt«, protestierte Cribb.

»Aber natürlich, Sergeant. Sie haben während der ganzen Ermittlung ein beispielhaftes Verhalten gezeigt. Es ist wirklich nicht Ihr Fehler, daß das Haus nun eine verkohlte Ruine ist. Daran werde ich festhalten, gleichgültig, welche Anschuldigungen kommen sollten. Aber ich hoffe, Sie werden verstehen, daß der Yard seinen Anteil an diesen Ereignissen nicht über Gebühr betonen möchte.«

Cribb nickte verständig.

»In Kürze, Sergeant, ich habe den Herren der Presse mitgeteilt, daß die Verhaftung von Miss Blake und die Führung der gesamten Ermittlung zum Großteil das Verdienst dieses Privatdetektivs, dieses Militärheinis, äh —«

»Major Chick.«

»Ebendieses Mannes sind. In der heutigen Morgenausgabe der *Times* steht ein ausgezeichneter Artikel über ihn. Haben Sie ihn gelesen? Er hatte ja schließlich großen Anteil an den Ereignissen, die Sie in Ihrem Bericht beschreiben. Ein solcher Artikel wird seinem Büro sicher von Nutzen sein.«

»Daran zweifle ich nicht, Sir.«

»Das heißt natürlich nicht, daß man Ihre Beteiligung an der Ermittlung nicht entsprechend würdigen wird. Wir wollen niemandem ein gerechtes Lob versagen, und deswegen habe ich Sie rufen lassen, Sergeant. Auch wenn Sie in diesem Büro kein Wort mehr über Ihre ausgezeichnete Arbeit hören sollten, glauben Sie bitte nicht, ich hätte Ihren Bericht in die Schublade gesteckt und ihn vergessen. Tatsache ist, der Yard hat beschlossen, Ihnen für

Ihre bewundernswerte Bewältigung dieser delikaten Angelegenheit eine Anerkennung zukommen zu lassen.«
»Vielen Dank, Sir.«
Jowett öffnete eine Schublade seines Schreibtisches. »Der Yard erhält manchmal aus der Bevölkerung kleine Geschenke als Dank für diskrete Erledigung von schwierigen Fällen. Dieses erhielten wir von einem Varietédirektor. Wir haben beschlossen, es Ihnen zu geben.«
Cribb nahm es bereitwillig an. Doch erst als er draußen auf dem Whitehall Place stand, öffnete er den Umschlag und betrachtete des Papier. Es war eine Jahresfreikarte für das Middlesex.
Er ging damit zum Themseufer, faltete ein Schiffchen daraus und warf es in den Fluß. Dann sah er nachdenklich zu, wie es von der Strömung davongetragen wurde.